# 古典文獻研究輯刊

十九編

曾永義 主編

## 第8冊

徐孚遠在世變下之生命情懷（下）

蔡靖文 著

國家圖書館出版品預行編目資料

徐孚遠在世變下之生命情懷（下）／蔡靖文 著—初版—新
北市：花木蘭文化事業有限公司，2019〔民108〕
目 6+166 面；19×26 公分
（古典文學研究輯刊 十九編；第 8 冊）
ISBN 978-986-485-643-5（精裝）
1.（明）徐孚遠 2.明代文學 3.文學評論
820.8                                     108000766

ISBN-978-986-485-643-5

9 789864 856435

古典文學研究輯刊
十九編 第八冊                    ISBN：978-986-485-643-5

徐孚遠在世變下之生命情懷（下）

作　　者　蔡靖文
主　　編　曾永義
總 編 輯　杜潔祥
副總編輯　楊嘉樂
編　　輯　許郁翎、王筑　美術編輯　陳逸婷
出　　版　花木蘭文化事業有限公司
發 行 人　高小娟
聯絡地址　235 新北市中和區中安街七二號十三樓
　　　　　電話：02-2923-1455／傳真：02-2923-1452
網　　址　http://www.huamulan.tw 信箱 hml810518@gmail.com
印　　刷　普羅文化出版廣告事業
初　　版　2019 年 3 月
全書字數　320501 字
定　　價　十九編 33 冊（精裝）新台幣 64,000 元

# 徐孚遠在世變下之生命情懷（下）

蔡靖文　著

# 第五章　世變下之離亂情懷

　　甲申（1644）之變，三月先有李自成攻陷北京，思宗自縊煤山，後有五月清軍入關、定都北京。為延續明祚，福王朱由崧即位南京。豈料福王昏庸，重用馬士英、阮大鋮等人，朝綱敗壞，隔年五月清軍鐵騎攻陷南京，明廷又再度傾覆。之後，雖然相繼有唐王、魯王、桂王等延續政權，但依然無法與清廷對抗，終究免不了亡國。身處鼎革之際，拒絕作滿清順民，眼見社稷淪喪、黎庶受害，自己也被迫萍寄異鄉，徐孚遠中腸沉鬱、感慨良多，對社稷的憂思、百姓的關懷，以及自身流離的羈懷油然而生。

## 第一節　忠愛社稷之懷

　　面對天崩地裂般的政治變局，除了哀慟國家遭遇，一意忠心報國的徐孚遠，更關注時局變化，對明王朝滅亡的哀歎，復興明朝的意念，與對南明朝廷的關切，一一體現在詩中。

### 一、黍離麥秀之悲

　　自甲申（1644）國變到康熙元年（1662）桂王崩殂，徐孚遠目睹了思宗、南明福王、唐王、魯王和桂王政權的傾覆，痛苦的經歷一次次希望幻滅和家國淪亡的打擊。

　　〈夢回〉道：「夢未覺時心已悲，不勝惆悵不勝癡；孝陵功德高千古，國祚猶虧三百期。」（卷十八，頁 14）有明王朝不滿三百年就結束了，成了闇公心中的痛。面對政治時局，闇公悲憤填膺，或是抒發異族入侵，山河變色之

痛，〈滿歌行〉云：

> 去日苦悠悠，少壯不再，人生如蜉，槿華之榮，朝春夕秋，古來賢
> 達，歸於一丘，何爲役役，用智不休？世運不常泰，憂來亦無方。
> 念彼帝鄉，岧嶤宮闕，黍稷穰穰，狐處其室，梟啼於梁，有辮其首，
> 易我衣裳，胡寧可處，乃逃其行，在彼中央，編茅自蔽，白雲斯鋤，
> □□含哺，以遂我初，乘桴之歎，豈惟薄軀？先民有作，君子攸居，
> 云以俟時，九甸塵擾，誰其靖之？搴旗整旅，桓桓熊羆，擇利而趨，
> 其羽差池，操刀不割，載雄載雌，敷天之心，視彼斗杓，如林如雨，
> 豈無同袍？於惟桓文，釋位以朝，力政是強，據鼎者豪，炎漢是嗣，
> 九州其同，黃圖再啓，日月澄空，窓我天宇，矯矯羣龍。（卷一，頁1）

昔時王都而今銅駝荊棘，怎不哀悲！政治上已經失去自己的國家，文化上又
被迫辮髮胡服，一切皆因滿清狼貪入侵。因此，闇公有別於楚囚對泣之徒，
在傷痛之餘，更懷抱克復神州希望，期望英人崛起驅逐滿清。

離家南奔赴唐王行在，爲的是懷抱中興夢想，期望早日克復失土。沒想
到唐王政權只殘喘一年餘，〈海潭久泊有懷〉曰：

> 中原當積弱，顧盼失金鈕，翼虎縱橫飛，誰能控戶牖？鼎湖龍一升，
> 兩見鑾輿走，戎服遍九州，衣冠焉可守？傷哉浮海客，狂奔有若狗！
> 憶昔文皇帝，金鉞驅羣醜，插劍涌清泉，南面看北斗，玉趾實三巡，
> 高勳名不朽，華夷迭盛衰，穹廬反居首，窮途已萬里，囊空無一有，
> 諸將皆奴才，全身但含垢，何年遇英哲，慷慨開我口？一旅尚可興，
> 胡運當不久。（卷二，頁26）

哀嘆唐王政權的傾覆，進而興起昔盛今衰之感，緬懷成祖功勳，期盼有朝一
日英人再起復國中興。唐王朝滅亡固然帶來打擊，但闇公並不因此喪志，動
搖復國意志，仍懷抱希望繼續效命魯王對抗清廷。只是，現實與夢想背道而
馳。舟山在辛卯（1651）被清軍攻佔，魯王舟山政權宣告瓦解，〈昌國變〉傷
嗟云：

> 君不見去年北海九月中，扶桑潢洞沈蛟宮，九淵之水屈注下，鯨魚
> 暴腮困沙蟲，咫尺之間不自保，兩目雖失鬐猶紅，風雨已散神力絕，
> 默默傷心有老翁，吁嗟此物非靈族，猶能吐霧藏眞龍，龍未上天身
> 已死，囁吟螭闞徒爲雄，安得羽翼隨飛鴻，乘風直上訴天公？（卷
> 六，頁1）

永曆三年（1649）魯監國駐蹕舟山，以張肯堂爲東閣大學士，晉闇公爲左僉都御史，張名振爲定西侯總督水路二師等，一時人才濟濟，深具圖謀恢復之勢。對闇公來說，這是他中興的寄託。豈知永曆五年（1651）清軍攻陷舟山，終結魯監國政權。意味投入抗清的努力全部化爲烏有，復明希望也再度幻滅。闇公慘惻之深以至於他認爲這是天地間的大冤，須向天帝告冤，盼祂主持公道撥亂反正。本詩氣勢雄渾風格悲壯，以呼告開端，以設問終結，傳達出他深切的悲慟和憤慨，著實令人迴腸盪氣，也令人更識闇公板蕩忠臣之心。

　　父母之邦若被殲滅，相信只要是認同自己國家者沒有不心傷悲痛的。細味闇公的黍離麥秀之感，不是僅有傷悲，還多了分理性，並非一味的陷溺在哀戚情緒中。傷痛甲申國變時，怨懟滿人入侵之外，不忘檢視明廷內部問題，是以〈列皇〉說：「雲鳥分官金作臺，規方萬里選龍媒，可憐烈帝垂旒日，不數誰堪將相才。」（卷二十，頁 6）又〈述往〉（三）說：

> 昔我游燕時，世路已險巇，榆關無扞者，戎馬向南馳，聖皇方旰食，
> 宿衛亦登陴，非無漆室歎，號天詎我知？嗟彼競進子，攘奪遞相隨，
> 黃雀伺螳螂，禍來如發機，不惜郊多壘，但嫌啓事遲，得意在須臾，
> 天傾不可支，故宮今若何？禾麥正離離。（卷二，頁 35）

控訴思宗不知用人、所託非人，朝臣卻又僅知爭權奪利，置國家、蒼生於不顧，於是朝綱衰敗、民窮兵疲，讓虎視眈眈的滿人有機可乘，而導致屋覆明社、麥秀漸漸的下場。同樣的，闇公也省思了福王政權的傾覆。〈述往〉（四）曰：

> 北極初傾後，南方尚晏然，豈無黃髮老？亦有楨國賢。僉人秉樞要，
> 乘醉竊時權，故舊皆驅逐，當塗刈芳荃，既翦乘風翼；幽谷亦罕全，
> 搏擊快人意，所進盡鷹鸇，厄運亮可知，淪胥豈繇天？遂令鐘虡改，
> 玉座無歸年。（卷二，頁 35）

外有強敵環伺，不記取前車之鑑，福王朱由崧居然還無心政事，重用阮大鋮、馬士英等奸佞迫害正直有爲之士，朝政腐敗，導致清軍長驅直入，無可挽回。傷痛之餘，闇公理智的檢討出，福王朝短短一年淪亡無關天意，應當歸咎於人禍，進而對喪國的福王和奸賊，作出嚴厲的批判。

## 二、朝政不振之憤

　　乙酉（1645）八月，秉著不仕異姓的信念和懷抱光武中興的夢想，徐孚遠毅然離開家鄉，投身反抗清政權。〈再詠內禪〉述道：

黃帝神靈誕降傳，旋開寶曆格皇天；龍興少海傾人望，鼎奠宗周擬

自還；始覺旌旗為一變，應知日月號雙懸；容成風后隨車轂，三百

金甌次第全。（卷十五，頁 12）

以為只要明室尚存，嗣君延續國祚，便有收復故土，日月重光的可能。「望望

石頭城，何時樹漢旌」，〔註1〕「幾時雨洗甲，紫氣再充庭」〔註2〕，自然萬分

焦急神州何時可克復。

照理，國家面臨存亡續絕緊要關頭，朝廷上下應當心無二想，戮力齊心

滌盪如狼似虎的敵人。但是，實際情況卻令闇公義憤填膺和憂心忡忡，不禁

發而為詩。一是朝綱紊亂。或為賢良去國，小人專擅，敗壞朝政，〈端州〉反

映道：

當時政本尚嫌輕，亦有中朝嶽嶽名；共許君房筆墨妙，只愁曁豔品

流清；謗書牛李連邊帥，裁斷貂璫接上卿；不惜紛紛俱去國，沅衡

湘芷若為情。（卷十四，頁 10）

傷歎桂王立國政局不穩，太監王坤弄權植黨，朝政紊亂，迫使賢良如方以智

等人棄官出走。〔註3〕或為臣僚僅知爭權奪利，置國家民族利益於不顧，〈昌

國諸公蒙難短述敘哀〉可見。云：

昌國區區地，爭權何太頻？同時殷鼓角，峻秩動星辰，且逐中林鹿，

真成東郭䘏，遂令棲海客，總作結纓人，百口隨氈帳，孤墳寄水濱，

粗能斂手足，何有樹松筠，去此非先覺，哀來感逸民，興王猶契闊，

車轍尚逡巡，黃土沈埋久，白頭涕淚新，存亡真不異，無計問天津。

（卷十六，頁 14）

國家猶如風中殘燭，羣臣卻不能拋除個人私慾齊一心志，看在闇公眼中既憂

心又痛心，不覺感念那些不謀名利、潔身自修的高士。

二是將帥無心、救國不力。面臨國家衰亡、強敵侵略，唐王、魯王、桂

王朝大量重用武將，武臣拜將封侯者比比皆是。視這些將帥為克復故土希望

之所繫，闇公認為他們應當出生入死、奮勇殺敵報答朝廷。但他們或者僅知

貪歡享樂，無心報國，如〈近聞〉述：

---

〔註1〕 〈金陵望〉之一，《釣璜堂存稿》卷十七，頁 11。

〔註2〕 〈孝陵〉，《釣璜堂存稿》卷十一，頁 21。

〔註3〕 參（清）倪在田：《續明紀事本末》〈永曆黨禍〉卷十四（臺灣銀行經濟研究

室編，臺灣文獻叢刊第 133 種，台北：臺灣大通書局，1984 年），頁 335～338。

　　鬪力還遷次，漢秦勢不殊；遺黎眞殄瘁，羣帥總驊媧；驅馬幽人谷，
　　築城滄海隅；何妨將翠羽，滿彙入燕都？（卷十，頁6）

或者怯懦懼戰，逃避敵人，如〈楚師〉（二）所書：

　　漢將多前卻，匈奴氣更驕；不見兩京復，空傳三戶謠；大書誰琬琰，
　　微命託蘭苕；畢昴何遷次？頻頻望斗杓。（卷八，頁29）

或者擁兵自重，睥睨君命，不肯出兵會同王師征伐，如〈重贈南使〉曰：

　　槎上無功強溯洄，問余笑口幾時開；諸侯不共兵車會，使者虛從瀚
　　海來；魏國符藏難可竊，淳于說後亦應詼；還憐楚客愁相向，操得
　　南音莫浪猜。（卷十三，頁37）

如此無所作為，闇公倍感失望，甚至諷刺「只擾袁安臥，誰稱李廣才」〔註4〕，
貶損他們缺乏像李廣般雄才大略、英勇驍戰可以擊退勁敵，出兵僅是擾民。

　　朝綱不振，君臣異心，武將無心保國、復國，對一心匡扶社稷的闇公來
說怎不憤慨、如何能不擔憂？兩相對比，闇公攄忠報國之可貴，不言而喻。

## 三、無力回天之慟

　　秉著存亡繼絕之志，懷抱光武中興夢想，為了延續有明宗廟，徐孚遠以
復明為職志，投身抗清。只是，歲月流逝，南明政權日益陵夷，清廷國勢力
日益昌隆，現實局勢讓他不得不承認清室定鼎的事實。加上自己在金、廈又
無法實際從事抗清活動，面對未能如願繼絕興亡，闇公發出了激切的悲鳴。
或對自己無法扶傾表示羞愧，〈夢餘〉可見。曰：

　　波濤不耐鬢鬖鬖，無力扶天心自慚；眼底妻孥同燕雀，夢中兄弟類
　　商參；攀鱗已歎龍鬐遠，赤手誰將虎穴探？身世滄桑莫可問，餘年
　　倘許事瞿曇。（卷十五，頁26）

或是抒發哀怨的無奈感和深沉的無力感，如〈遣意〉（一）道：

　　天下無邦二紀來，悠悠日月倍堪哀；人間歌哭何能定，世運興衰豈
　　易猜？繫鼎一絲非我力，藏身三穴是通才；麟經鳳紀渾閒事，秦火
　　燒餘見劫灰。（卷十五，頁24）

至於〈將遷作〉云：

　　王途久不通，白日只多睡，息影懷林丘，怡情在薜荔，危苕非所安，

―――――――――――――
〔註4〕　〈軍營〉，《釣璜堂存稿》卷十，頁21。

俄而人事異，滄溟旋改圖，南轅北其轡，宗子悲殷墟，故宮感周穟，
舉世望興平，龍起良未易，孤臣何能爲？力微愁贔屭，禹甸總塵飛，
巨浸猶可寄，即事雖可傷，庶免寸心愧，後賢或我知，荒外當須記。

（卷四，頁38）

深感黍離麥秀之悲，哀痛自己力量微薄無法改變現況，力不從心的莫可奈何，
無時不啃蝕闇公的心；而這種哀痛和酸楚，成了詩人難以抹滅的傷痕。

康熙元年（1662）桂王崩殂，魯王朱以海也不幸病逝，朱明政權完全結
束，更讓他痛澈心脾。〈夢餘〉道：

廿載天傾傾不盡，即今志士始吞聲，申胥哭罷荊卿死，薤露歌殘鵑
鳥鳴，世上英人不復作，逋臣何力與天爭？一生心事付流水，白髮
皤皤無所成，空令家室怨無情，午夢起來不得語，風颻振蕩使魂驚。

（卷七，頁27）

廿年流離最後竟是一場空！闇公逼迫自己接受現實，承認自己如螳臂擋車，
否定先前秉持愚公移山、精衛填海的精神，眞是情何以堪？不禁令人唏噓。

# 第二節　憫恤民瘼之鳴

雖說天下大勢分久必合，合久必分，朝代興迭實屬常態，只是坐擁江山
的王室不同罷了；然而，移鼎之際的動盪不安、連連兵燹，卻帶給黎民百姓
無限苦難。明室宗廟丘墟，清廷取而代之，更迭期間生靈塗炭，人猶蟻命，「揚
州十日」遭殺戮者達八十萬；「江陰三日」屠殺城中九萬七千餘人，城外死者
七萬五千餘人；「嘉定三屠」二萬餘人慘遭殺害。然而這並非全部，只是當時
較爲慘絕人寰的屠城事件，眞正死傷難以估計。世局如此蝸沸，無辜黔黎全
成了犧牲品。同是亂世下的受害者，闇公不只耳聞目睹、也親歷百姓的遭遇，
深刻體會他們的難處；是以闇公不禁爲他們發聲，申訴他們的痛苦。

## 一、戰爭殘害之嗟

國家傾覆、世局喪亂，波及最深的總是天下千萬百姓。他們無奈的接受
世變帶來的傷害和痛苦；其中，戰爭讓人最難承受。

戰爭的殘酷，體會最深的莫過於沙場兵士。兩軍交鋒免不了殺戮，無論
孰勝孰敗都有死傷，只是人數多寡與下場有別而已。古來征戰幾人回？對被

徵召上戰場的丁男及其親友來說，戰爭帶給他們的痛苦尤甚。眼見「年年徵兵無一回，積甲如山不知數」，〔註5〕〈刈草〉中闇公道：

> 農家苦力作，遣兒上山陂，刈彼陂中草，日入荷擔歸，刈此亦何爲？
> 聊足給晨炊，清晨飽其腹，父子情依依，田務各有役，庶幾免渴飢，
> 何如戰場辛，一去無還期？（卷三，頁27）

詩中農家父子辛苦田務，以獲取三餐勉強溫飽。雖是如此，但詩人認爲遠勝於前赴疆場的士兵。他們一旦銜命，便被迫離鄉背井與親人分離，何能父子相依、享受天倫之樂？況且沙場上與敵軍短兵相接，生死難測，不是有去無回，就是歸期遙遙，無論生離還是死別，自身和家人都遭受莫大痛苦。兩相比較，顯而易見，戰場上的士卒悲苦尤甚。

明清之際，復明勢力與清廷，一要光復失土中興明室，一要擴展版圖稱霸中原而屢動干戈。戰火終究無情，多少人因而喪生、骨肉各方，又多少人因而頓失家產、流離失所，不論誰點燃戰火，對蒼生都是災禍。詩人歷經戰火，深切了解兵禍下百姓的痛苦，是以〈觸目有懷〉云：

> 大軍今北向，肅肅有威聲；不識乾坤正，且求滄海平；功名歸府主，
> 殺伐任蒼生；誰解孫吳術，深慚欲請纓。（卷十一，頁16）

體認到即使爲了復國師出有名，但戰爭免不了殺戮，一將功成萬骨枯，無辜的黎民永遠是政治鬥爭下的犧牲品、兵燹下的最大受害者。又〈有所思行〉曰：

> 神州擾擾久無主，玉宸且借牧羊豎，青袍白馬今如許，舉眼誰將天
> 柱補？即看千羣多騄驪，乘勝江南亦易取，何爲進退兩無成？師出
> 徒令生民苦，大業豈盡須健兒？張陳決策鄺生語。（卷七，頁1）

鄭成功幾次北伐都不幸落敗，心繫社稷蒼生，闇公認爲發動征戰卻未能達成復國使命，只是讓百姓白白蒙受兵禍痛苦；於是主張不要全憑軍事武力攻掠，應效法漢高祖重用謀士，如此既可減少戰禍，又可匡正天下解民倒懸。闇公擅長兵法，曾「率兵下漳、泉，五日而皆臣服，未嘗加一矢，歡聲動地。」〔註6〕證實他絕非僅是書生紙上談兵。

另外，闇公也反映了軍士「打草穀」帶給人民禍害。〈述往〉（五）說：

> 我聞湖之南，往往多軍壘，健兒打草穀，捉人深山裏，縛婦無不爲，

---

〔註5〕〈王師〉，《釣璜堂存稿》卷五，頁32。
〔註6〕林霍：〈徐闇公先生傳〉，見《徐闇公先生年譜・附錄》，頁1。

炙人如羊豕，布裾無子遺，豈惟掠簪珥？憶昔巨君末，羣盜熾如螳，

赤眉眾既繁，舂陵兵亦起，世有真英人，此輩堪驅使，所以馬捕虜，

論功雲臺阯，駕馭顯良材，驍騰亦若此，勸君北擊胡，前賢可同軌。

（卷二，頁 35）

「打草穀」指軍隊出征，人馬不給糧草，由出征軍士自籌給養，到敵方領地掠奪民間食物、物資，對敵方百姓往往造成極大的傷害。就闇公所述，當時湖之南的軍士不是掠奪清廷，而是劫掠本國人民的糧食、財物，還強擄男丁、婦女，草菅人命、濫殺無辜，橫行無忌。雖然不敵兩軍交鋒傷亡慘重，但這種軍事行動帶給百姓的傷損是無庸置疑的。是以，闇公希望他們不要再劫掠黎庶，轉而對付清軍。

## 二、征斂剝削之苦

民惟邦本，本固邦寧，民為貴，社稷次之，君為輕，固然為歷代君主所熟知，真正做的能到有幾人？往往是「興，百姓苦；亡，百姓苦」[註7]。不論興盛還是衰敗，黔黎總是受苦。政局穩定時，擔負各式常例徭役和常規賦稅；朝綱敗壞、時局動盪時，非但飽受兵災威脅與苦難，還得忍受官方橫征暴斂。

鄭氏家族抗清財務與軍需來源，有通洋之利、外人納貢、東洋船牌餉銀、日本援助及經商利潤，還有在東南沿海和臺灣隨軍徵用糧餉；[註8] 以及征收廈門和金門地區的稅賦。就人民立場來說，不論輸糧或貢賦，雖然是為了復國大業，但在民生凋敝時無疑是雪上加霜。〈白足婦謠〉云：

島上諸健兒，長技在戈船，舉體被番衣，紅布裹其顛，紅布何從出？

家家有丁錢。丁錢既已微，望屋算突煙，尚有無名稅，飛檄正紛然。

抹額者誰子？連伍到門前。東家婦新嫁，小姑亦隨肩，爾家不飽飯，

何用雙行纏？傾筐復倒篋，但怨行步妍。俄而到西鄰，西鄰長跪言，

我家婦白足，不繼粥與饘，正賦久已畢，便可過別阡。爾勿嫌白足，

白足勝嬋娟！汲水數里外，以薪復以佃，白足亦輸餉，有何負皇天？

---

〔註7〕 張養浩〈潼關懷古〉，見啓業書局編輯：《全元散曲》（台北：啓業書局，1977年），頁 437。

〔註8〕 參黃玉齋：〈明鄭抗清的財政與軍需來源〉，《鄭成功與台灣》（台北：海峽學術出版社，2004 年 10 月出版），頁 257～282。

嗟爾島居民，娶婦良為難！有婦須有足，巨細兩辛酸。（卷二，頁 30）
為了抗清支出，增重賦斂，百姓被嚴重刻剝，繳交年貢丁賦外，即便已經忍
飢挨餓，還得應付各種突如其來的無名稅，實在不復堪命，不飽飯、不繼饘
粥是當時普遍情形。直接道出苛捐雜稅繁重之外，徐孚遠還藉由纏足反映賦
斂無度下的民不聊生。姑且不談今人如何評論纏腳，纏腳在明代被視為一種
女性美，女子裹腳風氣非常興盛，甚且從纏足與否來區分貴賤貧富。對當時
島上居民來說，遵循習尚應當娶個人人稱羨、婀娜多姿的小腳媳婦，而非不
合風尚、眾人嫌棄的天足女子。但是，考慮到現實沉重的租稅，則是「白足
勝嬋娟」。大腳方便挑水、砍取柴薪、下田耕種等勞動，娶了天足媳婦就多一
人勞動生產，可以幫忙支付無名稅。相較下，小腳婦只是步態柔美搖曳，不
堪勞動，無助於貢賦。詩人藉東家、西鄰婦的對比，道出重斂下婦女的酸楚，
呈現當時民生共相——在橫賦暴斂下，百姓難以維生，日子苦不堪言。

　　防禦外患，捍衛國家領土、人民安全是將士職責，尤其在宗社危急存亡
之秋，更應奮身對抗外敵侵略，守護社稷江山，護衛人民免於遭受鐵蹄蹂躪。
可是對生活在南明土地上的人民來說，這終究是理想。清軍入侵，戰役相尋，
身家性命已是難保，即使僥倖躲過清軍攻掠，卻逃不過母國跋扈將士的欺凌
剝削，怎能安居樂業？

　　那些刁頑亂紀的兵將，憑恃武力和權勢胡作非為，毫無憫恤百姓之心，
恣肆壓榨剝削。輕者縱橫鄉里，無端役使民眾，如徐孚遠鄰人即是。〈鄰右〉
云：

> 鄰右者誰子？寄身在軍壘，自矜有貲財，起宅荒山裏，里人不敢議，
> 側目聽驅使，此風胡為然，相沿近一紀。時方尚格鬥，此輩互依倚，
> 藜藋古逸民，旄旎最下士，故令短後徒，隸籍心則喜，干戈迭相尋，
> 健者相繼死，當其勢難持，傾覆不移晷，爾無鼎食材，何用乃慕此？
> 勸爾務農業，農業良為美。（卷四，頁 1）

那位鄰右矜功恃寵，任意差遣鄉民為他豎柱上樑、建造屋舍，毫無畏忌。鄉
民礙於他的武力和軍府勢力，即使中懷怨恨，為保身家安全，也只好委曲求
全。令人嗟憤的是，當時威福之士欺壓百姓居然蔚為風氣，作者賦作此詩時，
人民已活在他們的陰影下近十二年，怨怒不言而喻。

　　還有更不識羞恥、心懷貪鄙者越發豪奪暴取，囂張行徑如同盜匪打家劫
舍。〈眼前行〉道：

> 大軍北伐猶未還，壯士居者少歡顏，公家給食不堪飽，況有搦蒲買
> 酒錢，將軍軍令如等閒，結伴橫行眼刺天，十十五五夜叩關，陸家
> 洛裝王家氈，快意奪取如己物，今日費盡明復然。爾輩何人軍羽翼，
> 分當捕賊乃作賊，民間扞搎不敢前，縱橫實倚將軍力，豈無口語相
> 刺譏？可憐悍然無愧色，君不見昔日羽林軍，中宵殺人朝上直！（卷
> 七，頁6）

軍士夜夜結伴不是為防盜賊侵害百姓，而是無所忌憚化身劫匪，一戶接一戶
攫奪人民財物，貪得無厭大肆搜刮民脂民膏。人民不時遭受驚嚇，慘遭劫掠、
損失財產。怎奈官兵兼強盜，冤苦無處可申，也無法解決，唯有在憂懼和艱
苦下委屈度日，教百姓實在難以安生。

當時軍紀廢弛，將士挾權倚勢猖獗妄為，何止魚肉百姓，連致仕官員也
難逃他們剽掠，〈郎官謠〉可見：

> 彼姝者子尚書郎，去年行殿飛雙舄，今日腳踏島上霜，問郎何所有？
> 揮袖春風中。其人雖悴屋則豐，不知誰何銳頭子，三三五五醉眼紅，
> 裹幘呼嘯入其室，主人傍皇反如客，攜孥含淚出門去，道旁觀者救
> 不得，嗟嗟爾輩何其武，未見敵時猛如虎！（卷五，頁18）

眾目睽睽下，部將肆無忌憚霸據民宅，就連曾是尚書郎的屋主也頓時失去居
所。旁觀者縱然有意相助，卻是無能為力，畢竟升斗小民難敵介冑武夫。令
人感到諷刺又悲哀的是，這些人畏強凌弱、欺善怕惡，只對善良百姓逞暴，
對抗外敵時卻不見勇猛。難怪詩人目擊「隊隊銳頭兒，折人籬壁斫人犢」後，
激憤慨歎：「嗟嗟爾輩真健者，何不殲虜嚴城下？」〔註9〕畢竟擊退清軍鐵騎，
收復故國河山，才是他們應盡的職責。

不時遭受銳頭兒攫取擄掠，眾庶已是惶悚不安，苦不堪言；更悲慘的是，
居然還得捱受他們的親屬仗勢欺人！徐孚遠本身就是受害者。〈縫人行〉云：

> 數載裘已敝，羈客竟何堪？西市買匹布，東市買匹縑，此地縫人不
> 易得，年年緝甲繕軍資，聘得何人殊偃蹇，便登吾堂坐我幃，饗之
> 如大賓，酒香肉復肥，兩日成一袍，三日成一衣，洋洋醉飽無愧色，
> 論值荒唐不可賚，借問成衣者誰氏？壻在軍府作察子，長揖遣去慎
> 勿留，我寧病臥牛衣裏。（卷五，頁18）

---

〔註9〕 〈健兒行〉，《釣璜堂存稿》卷六，頁22。

區區裁縫竟然目中無人！不但擅自登堂入室，還得要盛饌招待，懶散怠工還漫天索價，態度十分囂張、行徑極為惡劣。之所以有恃無恐，只因子婿是鄭成功麾下的探子。對待闇公已是如此猖狂，對一般平民百姓自然可想而知。

　　徐孚遠秉著憂國恤民情懷，以及切身經歷，抒發出鼎革之際，時局喪亂下蒼生的窘境與悲苦。有遭受戰爭殘害，生命財產不保，流離失所，骨肉離散的哀苦；也有主政者橫徵暴斂的民不聊生，亦有官兵魚肉殘害的水深火熱。特別是後者，闇公作較多反映；一來控訴官兵剝削人民惡行，二來哀憐受荼毒的生靈。將士使命本該保家衛國，但就詩人所見，他們有欺凌人民的凶狠，卻無奮力抗敵的剛勇；只將百姓置於倒懸之境，卻不見救民於水火。莫怪他哀痛憤慨，感慨良多。

## 第三節　流落異鄉之情

　　乙酉（1645）松江抗清失敗後，堅持民族大義和松筠氣節，闇公毅然離開自幼生長的故鄉為復興明廷奔走，爾後二十年流浪異鄉，展轉萍寄福建、浙東、臺灣、廣東等地，直至死後才歸葬故鄉。在這漫長又無奈的歲月中，隨著闇公的感遇傷嗟，個體生命安頓感的失落、眷戀故鄉、思憶家鄉親舊、困頓迍邅和寄人籬下的悲苦，化為他羈泊生涯的印記。

### 一、漂泊萍寄之嘆

　　《漢書・元帝紀》說：「安土重遷，黎民之性；骨肉相附，人情所願也。」〔註10〕故土難移，是中國人根深蒂固的傳統觀念；若非為了求學、仕宦、事遊、服役甚至戰爭、災荒等因素，否則絕大多數古人不輕言離鄉。儘管遠遊的原因、距離、生活的型態不同，但都是需要離開熟悉的故土、流寓他鄉。無論是遊子個人主動意願還是無奈被迫，每當展轉奔波，失意困頓或是抑鬱孤寂時，漂泊感總是不覺湧入胸次，勾起茫然不安定感。

　　有明政權喪失、故國江山淪陷，闇公乙酉去鄉，固然是自身的決定，但終究並非一般宦遊或事遊。隨著南明政局的變化，以及個人自身境遇，流徙異地的闇公產生強烈的漂泊意識。一是因生存空間遷徙所引發無根的懸浮

---

〔註10〕（漢）班固：《漢書》〈元帝紀〉（北京：中華書局，1997年6月第10刷），頁292。

感，也就是遠別家園、流落他鄉無可歸依的不定感。〈擬古〉中「客行有如蔓……，所悲本根遠」（卷三，頁20），顯現的就是這離鄉失根的情懷。又〈寓島作〉曰：

> 昔賢所避地，遺跡尚依然，賈傅井不沒，羅含宅幾椽，後人尋往牒，
> 憑弔有千年。今我浮海嶠，盡室狎蒼煙，島上多遺黎，閭閻皆受廛，
> 郭外高下居，青山間流泉，荷鉏登丘隴，鬱鬱桑麻田，誓將息塞足，
> 誅茅擇所便，所嗟垂橐入，安得買山錢？僑寓無根柢，歲月徒推遷，
> 忽忽苦奔命，永爲高人憐。（卷二，頁28）

論者認爲，漂泊不僅一種生活狀態，最主要的是一種精神狀態。當遊子脫離原有文化環境的根基、失去了根，而無法在新的環境紮下根，他們在感情上便失去了依託，不安定的情緒於是產生。〔註11〕依此觀察詩中所述，縱使他鄉有棲身之所，但對闇公來說，僅是浮動寄居的異域，並非安定的根本所在，是以心中依然覺得自己如斷梗流萍。也因這種「身在閩南家在吳」、「我生於世無根株」之感，〔註12〕他在不得歸返清廷所統治的故里時，發出「每感江淹能賦恨，更憐庾信苦求歸，滿頭霜雪筋骸緩，衛子飄搖何處飛」，〔註13〕不知何處可安身的悲嘆。

若說漂泊是離開固有生存空間的游離，也是對固定生存空間即歸宿的尋覓，那這個生存空間自然包含父母之邦，不僅限於生長的故里。可以見到，闇公的漂泊無可歸依感，也源自於山河有異、故國喪亡。〈燕巢〉云：「他鄉亦流落，故園今是非；可憐梁上燕，無主竟誰依？」（卷十七，頁6）物我雙寫，既寫燕又寫人，借飛燕抒發改朝換代，自身變成故國遺臣的徬徨茫然，不單只因離鄉所產生不定感。〈有感〉（二）則道：「奔走今頭白，艱難愧此身；號天悲故主，何地置逋臣？黃髮歸朝杳，蒼波投骨眞；洪圖無久曆，千古獨酸辛。」（卷十一，頁23）直接道出國破國亡、根本喪失，不願成爲異族子民，不知何處可容身的悲痛。這種亡國又離鄉雙重失根的漂浮和悽楚，只有親身經歷者才能體會，痛苦程度遠非普通離家客遊所能相比。

另一方面，徐孚遠的懸浮感也來自於人生理想未能實現，即反清復明不

---

〔註11〕 參周玉：〈思鄉主題的歷史背景和文化表現〉，《宜賓學院學報》2009年8月第8期，頁83。

〔註12〕 〈無徒〉，《釣璜堂存稿》卷七，頁16。

〔註13〕 〈書愁〉，《釣璜堂存稿》卷十四，頁34。

遂所產生的空虛感，以及對生命的不確定感。詩中在表達意向未就的失落感和徬徨時，闇公往往融入生活上的漂蕩不定，形成雙重漂泊，流露出極為沉重的哀思。〈去國〉云：

> 去國仍淹泊，無家何處歸？喪亡如逝水，吟詠覺朝飢；遼海危難渡，河西未可依；古人或有此，吾道恐全非。（卷八，頁 9）

詩中自傷身世的悲感，即兼具國破、離鄉和受挫的失落感。又〈欲去〉曰：

> 國亂飄蓬不自由，隻身四海一浮鷗；臨歧欲下楊朱淚，入洛難逢張翰舟；鼓角山頭非勝算，煙花春日倍離愁；羈棲隔歲真何事，近報平南到上流。（卷十二，頁 16）

蓬飄天地間看似自由，實際則不然；風吹向何處，蓬才飄往何處。就蓬草的角度來看，全然是被動不自主。人身為「在世存在」的生命主體，無法脫離現實性，因為國家喪亂不得已隻身流離他鄉怎會是自由？反而是陷溺其中的不自主和無奈，更讓闇公感覺自身如四海漂流不定的浮鷗。相較於天地、四海的廣漠，孤蓬、悍鷗何其渺小！闇公以二者自擬，個體生命的懸浮無根感、對未來的茫然與不定感、失意的悒鬱，在在呈現出缺乏個體生命安頓感的失落和哀傷。

　　整體來說，漂泊流離生活的深刻體驗，對於家的無可歸依，與亡國所導致的對於國家、民族的無可歸依，以及人生理想無法實現，共同構成闇公心靈深處的失落感和無可歸依的漂泊感。自然，隨著他情志所發，不僅呈顯出悲傷的氛圍，也反映出對歸宿的渴望。

## 二、鄉關親舊之思

　　闇公在山河變色、國家淪亡之際漂泊異鄉，雖說是他個人選擇，但如他所說：「何忍離鄉井，所惜改衣裾。」〔註14〕歸根究柢為改朝換代使然。無奈支離漂泊，故鄉人、事、物……種種莫不令他眷戀、思慕。

### （一）眷念桑梓

　　羈鳥戀舊林，池魚思故淵，遊子深戀故鄉乃人之常情。身經國家喪亡之痛，個人萍泊不定與心中的孤獨感、欲歸不得的無奈、有志難酬的惆悵，以及對桑梓、親舊的情感，蘊蓄為闇公的鄉愁，時序物色無不觸發他的鄉思。

---

〔註14〕見〈古意〉（二），《釣璜堂存稿》卷四，頁 1。

　　春回時節，天冷峭寒時遙想江南家鄉應是白雪覆地，〔註15〕東風拂面時則「不盡春風感故鄉」，〔註16〕而「便擬峰頭聊騁望」時，思及的是「江南花柳十年違」〔註17〕，久別不見的故鄉春色。炎夏入山尋幽，聽聞「催雨鷓鴣啼不徹」，眺望「籠煙村樹翠仍浮」，又是感慨「何日平胡歸故土，搴花折柳散羈愁」。〔註18〕秋日金風颯颯時，觸動的是「一去江鄉不憶年，秋風菰蔣五湖天」〔註19〕、「江介薄方美，何由返舊局」〔註20〕思歸的感喟。中秋時節則興發「離恨同關塞，清光自古今，預愁歸故里，霜鬢照霜林」之感。〔註21〕至於玄冬時節，酷寒侵襲素來和暖的閩地時，便油然興起「閩南何事有嚴霜，重使羈人憶故鄉」〔註22〕之情。可說，不得已淪為異鄉人的闇公，對故鄉隨時懷著深切的孺慕之情。

　　鄉思情懷如此深摯，闇公自然的將這些思念，呈現在家鄉特有風光和人文上。〈懷鄉〉云：「豈期一去十餘年？崑山泖水俱茫然」（卷七，頁 2），〔註23〕道出對吳中名勝三泖九峰的思念。〈村居吟〉亦云：「不知故國誰思我，惟有青山欲戀人。」（卷十九，頁 11）豈是青山戀人？當為闇公眷戀故國青山才是，思慕之情可想而知。三泖為闇公流離前遊憩的地方，也是乙酉（1645）和陳子龍振武軍結營之處，〔註24〕對他來說自是難忘。〈遠眺〉云：

　　　避暑兼旬後，都無尚子過；盥餘遲日落，巖半看回波；大壑風帆靜，
　　　村墟暮靄多；遙思三泖畔，幾處采菱歌。（卷九，頁 22）

映入眼簾的是暮色籠罩汪洋和墟里，腦海所思的是泖湖湖畔採菱情景；而「擬逐鴟夷一棹去」，渴望的也是「雪溪菱芡泖湖蓴」。〔註25〕闇公不僅每每思憶家鄉的自然名勝，甚至昔時日常所聽、所講的家鄉話──吳儂，也讓他想念不已。尤其淹留在閩南地區，耳聞的不是熟悉的吳儂，卻是「耳聽心惟了不

---

〔註15〕　參〈寒甚，遙憶江南當有積雪賦之〉，《釣璜堂存稿》卷十四，頁 1。
〔註16〕　見〈荒山吟〉（一），《釣璜堂存稿》卷十四，頁 7。
〔註17〕　見〈春步〉，《釣璜堂存稿》卷二十，頁 8。
〔註18〕　〈夏日山行〉，《釣璜堂存稿》卷十二，頁 9。
〔註19〕　〈秋思〉，《釣璜堂存稿》卷二十，頁 8。
〔註20〕　〈偶俗〉，《釣璜堂存稿》卷九，頁 30。
〔註21〕　見〈中秋〉，《釣璜堂存稿》卷九，頁 15。
〔註22〕　〈冬寒〉，《釣璜堂存稿》卷十三，頁 14。
〔註23〕　〈懷鄉〉，《釣璜堂存稿》卷七，頁 2。
〔註24〕　參姜垚：〈明封光祿大夫柱國少師都御史徐公神道碑〉，《徐闇公先生年譜・附錄》，頁 13。
〔註25〕　〈歸思〉，《釣璜堂存稿》卷十九，頁 8。

解」〔註26〕的閩南方言，更讓他興起「客居何所憶？吳語不聞儂」〔註27〕的感嘆，以及「何人爲唱吳趨曲」〔註28〕，對家鄉吳歌的懷念。

　　鄉關獨有的山水、吳儂化爲闇公的鄉愁；同樣的，幾處對他別具意義的地方也成了他的牽掛。昔日幾社好友會聚、遊憩的處所即是。如徐致遠所有、陳子龍所命名的南樓，〈武靜弟別墅有樓，臥子名之曰南樓，時遊憩焉〉道：「郭外南園城內樓，春光欲度好閒游；當年嵇阮林中飲，總作滄浪一段愁。」（卷二十，頁11）以及與陳子龍有許多回憶的南園，〈憶陸孟聞年丈南園寄懷〉曰：

> 城南背郭起高樓，樓下方塘淥水流，陳君讀書多歲月，蕭然此地成滄洲，余亦郊居數椽屋，杖策時來臥松菊，行吟揮麈兩相宜，白雲窈窕風生谷，迄今煙塵滿故鄉，陳君西逝余南翔，橋邊紅杏色殊好，池裏芙蓉空自香，相傳主人抱幽素，閉關無侶白日暮，閒看小婦調雲和，壯心不已哀音多。（卷五，頁9）

陸慶紹，字孟聞，崇禎十五年（1642）舉人，於幾社課藝期間，以闇公爲宗師。南園，爲慶紹曾祖陸樹德修築的別墅，幾社諸子常常在此讌集、讀書、問學。闇公就在南園讀書樓和陳子龍一起讀書、研習八股文、相互磋磋詩文，甚至來共同編纂《皇明經世文編》，商榷編訂徐光啓的《農政全書》，與撰寫《史記測議》。從詩中不難發現，不論南樓還是南園，闇公對它們的眷念，都寓含對至交陳子龍的感情，是以緬懷難忘。

　　崇禎十六年（1643）闇公春試下第後，於泖湖畔葺築屋宇，〔註29〕意欲在此隱居終老，但卻被滿清鐵蹄踏碎了這個夢想，這處綠釣灣故居也令闇公縈思不已。〈憶綠釣灣新居〉云：

> 生平逼側畏城市，只欲移家蒼煙裏，年來買田在釣灣，釣灣一曲水潺湲，相傳古人有隱者，坐釣鯉魚看青山，經營面勢結茅屋，前構方池後種竹，長夏蕭疏臥北窗，秋登稻粱春釀熟，自斷此生老一丘，尚平婚畢百無憂，鐵騎一來人事改，骨肉分飛更出游，而今坐臥只扁舟，蒼茫雲霧欲何投？何時芒屩歸故里？自鋤荊榛誓白水，鱸魚

〔註26〕〈懷鄉〉，《釣璜堂存稿》卷七，頁2。
〔註27〕〈遣興〉（三），《釣璜堂存稿》卷十一，頁24。
〔註28〕見〈鄉思〉，《釣璜堂存稿》卷七，頁20。
〔註29〕〈懷舊〉有云：「自從計偕北闕歸，開眼已知世事迍，葺茅築宇古釣灣，灣間清曠可垂綸。」（卷七，頁21）是可知闇公綠釣灣山莊構築於崇禎十六年。

欲肥尊菜紫。（卷五，頁 8）

又〈六釣灣山莊〉曰：

> 泖濱一曲水潺湲，昔有高人隱此灣；擬種芙蓉開小沼，更栽脩竹伴
> 青山；誰知魯仲終逃海，況乃梁鴻久出關？回首經營真在眼，迢迢
> 槎上幾時還？（卷十三，頁 3）

國變流離的無奈，與重回故鄉屏隱綠釣灣山莊的渴望可見。

迫於情勢流徙異鄉，未能克盡子孫孝道，闇公深感遺憾和愧疚，因而故鄉的祖塋、丙舍庭中的海棠，也為他所惦念。〈丙舍樹〉云：

> 憶昔煙塵飛，跳身僅得脫，未及辭先隴，至今猶恍惚。往者在丙舍，
> 絃誦無時輟，看花春興漫，臨水幽懷豁，庭中海棠樹，此時又將發，
> 豔質飄遠條，淡煙籠皓月，籬落想已頹，芳華猶未歇，何時上冢來，
> 牛酒奠碑碣，攀枝溯餘思，徘徊陰林樾。（卷三，頁 17）：

而清明節的到來，更喚起他的思憶，〈清明日懷丙舍〉二首道：

> 丙舍猶存否？海棠正著花；多年不上冢，一葉泛天涯。
>
> 棠花開固好，白紙挂應稀；死別猶爲可，生離何日歸？（卷十七，
> 頁 5）

清明這個傳統掃墓祭祖時節、綻放的海棠，引發了他的思念和傷痛。掛心丙社仍否存在，興起天涯蓬轉多年無法祭拜祖先，不知何時落葉歸根的苦楚。前者充滿空間的遙隔感，後者充溢著時間上久別的傷痛和無奈。二詩雖然短小，自然清秀的文字中，卻蘊涵闇公無比沉痛的心與對歸鄉殷切的渴念。

段義孚（Yi-Fu Tuan）認為家鄉被視作母親，它有撫育機能，是愛的記憶和鼓舞現在光輝所在，具有永久性，所以使人安心。〔註 30〕因此遊子唯有回到所生所長的故鄉，才能消除飄零不定感和思念之情。徐孚遠不是不明白此理，也不是不想返鄉，只是猶如〈雨懷〉所說：「故園如可反，攜室吾將行」（卷九，頁 31），以及〈歸思〉所述：「江南倘若胡笳靜，歸去湖邊問故人」（卷十四，頁 19）。對他來說，能否踏上歸途取決於現實政治局勢；怎奈時局又非他所能操控。面對無法預知的歸鄉日和鄉愁，〈春盡閒吟〉中闇公曰：

---

〔註 30〕段義孚説：「城市或土地被視作母親，它有撫育機能。地方是愛的記憶的所在，
也是鼓舞現在的光輝所在。地方是永久性的，所以使人安心。」所言之城市、
土地等地方即鄉土。見 Yi-Fu Tuan 著、潘桂成譯：《經驗透視中的空間和地方》
（台北：國立編譯館，1998 年 3 月初版），頁 148。

> 春色遙看欲盡時，未知何日是歸期？客愁不共水流去，佳信常隨雲
> 影移；雨後轉憐山上草；日斜空對澤中麇；他年或有昇平事，須詠
> 鮑家十首詩。（卷十三，頁4）

只能黯然慨歎：「蕭條衣履客他鄉，返國何年更渺茫？」〔註31〕以及「杖藜聊
騁望，羨爾白雲歸」〔註32〕，「遙羨彼飛鳥，朝出暮還歸」，〔註33〕歆羨自由
歸返的雲、鳥。

　　「久客思歸隔煙霧，杳杳河梁不可渡」，〔註34〕重重阻礙以致歸鄉遙遙無
期，唯獨「夢」可以飛越政治藩籬和千山萬水的阻隔。〈午夢〉說：「一枕須
臾裏，相應到故鄉」（卷九，頁15）。夢中，轉瞬間便可回到朝思暮想的故園。
夢成了闇公歸鄉的羽翼，排遣他留滯異地的苦痛。〈荊山夜雨〉道：「淙淙夜
雨入溪流，一夜溪聲到枕頭；夢裏不知身在粵，竹橋煙月滿昇州。」（卷二十，
頁20）夢裡闇公重回江南，觸目所見是金陵的竹橋煙月，渾然不覺自己流寓
廣東，暫時消解了思鄉愁緒。

　　誠然，就現實情勢來說，闇公也只能以夢來排解鄉愁。夢中他非但能重
回故里，也能會見睽違已久的妻女，如〈夢歸〉述：

> 離家已復十餘年，望遠不睹江南煙，夢中忽載羈魂去，推門入戶還
> 歷然，嬌女三人何婀娜，一咷一默一安坐。在者二女何有三？存亡
> 雜出那能諳？微聞言及亡人事，雁書不達相傳異，初云墮水浮滄浪，
> 復云赴火隨姚光，非水非火了自知，愁歎入耳心茫茫，居者旋失夢
> 者返，雲路差池雙翮斷。（卷六，頁18）

或可與故交親戚在春光明媚的江南遨遊，如〈趙書癡命賦春江花月夜詩同諸
公作〉（一）道：

> 一別鄉關歲序流，幾時擁楫鄂君舟？看花茂苑家家檻，步月長干處
> 處樓，選勝行歌添淡蕩，停杯滅燭解淹留，於今頻憶江南樂，願逐
> 東風夢裏游。（卷十五，頁16）

不過，無論夢境如何真實、多麼歡樂，終究是夢，待到夢醒重返現實，只是
益加惆悵、更增悲苦罷了。〈春盡〉曰：「午夢蕭蕭欲到家，覺來村塢亂嗁鴉；

〔註31〕〈旅夕遣懷〉，《釣璜堂存稿》卷十二，頁26。
〔註32〕〈野望〉，《釣璜堂存稿》卷九，頁25。
〔註33〕〈古歌〉，《釣璜堂存稿》卷六，頁26。
〔註34〕〈旅愁〉，《釣璜堂存稿》卷五，頁38。

春光已盡空惆悵，不見江南千樹花。」（卷十八，頁12）由於人「幾乎皆趨向於把自己的鄉土視作世界的中心」，有無可比擬的特殊價值，〔註35〕因而在思鄉、懷舊的情感下，異鄉一切均不如故鄉美好，即使是同一物象或近似物象。我們可見詩中無論夢境還是現實，時序皆屬暮春，但闇公夢中的故鄉是千樹花的美景，而夢醒後的寓居處卻是春光蕭條、滿是吵雜的啼鴉。思鄉情感下，異地怎比得上故鄉？夢醒的惆悵更是觸景傷懷，倍加思念故鄉、渴望回返鄉里。

論者以為：「遊子對故鄉的懷想與眷念，實際上是一種精神還鄉。在諸多故鄉美好的幻想裏，遊子的孤獨痛苦、失意落寞的心靈有了著落，所有的艱辛和怨恨也有了宣洩和消解，此時的故鄉，不是一種單純的物質存在，而是一種美好理想和希望的象徵，是人類賴以詩意地棲居的精神家園。」〔註36〕對闇公來說，返鄉意味復國，他的歸思寄寓著光復故土的企望，返鄉慾望愈強，復國意念愈濃。奈何自去國離鄉以至身故，闇公僅能悲苦的「精神還鄉」，無法真正回歸梓里；不難理解他為何發出「死別猶為可，生離何日歸」〔註37〕的沉重悲嘆。

### （二）思憶親故

流徙不得返鄉期間，對故鄉親舊的思念常常縈繞在闇公心中，特別是他的弟姪，以及幾社的知交陳子龍、夏允彝等人。對陳、夏等知交的思憶，已於交遊考章述及，本文僅述說他對兩位胞弟徐鳳彩、徐致遠和姪兒的思懷。

徐鳳彩，闇公同母仲弟，字聖期。其人博綜多識，尤其精通《詩經》，著有《毛詩博義》和《詩經輔注》；前者遭變亡佚，後者詳考禮器制度、山川草木鳥獸，所說以朱熹為宗。〔註38〕少弟致遠字武靜，為闇公異母弟，負才善交遊。面對鼎革，素來不慕名利的鳳彩是「胡來獨掩關，門中存紫氣，郭外

---

〔註35〕Yi-Fu Tuan 著、潘桂成譯：《經驗透視中的空間和地方》（台北：國立編譯館，1998 年 3 月初版），頁 143

〔註36〕周玉：〈思鄉主題的歷史背景和文化表現〉，《宜賓學院學報》2009 年 8 月第 8 期，頁 83。

〔註37〕〈清明日懷丙舍〉（之二），《釣璜堂存稿》卷十七，頁 5。

〔註38〕參（清）楊開第修：《重修華亭縣志》卷二十（據清光緒四年刊本影印，台北：成文出版社，1970 年台 1 版），頁 1472、（清）謝庭薰修：《婁縣志》卷十二（影印乾隆五十三年刊本，，台北：成文出版社，1974 年 6 月台一版），頁 504。

看青山，舊輯方書老，新裁家訓閒」；〔註39〕致遠則是「與俗浮沈老，承家節操真，桃谿猶好入，能作避秦人」。〔註40〕二人選擇隱居不仕新朝，雖不若闇公冒死投身南明抗清政權，也絕非諂媚求官之輩。闇公離鄉抗清期間，鳳彩、致遠昆仲並未求自保而出賣至親，反倒是受闇公連累而處境艱危。錢澄之道：「武靜兄為兄之故，困躓以死。」〔註41〕王澐也說：

> 先生出亡時，湖海風濤，家門岌岌不自保，仲弟送以憂卒，少弟為世所指名，幾瀕於危，奔走急難，傾身下士，由是家門得全，家益中落，勞瘁失志，亦以憂卒。先生兄弟孝友，生死一節若此，人以為不愧三徐之目云。〔註42〕

鳳彩為闇公同母弟，二人親睦不在話下，而致遠為異母弟猶能為闇公如此，三人實是手足情深。

自乙酉（1645）揮別兩弟漂泊異鄉，闇公猶如孤飛鵾鴿。現實既然無法相聚，家書成了闇公的希望，希望藉由家書傳遞彼此訊息，傳達彼此情感。這看似普通、簡單的願望，闇公卻是嗟嘆：「浮雲總滯春江色，歸翼難將弟姪書」；〔註43〕顯然闇公兄弟三人非特不能聚首，就連魚雁往來也是奢求。〈諸公得鄉信有感〉（二）云：「別族思存祀，緘書懼及羅」（卷八，頁 14）；〈寄家書感作〉道：「數載緘情一紙回，行藏不敘使人猜；只愁書到驚關吏，攜得臧孫隱語來。」（卷十八，頁 4）可以窺見當是顧忌清廷，深怕波及牽累，以致無法經常魚雁往來相互聯絡。

既不能會晤，又不能常常互通音訊，對流落他鄉的闇公來說，更加深他對鳳彩、致遠的思念。〈懷兩弟〉云：

> 累葉曾通貴，連年做逋臣；恩深思報主，才短失謀身；北望空江介，南行更海濱；班荊存劍佩，分野候星辰；所冀黃圖正，那知白髮新；日歸真渺渺，乞食更逡逡，墓草何時掃，鴒原尚可因；家聲雕琬琰，獨步應騏驥；七載能完璞，四時實薦禋；蘋蘩又感漢，伏臘不隨新；

---

〔註39〕 〈懷聖期弟〉，《釣璜堂存稿》卷九，頁 19。

〔註40〕 〈重懷武靜弟〉之二，《釣璜堂存稿》卷八，頁 27。

〔註41〕 （清）錢澄之：〈哭徐復菴文〉，《田間文集》卷二十五（影印清華大學圖書館藏清康熙二十九年斠雛堂刻本，北京：北京出版社，2000 年 1 月一版一刷），頁 146。

〔註42〕 （清）王澐：〈東海先生傳〉，《徐闇公先生年譜·附錄》，頁 8。

〔註43〕 〈霽夕野望〉，《釣璜堂存稿》卷十四，頁 13。

以爾安丘隴，令余老逸民；方期重策蹇，取次一投綸；已報開三楚，還悲梗八閩；雙魚莫可寄，何自敘酸辛？（卷十六，頁 11）

忠貞報國的心志與對二人的思憶之情可見。只是對闇公來說，縱有滿腹思懷、縱有千言萬語想向鳳彩、致遠訴說，卻不得藉由尺素傳達，心境自然悽楚悲涼。〈兩弟〉（二）又述：「去國十年餘，遙遙滄海居；飛鳧時有至，秋雁總無書；尚喜先疇熟，還愁隴樹疏；旅途頻悵望，何日駕行車？」（卷十，頁 6）闇公不得隨心修書返家，而鳳彩他們也難以連絡闇公，所以他長年盼不到家書。別離的愁苦唯有返鄉團圓才能消解，但返鄉之日卻遙遙無期，闇公只能祈求這天早日到來。在此之前，他也只能企望又企望，遙想又遙想。

原本懷抱有朝一日歸返鄉里，兄弟三人再度聚首重享天倫，但徐鳳彩的逝世讓闇公希望幻滅，生離變爲死別，思念之懷轉爲哀悼之情。〈聞聖期二弟沒賦哀〉（一）云：

自從蹻屩去，杳杳乏鴻書；準擬鬚髯改，豈惟杯斝疏？闊居廿載近，聞訃一年餘；即有言歸日，何堪望故廬？（卷十一，頁 12）

乙酉（1645）一別，不意此後便無緣再相會團聚，這是闇公始料未及的，悲慟之餘不禁覺得愧對鳳彩。既然生不得重逢，唯有期盼死後再聚，是以同題之六道：

以吾逃世難，久矣踏蒼煙；兵革能長命，波濤實減年；本將宗祏寄，仍賴典型傳；豈意生無祿，相期在九泉。（卷十一，頁 12）

希企九泉下團圓，了卻生前兄弟離散的憾恨。

除了兩名胞弟外，故鄉的親屬闇公最掛懷的就是姪兒徐允貞。徐允貞字麗沖，爲仲弟鳳彩兒子，也是幾社成員。從闇公詩文來看，姪輩中他格外賞識允貞，認爲他的才能堪稱「世寶」，〔註 44〕對他的情感也最深，〈懷麗沖姪〉可見。詩云：

吾姪才堪歎，夏公與汝名；沈冥研物象，恢豁視羣英；弱弄必柔翰，長吟鄙滿巵；當風蘭氣發，脫臂駿毛輕；已展趨庭禮，還陪竹下盟；阿咸清賞絕，老子勝游并；辨鼠三冬足，割牛四座驚；時時簪冕集，往往貝珠傾；壯歲無先覺，休文愧後生；所欣階樹好，差慰暮年情；胡馬浮江至，孤身蹻屩行；望雲常戚戚，顧影倍煢煢；暫覺鬚眉在，

〔註 44〕〈再懷麗沖侄〉曰：「汝才眞世寶，但恐出非時。」見《釣璜堂存稿》卷八，頁 15。

終虞堂域平；臧孫宜祀魯，椒舉尚存荊；屐齒何由折，雁書不記程；

幸能修伏臘，準與寄宗祊。（卷十六，頁6）

允貞豁達大度，才能出眾，對允貞的出類拔萃，闇公不只感到欣慰也引以為傲。再者，如同阮籍、阮咸叔姪遊集竹林之下，允貞偕同闇公參與幾社。弘光閹黨亂政時，他毅然接受闇公委託，臨危受命選刊《幾社會義》七集，以免闇公遭閹黨迫害。〔註45〕以此來說，允貞又是闇公可信、可託附的晚輩。因而闇公慶幸他流亡異地時，允貞留在故鄉負責節日祭祀，進而認為他足以託付奉祀宗廟。

正因對允貞的感情是如此深厚，身在異鄉的闇公不禁頻頻思念，渴望叔姪二人的重逢。〈懷麗沖姪〉云：

相憶千行淚，都無片紙來；猶存雙老眼，已似一寒灰；念我猶歧路，

安親亦令才；何時歸故里，重擬阿咸杯？（卷九，頁3）

〈山棲懷麗沖姪〉亦曰：

日日閒遊著小衫，風輕巢定燕呢喃；常將孤棹隨漁父，更擬投林憶

阿咸；舊業已荒魚入釜，賜書猶在玉為函；可憐寂寞無鴻翼，客子

何時可掛帆？（卷十三，頁6）

二詩在在流露對允貞憂傷沉重的思念之情，與重逢的渴望，和不知何時可返鄉聚首的無奈感傷。

闇公長逝饒平後，妻子戴氏和兒子永貞將他歸葬松江華亭。不料永貞竟遭同室毆殺，親族認為闇公不可無後，於是立鳳彩孫子懷瀚為闇公嗣孫；而懷瀚便是允貞之子。又康熙十八年（1679）仲冬，闇公及其妻姚氏、戴氏舉行族葬，協助懷瀚處理營葬事宜的也是允貞。允貞果真實踐闇公所說「準與寄宗祊」，不枉闇公對他的器重與情感。

## 三、偃蹇依託之悲

離鄉的漂泊和思鄉情懷，以及遙憶親友的羈旅情愁，在羈棲他鄉期間，不管身在何處，都隨時縈繞在闇公胸中。然而他的失意偃蹇之情、寄人籬下之苦卻是依附鄭成功時期所慨。

---

〔註45〕（清）杜登春：《社事始末》（藝文印書館百部叢書集成據藝海珠塵本影印，
台北：藝文印書館，1968年），頁16。

### （一）偃蹇失意之苦

永曆五年（1651）冬，清軍攻佔舟山，終結魯王政權。魯王朱以海和扈從臣僚南奔廈門依附鄭成功，之後尊奉桂王朱由榔為有明宗主，徐孚遠也成為桂王臣工，並在永曆十二年（1658）晉官左副都御史。

入廈門前得聞桂王嗣位，闇公已有「更愁雲暗蒼梧杳，龍去南溟何處攀」〔註46〕之嘆。流徙廈門後，闇公便以陛見桂王、真正投身桂王朝致力復興有明為念，〈病酒放言〉道：

> 酣酒嘈嘈胸懷惡，淫勢相攻脾病作，卻閉環堵筋力弱，契闊無如張翰鱸，蒙戎已似羊公鶴，寂寂依人久不堪，非膠入漆那能黏？長翮思舉劍思銛，真人已起臨江潭，安能長置此身閩之南？（卷五，頁23）

無意名實不符和寄人籬下屈志難伸，以及希冀輔佐桂王能如光武中興之心，催促他要前往桂王行在；不過，現實情勢卻不允許。清軍進逼和權臣孫可望脅迫緣故，桂王狼狽駐蹕廣西、貴州、雲南，乃至緬甸等地，對人在海嶼「不愁海裏風波惡，但憂岸上豺虎多」〔註47〕的闇公來說，能全身閃避清廷迫害、安然抵達極度困難。〈擬游不果〉曰：

> 游子若浮雲，所期常不定，依人無歡顏，何敢稱歷聘？龍驤下荊州，擬作瀟湘游，樓船南海來，舳艫又將開，欲辭主人去，凌風一展翼，望望未可親，美人來何暮？意氣在所遭，豈論新與故？常恐翅不前，飄搖在中路。（卷三，頁26）

不動身志意不伸，動身卻必須冒著被清廷緝拿的高風險，動身、不動身各有難處；權衡下，他只好選擇留滯廈門修身俟時。

淹留不得行，「差爾乘桴客，何時到日邊」，〔註48〕何時能朝覲桂王為闇公所關切，同時也為不能遂心而感慨頻生。〈鋤菜〉曰：

> 久居此島何為乎？惡溪之惡愚公愚。半畝稻田不可治，畦中種菜三百株，晨夕桔槔那得濡，沾塊之雨昨宵下，葉裏抽莖生意殊。烹菜沽酒聊自慰，西鄰我友亦可呼，只今十載在泥塗，南雲杳杳天路迂，我欲往從乏駒騄。（卷七，頁8）

---

〔註46〕見〈臘月旅歎〉，《釣璜堂存稿》卷十二·二。按該詩有「無兒未覺身將老」之語，而陳洙纂《徐闇公先生年譜》記闇公次子永貞永曆五年四月生，是可知此詩成於魯王政權傾覆前。
〔註47〕〈高涼行〉，《釣璜堂存稿》卷五，頁22。
〔註48〕〈楚師〉，《釣璜堂存稿》卷十，頁3。

又〈南愁〉道：

> 淒涼南國路，惝怳遺臣心；山阻黔陽杳，雲迷洱海深；相傳應化蜀，
> 不復問依斟；近報通和信，臨流獨拊襟。（卷十一，頁 22）

又〈時有傳余亦隨使入朝覲者欽之因贈余詩，已而訛言也，依韻奉和兼送黃職方南歸〉之一說：

> 每感雙鳧難上天，舊年折翅又新年；韶光冉冉如流去，苦節硜硜似
> 石堅；此日心懸丹鳳詔，何時身傍碧雞邊？即看節使登舟去，能逐
> 輕雲共入滇。（卷十五，頁 1）

欲行不得行的無奈、悲傷和怊悵落寞溢於言表；日復一日，年復一年的茫然待時的心境表露無遺。

闇公自道：「爾公爾侯非我期，但願不貴復不飢。」〔註49〕離鄉抗清不是圖一己榮華富貴，拜謁桂王也不是求高官顯爵，他不得進謁桂王的嗟歎，莫過於徒具虛銜，未能在君側克盡己職、致力復興大業的惆悵。〈島中遙望作〉云：

> 紛紛杖鉞空馳驟，猶見滄浪長自守，頻聞鼓角心魂驚，時傍煙霞皮
> 骨瘦，此時皺冕居人先，他日會同豈人後？寄寓之老賸悲涼，志欲
> 奮飛眼望羊，何以取道駕驪黃，英賢相偶射天狼？（卷七，頁 9）

懷抱君臣遇合以驅逐滿人、收復失土的志向，卻不得奔赴行在而無法施展，壯志未酬的無奈、惝怳依人的悲傷，其心跡可見。自永曆五年（1651）冬避地廈門至永曆十六年（1662）桂王崩殂，闇公始終未能如願隨侍桂王擘畫國事，這惆悵也始終縈繞闇公胸中。

黃宗羲說鄭成功「禮待避地遺臣王忠孝、盧若騰、沈佺期、辜朝薦、徐孚遠、紀許國等。此數人，鄭之上客也，成功不敢與講均禮；軍國大事，悉以諮之。」〔註50〕全祖望也說鄭成功凡有大事，先與闇公諮議而後行。〔註51〕倘若如此，相信多少能解慰闇公「我作孤臣類逐臣」〔註52〕的憾恨，畢竟即

〔註49〕〈清晨〉，《釣璜堂存稿》卷五，頁 22。
〔註50〕見黃宗羲：《賜姓始末‧鄭成功傳》（臺灣銀行經濟研究室編，臺灣文獻叢刊第 282 種，台北：臺灣大通書局，1987 年 10 月初版），頁 20。
〔註51〕（清）全祖望：〈徐都御史傳〉，見氏著：《鮚埼亭集外編》卷十二，《續修四庫全書》第 1429 冊（據上海圖書館藏清嘉慶十六年刻本影印，上海：上海古籍出版社 1995 年一版），頁 567。
〔註52〕〈重贈盧子敏〉，《釣璜堂存稿》卷十三，頁 29。

便不得躬身效命桂王，猶可與鄭成功悉心戮力於復國大業。可惜不然，因為闇公羈棲廈門時的悒鬱，還有來自遭受排擊不得共謀國事的怊悵。

對闇公來說，儘管歸就鄭成功，但他並非鄭氏下屬，而是和鄭氏同為桂王朝臣僚。他期望與鄭成功齊心協力光復明室、共商復國大業，自己殫思極慮出謀劃策，甚至參戎行伍。可是實際情況卻是「雖然不草幕中檄，時亦聊為座上賓」〔註53〕、「罕入桓公幕，屢陪征虜筵」〔註54〕。鄭氏視他僅是筵宴座上客，並非諮議軍國的入幕之賓。〈流言〉（一）闇公感慨云：

> 幕府收英俊，原期誓始終；趙人難用楚，晉國且和戎；北伐應難待，
> 南音久未通；村居真寂寞，閒步翦山松。（卷十一，頁 7）

大嘆自己是魯王從臣而遭排擠，不能與鄭成功齊力奮鬥，空懷赤誠報國之志。該題之二又云：「陳平方閒楚，伍員已疑吳」（卷十一，頁 7）。甚至在〈感興〉中他更直言不諱說：「不惜剖圭重，深懷錫姓疑」（卷八，頁 7）。在在表示鄭成功對他心存猜忌，以致不得信用。《魯春秋》載：「國姓以桂無所通監國，引嫌罷供億，禮節亦疏，以見一。監國饑，各勸舊王忠孝、郭貞一、盧若騰、沈荃期、徐孚遠、紀石青、沈復齋等間從內地密輸，緩急軍需。」〔註55〕魯王朱以海不堪的窘況和闇公所述，呈現出鄭成功固然留納魯王人士，卻不能心無芥蒂竭誠相待，遑論與他們商議或籌度軍國大事。〈客嘲〉中闇公又憤慨說：

> 蹈海森森六七子，不仕復不隱，何為乃在此？既不能前驅負弩矢，
> 又不能借箸縱橫若流水，頫弁捧觴徒唯唯。諸公謂府僚，我輩若眉
> 矣，耳聽目視了不堪，人面無之亦不美，但當駕馬服馴牛，野鶴何
> 曾致千里？君不見四豪昔日羅羣英，楚客躡珠趙飛纓，處囊脫穎多
> 奇士，也應坐有魯連生。（卷六，頁 25）

遭受排斥不能見用，又得忍受鄭氏陣營的輕蔑和冷嘲熱諷，若被重視禮遇怎會如此？這是歸屬鄭氏的曹從龍除外，包括闇公在內魯王從臣當時的窘境。

徐孚遠個性耿介正直，論事直言不諱，這也是他不見容於鄭氏陣營的另一原因。〈閒居遣懷〉道：「醴筵不耐虞翻戇，僑客誰知孝直奇？自古英賢難

---

〔註53〕 〈寄食吟〉，《釣璜堂存稿》卷六，頁 19。
〔註54〕 〈自昌國南奔久棲敘述三十韻〉，《釣璜堂存稿》卷十六，頁 11。
〔註55〕 （清）查繼佐：《魯春秋》（臺灣銀行經濟研究室編，臺灣文獻叢刊第 118 種，
台北：臺灣大通書局，1987 年 10 月初版），頁 66～67。

際遇，高吟梁甫亦相宜」（卷十五，頁 14）；〈遣意〉則說：「子初守靜緣多智，惠恕遭讒坐重名」（卷十五，頁 15）。分別以三國時代虞翻、法正（孝直）、張溫（惠恕）自比，抒發自己遭讒受謗、志意不得的委屈。至於〈賦懷作〉（一）更是嗟嘆：「客有仲翔戇，主非竇侯倫」（卷四，頁 26），以禮遇重用避地班彪的大將軍竇融對比鄭成功，歎傷自己戇直進言而遭鄭氏疏離。如此不難理解，何以摯友紀許國勸他慎言和韜光養晦，以免惹災招禍。〔註56〕

　　在這些情況下，闇公縱然身懷忠肝義膽，意欲襄贊鄭成功致力抗清復明，卻無法得到鄭氏回應。〈客歎〉云：

> 衰周及漢初，客子多曳裾，往往盈賓館，至乃數千餘，平原一笑戇，
> 其門漸以虛，楚王不設醴，穆生遂去諸，意氣凌青雲，矯矯不可呼，
> 當時爭養士，所在有迎車，去來俯仰閒，主人以菀枯。今我適茲島，
> 觸目成欷歔。上書不見答，論事笑其迂，豈惟申與白，能方毛遂無？
> 非關人物異，實乃時地殊。古人懷鼎食，老夫避髮膚，滄浪落一翻，
> 身世委泥塗，心傷宗社計，氣餒名節圖，所以久棲遲，隨人笑非夫，
> 艱難如馭朽，憔悴等依楞，披書每自悼，不得凌雙鳧。桑榆日欲逼，
> 何以寄微軀？漫裁庾信賦，閒釣子陵魚，長歎攄此詞，後賢無乃吁。

（卷四，頁 31）

闇公從歷史經驗得知，諸侯榮衰繫於禮遇門客與否，戰國時平原君如此，漢初楚王亦是如此。他意欲捨身報國，處境卻是上書不見答、論事被笑迂，甚至還被人嘲笑不是大丈夫。字裡行間流露出希望為國盡心竭力，卻遭排擠的失意淒楚，以及不得已退而潔身守志的無奈。又〈鈴閣〉說：

> 棘門何其遠？欲進且前卻，景略披禍來，久未達鈴閣，豈惟言論衰，
> 　更使顏色弱，坐對英人不見奇，未申情款先索莫，席前借箸良已愚，
> 　即有孫吳不足學，何如賣餅兼賣藥，翩然且作雲中鶴。（卷七，頁 14）

明知遭受鄙夷輕視，為了社稷，闇公放下自尊當起不速之客，嘗試出謀獻策，卻依然不被採納，「有翼不展籠中鳥，空思高舉青雲表」〔註57〕的悵惘可想而知。

　　就這樣，長達約一紀避地金、廈歲月，闇公雖是桂王科臣，卻未能如效命唐王、魯王一般參與國事謀劃、為國家出生入死，也無法如願和鄭成功攜

---

〔註56〕見〈石青以養兒處潛見勖作此以當書紳〉，《釣璜堂存稿》卷三，頁 5。
〔註57〕〈久寓歌〉，《釣璜堂存稿》卷七，頁 22。

手共同爲收復故土奮鬥；僅能頂著虛銜，飽受倔蹇依人、無所作爲的煎熬。〈棲遲行〉曰：

> 棲遲久矣徒四壁，十年心事多感激，既不能著鎧赴戰場，又未得戴
> 星執羈靮，家散善和坊裏書，人悲山陽縣中笛，谷口只聞杜鵑噦，
> 野田時見草蟲趯，意南兼意北，不勝愁且惑，如何常作寄食人，使
> 我低頭顏色黑？（卷七，頁7）

他的愁苦不是因宦海浮沉、也不是爲爵祿高低，純粹是不得躬親中興大業，壯志未酬。依傍旅食有違他的心志，也枉費他毅然拋家離鄉、闊離至親好友，其哀戚沉痛，遠非宦途失意者可擬。又〈遣悶〉道：

> 古之至人心無悶，我今觸事都成恨！腸中轆轤有萬轉，眼底山河無
> 一寸，海內英豪知誰健？羽翮摧頹道路遠，安得遨遊湘與沅？行將
> 歷歷吐昌言，何爲默塞索旅食？田光之舌久當吞。（卷七，頁8）

不得用事，又人在屋簷下只能堅忍箝口吞舌，不得建言評議。眼見山河淪陷，卻不能有所作爲，最終使他觸事都成恨，闇公的煎熬、悽楚可想而知。

## （二）傍人籬壁之哀

辛卯（1651）徐孚遠扈從魯監國依附鄭成功而避地廈門，此後十來年，無法遠赴桂王行在之故，這裡成爲闇公羈留最久的地方，即使中途曾遠渡安南，及舉家橫渡到臺灣墾殖。

萍寄他鄉已是辛苦，偏偏在這段漫長歲月，既不得隨侍桂王、又不得鄭成功信用圖謀國事，還遭白眼對待，失意又無奈下闇公也頻頻發出「奈何久依人，依人徒慘戚」，〔註58〕「久客易賤，憂心湯湯」〔註59〕的慨嘆。其中，有來自現實生活之苦，如〈撥累〉所述：

> 避難來海人，相依在蓬蓽，長者已生兒，少者亦授室，軍府頒斗粟，
> 給餐十不一，養之既無資，遣之又無術，荏苒歲月間，常恐生理畢，
> 擬作乞食書，羞縮不敢出，莫言米鹽細，能令神志失，李孚不栽韭，
> 陶潛不種秫，豈惟懷長飢，何以遣餘日？天意有愍遺，驅除務速疾，
> 好風當占星，知雨當問鷸，興廢尚茫茫，中心殊惕怵，老夫途實窮，
> 顛隮豈遑恤？（卷四，頁30）

又如〈行路難〉所云：

---

〔註58〕 〈旭日〉，《釣璜堂存稿》卷三，頁27。
〔註59〕 〈久客吟〉，《釣璜堂存稿》卷六，頁26。

移家過浯家不可，嘉禾卜居屢不果，廿年遷次心慘凄，家人嗃嗃噭
向我，流落須貽十口安，妻孥翻作百憂端，梁鴻依廡下，巢父棲樹
頭，古來僑客少歡顏，勸君莫歌行路難。（卷七，頁26）

對於生活上的困頓，他認爲「無嗟朝士苦，社稷正顛危」，〔註60〕與國家危難
相較根本微不足道。心繫社稷，他的偃蹇依人之悲，更因自己志意不得而生，
如〈悲歌〉言：「煉藥思得長年客，行思到日邊，寒谷凄凄，遠道綿綿，欲渡
無舟機，欲飛無羽翰，中腸無與愬，依人多戚顏。」（卷一，頁5）追隨桂王
不得而淹留寄食，抱負不伸，縱使興起不如歸去之思，現實上卻無法歸返，
只能抑鬱度過依人歲月。

〈古歌〉說：「得食亦苦悲，失食亦苦悲。」（卷六，頁26）闇公違離故
鄉，志意不得，無奈依人已滿懷悲苦，然而迍邅多舛的他，又遭受冷眼相待、
承受仰人鼻息之苦。〈遣悶〉：「閒攜蠟屐將何詣？笑乞縹醪亦未能，惟有假書
堪送日，頻求亦觸主人憎。」（卷十九，頁18）感嘆自己不得誠心相待，往往
動輒得咎，每每必須如履薄冰。〈詠懷〉（五）又更詳細道出自己的處境和心
境說：

客子苦飄蓬，羈旅依主人，既慮主人憎，又慮主人親，激烈固基禍，
委蛇亦失身，行己疏密間，徘徊多苦辛。我思邴根矩，俯仰不失眞，
雖嘗游朱戶，矯矯不可馴，自愧非其才，微志何能伸？所願數畝宅，
負耒涑水濱，買山猶未得，進退兩逡巡。（卷三，頁3）

深知鄭成功心有芥蒂，自己不受重視，但爲堅守志節，無法離開邊奉有明正
朔的土地，人在屋簷下，僅能察言觀色小心行事。對此，闇公不禁聯想到杜
甫。昔時杜甫避亂寄寓四川，劍南節度使嚴武非但厚禮相待，還敦聘他擔任
參謀、舉薦他充任檢校工部員外郎；而今同是避地處境，但遭遇卻是大相逕
庭。思及此闇公不由羨慕杜甫，更大歎「即今誰似西川帥，手把軍符問故人？」
〔註61〕期望自己可以受到鄭氏厚待尊重。

既不得志又不得鄭氏尊重，已讓闇公深感悽涼，但更令人慨歎的是，他
寄人籬下的窘況居然還來自鄭氏府僚。他們有時無的放矢、飛語讒譖，〈籠鳥
篇〉曰：

養鳥雕籠中，其神安得王？客子依主人，久久成惆悵，言色有沈吟，

〔註60〕　〈客子〉，《釣璜堂存稿》卷九，頁17。
〔註61〕　〈秋〉，《釣璜堂存稿》卷十九，頁11。

矯首欲有向，辛苦南海濱，脫身遠塵坱，生食周餘薇，死從魚腹葬，所願假一塵，何事與臺餉？常恐青蠅多，營營飾形狀，所以憩寂寞，清川方盪漾。（卷三，頁12）

〈客吟〉亦云：

擬遡沅湘源，不憚路盤盤，南市買金魚，北市買豸冠，整肅朝儀叩帝闕，帝闕迢迢不可陟，折翅歸來少顏色，久在王侯席，中心時惻惻，出言常恐青蠅生，舉步且憂白日匿，置身天地一何窄，辛舍代舍亦有數，那能長為孟嘗客？（卷七，頁10）

二詩中的青蠅用法本於〈小雅·青蠅〉。曰：「營營青蠅，止于樊，豈弟君子，無信讒言。營營青蠅，止于棘，讒人罔極，交亂四國。營營青蠅，止于榛，讒人罔極，構我二人。」〔註62〕青蠅喻指為達目的、不擇手段讒構他人的小人。「常恐青蠅多」、「中心時惻惻，出言常恐青蠅生」道出了闇公的處境。他們有時鄙薄侮慢闇公，或如〈客子行〉道：「村中客子囊橐澀，入春以來出求食，此中公侯真獨驕，縱有蘇張非所急，君復何為玉帳中，可憐辛苦候顏色」，（卷六，頁4）讓闇公遭受嗟來食般羞辱。或如〈歸思〉所說：「七尺男兒常寄食，眾中俯仰無顏色，幾篇雋永說未工，一斛角弓彎不得」（卷五，頁28），惡意貶責闇公不文不武，羞辱闇公只會寄食卻一事無成。

如此境況下，不敵「府僚飛語多鴻豫，地主留賓少負羈」的現實，闇公不得不「從此便知須納履，方當移跡北山陲」〔註63〕。縱有凌雲志，只能頂著盧銜，潔身自好守節養志，心馳魏闕，過著似隱非隱的生活，酸楚苦悶的度過依附歲月。

## 小結

闇公寄寓他鄉，是在社稷傾頹下不得已的選擇。他的流離情懷，無論是對故鄉、親舊的思念，還是自己偃蹇不順，寄人籬下的無奈與悲愁，無不沉重哀痛，無不令人感到悽傷！實如林霍所言：「如先生之所遭，尚可言乎！清廟明堂已矣，求一丘一壑於故鄉九峰、三泖之間亦不可得，羈旅流離，雖有

---

〔註62〕毛亨傳、孔穎達疏：《詩經》卷十四〈青蠅〉（重刊宋本毛詩注疏附校勘記，台北：藝文印書館，1993年9月12刷），頁489。

〔註63〕〈感賦〉，《釣璜堂存稿》卷十五，頁5。

吟詠，不過悲歌以當哭耳。」〔註64〕

　　若將遭亂情懷、身世之嘆與同時張煌言、盧若騰、王忠孝相比，闇公顯然悲切悽涼許多。以張煌言來說，與闇公雖然都是離鄉遠別家人，但他一直身在軍旅，甚至在張名振死後，接收張名振的軍隊。即使後來魯王侍臣遭鄭成功陣營排擠，張煌言因自身擁有部眾，還是能率領軍隊從事抗清征戰，持續為反清復明投身奮鬥。因此，即使沒能效命桂王左右，還是能竭盡心智中興復明，不違他的志向、不辜負他拋家離鄉。相較下，張煌言有復國大業未成壯志未酬的憾恨，而無有志難伸、抱負不展的悲愴；闇公卻兼而有之。王忠孝為福建惠安人，丁亥（1647）夏鳩集千餘人建義旗，與鄭鴻逵、鄭成功等人同時舉事，戊子（1648）秋移家廈門，居十三年復徙金門。他與鄭氏家族關係較為良好，少了闇公傍人籬壁不受尊重的慨歎。至於盧若騰，本身是金門賢聚人，唐王朝傾覆後，便歸鄉隱居，自然沒有離鄉寄寓的悲愁，遭亂情懷顯然不比闇公之多重。

　　徐孚遠親歷社稷傾圯，眼見生靈塗炭，自身又流落飄零，心懷宗廟丘墟之痛、遠離故土闊別親人之悲、漂泊無依之情、以及失意困頓寄人籬下之苦，兼具多重苦痛，愁腸百結，實非常人可比。盱衡其離亂情懷，要言之如其自述——「淒風苦雨羈人夢，細草稠花故國情」〔註65〕，真摯惻怛，發為詩文，情韻綿邈，令人蕩氣迴腸。

---

〔註64〕見《釣璜堂存稿序・徐闇公先生詩集後序》，頁1。
〔註65〕見〈清明〉，《釣璜堂存稿》卷十四，頁6。

# 第六章　世變下之海洋書寫

　　中國位居歐亞大陸，東境臨海，有著綿長的海岸線和諸多大大小小的島嶼，反映在詩歌，《詩經》中「海」早已入於詩句了。如〈小雅・沔水〉有「沔彼流水，朝宗于海」﹝註1﹞之句，又〈大雅・江漢〉云：「于疆于理，至于南海」﹝註2﹞，而〈商頌・玄鳥〉述道：「肇域彼四海，四海來假」﹝註3﹞等等。但細味這些詩作，並非以海爲主體進行書寫。海在古典詩歌中呈顯出較具體的形象，遲至曹操〈步出夏門行・觀滄海〉。曹操詩中敘述自己揮軍北征烏桓，「東臨碣石，以觀滄海」，放眼望去「水何澹澹，山島竦峙，樹木叢生，百草豐茂，秋風蕭瑟，洪波湧起」。滄海的壯闊無垠，更令他感到「日月之行，若出其中，星漢燦爛，若出其裏」，彷彿天上日月星辰皆是由海而出。深受震撼之餘，不禁詠歎云：「幸甚至哉，歌以詠志。」﹝註4﹞整體而言，曹操筆下的海一如其人，氣勢雄偉而不凡。

　　論者認爲：「唐代以前之海洋文學多置身海畔，作海洋想像之敘寫；涉身海中，遊海、渡海之實臨感受，並不普遍。」﹝註5﹞曹操也是如此。他近海、

---

﹝註1﹞　（漢）毛亨傳、（唐）孔穎達疏：《詩經》卷十一，（重刊宋本毛詩注疏附校勘記，台北：藝文印書館，1993 年 9 月 12 刷），頁 375。

﹝註2﹞　（漢）毛亨傳、（唐）孔穎達疏：《詩經》卷十八，（重刊宋本毛詩注疏附校勘記，台北：藝文印書館，1993 年 9 月 12 刷），頁 686。

﹝註3﹞　（漢）毛亨傳、（唐）孔穎達疏：《詩經》卷二十，（重刊宋本毛詩注疏附校勘記，台北：藝文印書館，1993 年 9 月 12 刷），頁 794。

﹝註4﹞　見黃節註：《魏文武明帝詩註》（台北：藝文印書館，1972 年 9 月二版），頁 87。

﹝註5﹞　張高評：〈海洋詩賦與海洋性格——明末清初之臺灣文學〉，《臺灣學研究》第五期（2008 年 6 月），頁 4。

觀海書寫出海的浩瀚無垠、波濤洶湧，卻未親身入海。其實不只在唐朝以前如此，直至清末，中國為西方列強所逼之前，曾經橫渡滄海的文人僅是少數。一來中國幅員廣袤，受地理環境限制，能親眼目睹海洋的騷人墨客已非普遍，更遑論親身泛海浮舟，乘風破浪。二來即使宋元以來航海技術進步，但是「自唐宋以來，中國的士大夫便極少參與危險性極大的航海，航海主要是下層民眾的活動。」〔註6〕因而具有浮海經驗的士人為數不多，自然抒發個人切身蹈海經歷的詩文數量也就有限。這種情形，卻在明清鼎革之際，因為南明與清廷對抗而有了改變。南明反清勢力，特別是魯監國和鄭成功陣營，所在地區不是濱海就是島嶼，對當時依附的遺老來說，破浪橫海並非陌生，徐孚遠即是其一。

　　乙酉（1645）清軍攻下松江，徐孚遠選擇離開故鄉南下福建，隨著南明局勢的變化與個人際遇，讓他得以接觸海洋，真正和海產生交集，海成為他生活環境的一部分。丙戌（1646）八月，清軍攻陷福州，隆武帝殉國後，徐孚遠並未入粵奔赴桂王行在，而是輾轉流徙於閩浙沿海、島嶼之間。就闇公個人生命意義來說，有了新體會、增加了新經驗；就創作來說，擴展了詩歌題材；而這正是身處內陸的作家畢生所缺乏的。

## 第一節　個人海洋經驗

　　從順治三年（1646）到康熙三年（1664）遁跡廣東饒平之前，徐孚遠的生活與海洋息息相關，藉由親近海洋的機會，累積了個人豐富的海洋經驗，這些經驗來自於參戎水師、訪戴行遊和遠洋航行，以及濱海所居。

### 一、參戎水師

　　丙戌（1646）正月，徐孚遠受唐王詔晉升兵科給事中，與大學士張肯堂由海道出募舟師，開始參戎水師。在此之前，福王時期固然曾與何剛募練水師，不過也僅止於輔佐募練，並未能登上艨艟隨軍出生入死。首次航海，他見識到「檣帆朝發俄千里，鼓角宵嚴到四更」，舟師海行的迅速及其戒備森嚴；

---

〔註6〕　徐曉望：《媽祖的子民：閩台海洋文化研究》（上海：學林出版社，1999年12月一版一刷），頁410。

更體驗到「初入樓船似酒醒，中流激浪作飛霙」，〔註7〕浪濤激盪不定導致暈船的痛苦，即使先前不乏漾舟江、湖經驗。自此之後，爲了復興社稷，雖然「既畏蛟龍翻，兼虞豺虎逼」，〔註8〕海師面臨敵人的威脅與冒著天候、海象的惡劣，但徐孚遠每每義無反顧，勇往直前。

　　唐王殉國後，徐孚遠又偕同張肯堂依附周鶴芝，繼續水師生涯。周鶴芝，福建福清人，嘗爲海盜，唐王任命爲水軍都督，後加平海將軍。魯王封爲平夷伯，進平夷侯，曾經攻克過海口、鎮東二城，並與魯王會師攻福州；辛卯（1651）魯王舟山政權覆敗後，依鄭成功以終。在周氏陣營期間，徐孚遠也曾從鶴芝乘風破浪，爲反清大業奔走，〈附平夷舟行夜作〉可見。詩云：「猶爲橫海行，懷抱感今昨；淒淒游子舟，沈沈將軍幕；鼓角四更喧，衾裯秋夜薄；披衣看星河，徒謂從軍樂。」（卷三，頁22）此次出航目的雖然不得而知，猶可感受到徐孚遠對於故國未復的惆悵。

　　除了投入張肯堂和周鶴芝麾下之外，徐孚遠的海師生涯亦嘗隨同定西侯張名振征戰。據載，丁亥（1647）四月，松江提督吳勝兆謀策叛清舉事，張名振率水師由海道給予應援，徐孚遠受魯王命從軍北征。豈料，前行艫艦航駛到長江口崇明沙時不幸遭遇颱風。當時海上狂風大作、駭浪掀天，以致樓舡難以操控互相激撞，士卒大多落海溺斃，船上軍資湮沉殆盡，幾乎全軍覆沒。徐孚遠固然幸運的與殿軍後行舟師得以保全，但怒海難敵，只好黯然返航。〔註9〕

　　參戎海師，讓徐孚遠能夠繼續爲復明志業奮鬥，也讓他感受到有別於泛舟江湖的瀚海航行，體驗到海的滉瀁莫測與雄壯，因而除了書寫個人所見、所感外，也反映出當時南明舟師情況。

## 二、訪戴行遊

　　在致力於抗清之餘，暇日徐孚遠也會乘閒過訪友人和尋幽訪勝，猶如有明山河變色之前。不同於昔日的是，這些知交、勝地或在福建、或在浙江沿海，或者分別在兩省外海島嶼，徐孚遠必須揚帆搖櫓橫越海洋始能抵達。這

〔註7〕　見〈海行雜感〉之二，《釣璜堂存稿》卷十三，頁31。
〔註8〕　徐孚遠：〈阻風〉，《釣璜堂存稿》卷二，頁2。
〔註9〕　參（清）黃宗羲：《海外慟哭記》（臺灣銀行經濟研究室編：臺灣文獻叢刊第135種，台北：臺灣大通書局，1987年10月初版），頁8、《徐闇公先生年譜》，頁23～24。

自然累積並豐富了他的海洋經驗。

　　丁亥年（1647）正月，平海將軍周鶴芝收復福清海口鎮後，趙牧便受命屯紮此地，直到該年四月殉國為止。期間，徐孚遠曾凌波漾舟至海口，探視趙牧這位知交兼詩友。〈過趙俠侯海口城適有警〉云：

> 汎舟南海上，海上有巖城，趙子方秉麾，肅肅著威名，初旭射城闉，
> 光輝照冠纓，伊余倦晞髮，緩步入君營，相勞未及已，戎騎已縱橫，
> 登埤四顧望，壯士懷不平，雄劍四五指，氣欲掃天槍，部分各有紀，
> 令嚴眾無聲，鐵馬前且卻，徘徊以悲鳴，坐客更強飯，下視海波清，
> 生當得單于，緣知微命輕。（卷二，頁 19）

徐孚遠浮海到訪，好友聚首本當相見歡，那知彼此慰勞問候尚未話完，清軍已經來犯，戰事一觸即發，沖淡了重逢的喜悅。

　　在旅居海口時，徐孚遠曾航行出福清灣經海壇海峽，到福建第一大島海壇（又名平潭島）遊賞，歸途有〈自石帆反海口〉之作：

> 撥棹凌波去，中流思不禁；風花迷遠岫，雲氣漾疏林；雜坐眞忘我，
> 輕帆慰宿心；峰頭遙指點，歷歷動微吟。（卷八，頁 14）

石帆，〈同諸公游石帆〉一詩題下注曰：「雙石似帆故名之，海潭洋中之勝地。」（卷五，頁 6）是知為海壇島中勝景，而今依然為當地旅遊名勝。從詩文字裡行間可見，對徐孚遠而言，此處風光足以讓他滌蕩塵思，暫時拋卻現實煩惱。如此不難理解，他何以甘冒風浪濟海徜徉其中。

　　眾所周知，莆田外海湄洲島，是海上守護神媽祖故鄉，以媽祖信仰祖廟天后宮聞名於世。徐孚遠飄蓬閩、浙時，也浮海來到此地。〈湄島祇謁天妃宮〉云：

> 此地眞妃宅，今年楚客過；閟宮森羽衛，拍浪走黿鼉；陟嶺潮聲轉，
> 登樓雲氣多；星槎歸未得，飄泊近如何？（卷九，頁 16）

在徐孚遠眼中，莊嚴肅穆的天后宮傍海矗立著，不時拍岸的激盪浪濤非但烘托廟宇非凡的氣勢，更襯托出媽祖守護蒼生與惡海搏鬥的精神。然而，他並非如一般人祈求媽祖庇佑自己航海平安，取而代之的是流露出漂泊的無奈，與希望能光復明土、歸返故鄉的渴望。此外，對徐孚遠來說，湄洲也是友人梁明卿居住之地。在舟次湄洲時「幽興偶然發，攜朋到此村」，〔註10〕乘興造

---

〔註10〕　〈阻風湄島過梁明卿寓〉曰：「幽興偶然發，攜朋到此村；沙衝人面過，浪湧日華翻；散帙玄猿嘯，傾樽白露溫；窮途聊自慰，應得慰羈魂。」見《釣璜堂存稿》卷九，頁 16。

訪梁氏，與梁氏把盞話舊，暫時撫慰自己羈泊惆悵之心。

　　棲身廈門時，因與避地遺老往來，徐孚遠更常溫檣破浪。以海外幾社友人為例，徐孚遠每每渡經鷺江海峽，登鼓浪嶼拜訪陳士京，及遊覽島上風光；也同曹從龍結伴，鼓枻浮海至鷺島西南海的青浦目嶼探索幽境。〔註 11〕諸如此類，流離期間，徐孚遠渡海訪遊不一而足，自然也增添了個人的海洋經驗。

## 三、遠洋航行——浮海安南

　　永曆十二年（1658）正月，桂王派遣使臣漳平伯周金湯、兵部郎中黃事忠到廈門晉爵諸臣，並與鄭成功約定進兵江南。鄭成功於是令張自新護送徐孚遠和黃事忠返回雲南覆命，使得徐孚遠終於有機會覲見桂王。由於當時通往雲南的陸路——廣東、廣西，遭受清廷封鎖；為了閃避清軍，因此計劃先航海到安南，然後再假道北上，越過邊界進入雲南。

　　相對於閩、浙一帶的近海航行，浮海往返安南，徐孚遠體驗到了真正的遠渡重洋，而此行也是徐孚遠海行航程最遠、時間最長的一次。

　　「一聞交海近行都，便隨商舶駕雙鳧」，〔註 12〕永曆十二年（1658）二月，徐孚遠與張、黃二人乘搭商船自廈門啟碇南下。航行途中，遭遇到了「商檣狎浪看轉側，陽侯驤首凌天吳」排空而至的沖天巨浪，以及「忽然濃霧迷南北」的景象，〔註 13〕並在同年三月三日上巳之後安然抵達安南，進入後黎朝都城河內。或許航程較為順遂，我們見到徐孚遠著墨有限。

　　在安南期間，安南王要求徐孚遠行跪拜禮，徐孚遠不願明朝國格受辱，以致無能假道入滇。縱使萬般不甘與無奈，最後也只能乘槎返回廈門。

　　相較於航往安南行程，徐孚遠返回廈門過程則艱險許多。航行廣南灣（今北部灣）海南島海域，船隻不慎誤入一線沙，稍有閃失便會擱淺。當時海象險惡，狂風大作，駭浪怒濤不時侵襲而來，情況岌岌可危，徐孚遠自認必死無疑而口占說：

> 何事舟行入線中，更憐瓊海道難通；淺沙反逼三篙水，惡浪交加四
> 面風；端笏未期門下省，排衙將赴水晶宮；天公不擬亡周室，銜石

---

〔註 11〕　前者《釣璜堂存稿》如〈同王愧兩過陳齊莫山居〉（卷六‧九）、〈過古浪飯陳齊莫齋〉（卷十，頁 4）、〈古浪觀鹿耳訫放舟〉（卷五‧三十三）等詩可見，後者〈同曹雲霖渡青浦游步〉（卷二，頁 30）可見。

〔註 12〕　〈同黃、張祀伏波將軍廟歌〉，《交行摘稿》，頁 1。

〔註 13〕　〈同黃、張祀伏波將軍廟歌〉，《交行摘稿》，頁 1。

瑤姬結恨同。(《交行摘稿・行瓊海入一線沙，亦名角帶沙，危險萬

狀，吾輩三人自擬必死矣，口占》)

後來船夫認為出線沙不易，建議航線改由沿海南島山岳北行，進入雷州半島
與海南島之間的瓊州海峽，通過海口港出海峽直達廣東沿海。航行到紗帽山
時，原本只待西南風起即可過海口而出，豈知「港內艨艟正鬱然，將施蠆箭
吐蛟涎」，〔註14〕海口港佈滿清廷戰船，一發現徐孚遠他們便發銃攻擊。為了
躲避清軍追擊，眾人不得已只好返棹冒險出線沙。好不容易經過大洲頭，回
到廣東近海，沒想到又在行近大星（今廣東省惠東縣外島嶼）時「狂風號怒
客魂驚，鞭驅岡嶺青冥覆，浪湧黿鼉白晝鳴」，〔註15〕連續數天航行，浪吼風
號，怒濤洶湧，令人心驚膽慄。所幸最終安然返抵廈門，儘管歸途一波三折、
險阻重重。

　　徐孚遠安南行並未達到假道以朝覲桂王的目的，對他的治政生命來說，
無疑是莫大的挫敗；然而就人生經驗來說，則擴展了個人的海洋經驗，體驗
到真正的遠洋航行，不再只是侷限在中國沿海一帶。至於旅程中情志的抒發
——《交行摘稿》，不僅讓讀者深深體會到其堅毅不屈的品格與冒險犯難的精
神，也留下他往返安南與廈門間航路的線索。

　　如前所述，徐孚遠返航時因不慎駛入一線沙，所以變更路線，計劃由瓊
州海峽進入廣東沿海，卻又因遭遇清軍，被迫再度變換返航路線。然則第二
次改道，也是徐孚遠最終的歸程為何？《交行摘稿》中〈自線沙出，得西風，
可至大洲頭，始為通道，行至初五日，已報過洲頭，風輕流迅，退回〉、〈行
大洲頭歌〉、〈七夕，西風，過大洲頭〉，和〈將至大星連日暴風〉等詩描繪出
大致輪廓。徐孚遠云：「自線沙出，得西風，可至大洲頭」；又說「目斷長風
凡九日，心懸少女似三秋」，〔註16〕殷切盼望颳少女風（西風）。《海國聞見錄》
載，船舶倘若「溜入廣南灣，無西風不能外出」；〔註17〕是以不難理解徐孚遠

〔註14〕見〈伙長已誤入一線沙，以出沙為艱，欲沿山而行，將抵瓊州海口，乘風直
　　　過。……自二十七訖朔日，至紗帽山，西南風即出矣；乃值東風，不可行。
　　　未刻見一八櫓船來，始惶駭。未及治備禦，已發一銃相加。又見二舟出，始
　　　返棹，乘東風疾行得脫〉，《交行摘稿》，頁10。
〔註15〕見〈將至大星連日暴風〉，《交行摘稿》，頁12。
〔註16〕見〈自線沙出，得西風，可至大洲頭，始為通道，行至初五日，已報過洲頭，
　　　風輕流迅，退回〉，《交行摘稿》，頁11。
〔註17〕（清）陳倫炯：〈南洋記〉，見氏著：《海國聞見錄》（據臺灣銀行經濟研究室
　　　編：臺灣文獻叢刊第26種重新勘印，南投：臺灣省文獻委員會，1996年9

渴望西風以助船行之心，畢竟「南風氣盡溯洲頭，不及西風一夕流」。〔註18〕至於大洲頭為獨豬山，又名獨洲山，今中國海南省萬寧縣東南之大洲島。是知遭遇清軍後，徐孚遠西出瓊州海峽進入廣南灣，沿海南島西岸南下，行經海南島南端崖縣等地轉北行經東岸的大洲頭。之後，再繼續北上出七洲洋回到廣東沿海，途經大星尖等地，入福建返抵廈門。

　　回程已知，至於去程呢？關於當時廈門前往越南航線，《海國聞見錄》載：

> 廈門至廣南，由南澳見廣之魯萬山、瓊之大洲頭，過七洲洋，取廣
> 南外之咕嗶囉山，而至廣南；計水程七十二更。交阯由七州洋西繞
> 北而進；廈門至交阯，水程七十四更。七州洋在瓊島萬州之東南，
> 凡往南洋者，必經之所。〔註19〕

航路有二：一為經閩海、粵海繞海南島東岸大洲頭、七洲洋，再進入廣南灣抵達越南南部。二則經閩海、粵到海穿越瓊州海峽西出廣南灣，經廣東廉州、欽州到達越南北部。《交行摘稿》云：

> 伙長已誤入一線沙，以出沙為艱，欲沿山而行，將抵瓊州海口，乘
> 風直過。吾輩難之曰：「若欲虜舟則奈何？」伙長曰：「昔年曾過此，
> 虜無舟也。」主舶者利得速出，亦以為然。衡宇疑曰：「昔即無舟，
> 安知今不有也？」臣以大笑曰：「瓊，大郡也，以海為固，聞王師將
> 出粵東，必且造舟自備，豈無數艦為我難乎？」然無以奪其說。

由這段敘述可確定，在打算更改航線渡經瓊州海峽時，徐孚遠一行人並不知清廷已佔據海口，否則豈會故意遭遇清軍再度更改航線？可知徐孚遠前往安南國都城河內，並非由七洲洋西繞北過瓊州海峽的路線，而是行經陳倫炯所述廈門至廣南航線後再北上。換言之，即徐孚遠由廈門揚帆出臺灣海峽，南行經福建漳州、廣東潮州、惠州大星尖，通過海南島東岸大洲頭、七洲洋後，再轉西繞經海南島南端進入廣南灣，而後北溯到河內。如此說來，徐孚遠往返交南、廈門間航路大致相同，除了從一線沙到海口附近又重回廣南灣的路程。

---

　　　月），頁 16。
〔註18〕見〈行大洲頭歌〉，《交行摘稿》，頁 11。
〔註19〕（清）陳倫炯：〈南洋記〉，見氏著：《海國聞見錄》（據臺灣銀行經濟研究室
　　　編：臺灣文獻叢刊第 26 種重新勘印，南投：臺灣省文獻委員會，1996 年 9
　　　月），頁 15～16。

## 四、濱海生活

徐孚遠雖非自小生長於海濱，但自乙酉（1645）離鄉背井後，除了最終隱遁在廣東饒平外，泰半流離於浙江、福建沿海地區。期間，他輾轉羈泊於舟山、海壇、廈門、金門、臺灣、銅山等島嶼而為濱海居民。

長期傍海而居，徐孚遠得以徜徉及認識那些山海風物，如〈早行〉云：「命侶將何適，端然滄海情；雲橫月未沒，風靜浪初平；隔島聞雞唱，沿溪衝馬行；岡巒多面勢，轉覺此身輕。」（卷八，頁 3）抒發個人清早海邊閒步所見、所聞，以及輕鬆愉悅的心情。也體察到人們因海洋而生的活動。如在小金門，他觀察到「地偏少穀食，半倚薯為糊，飯已出捕魚，家家有網罟」，〔註20〕島上地小且土壤貧瘠，不能端賴農耕維生，家家戶戶為了糊口，只好利用海洋資源，出海捕捉魚鮮。又如〈曉步〉道：「西鄰閒步路非遙，曲徑連畦度石橋，宿霧徐收開海面，村煙乍起抱山腰」（卷十八，頁 19）；〈上巳山行〉曰：「村裏無人獨往還，沙田行處繞青山，宿麥已收平野闊，風帆初掛海潮間。」（卷十九，頁 17）二詩所述，無論是清晨海霧消散村民活動景象，還是農作收成後莊民紛紛出海情形，都是臨海聚落的生活型態。

知悉海嶼風物，了解島民生活對徐孚遠來說只是初步，進一步他更融入當地的生活。

生計方面，他曾在好友王忠孝建議下買了兩艘船，僱用漁人捕魚，化身為漁戶討海為生，成為海民的一分子。只是那年「南薰久不作」，「當夏行秋令」，每次出海往往「寸魚不入網」「清光載滿船」，最後徐孚遠只好賣掉漁船隻，結束短暫的漁戶身分。〔註21〕

民俗方面，漁村的賽神對徐孚遠來說，雖然「飄零非我土」，但是「報賽與人同」，一樣「桂醑邀神降，靈衣進壽宮」；〔註22〕親自參與迎神、酬神活動，接受了當地媽祖和大道公的信仰。眾所周知，媽祖崇拜遍及中國沿海及島嶼地區，信眾莫不奉為海上守護神，從事海上活動無不希求媽祖庇祐，徐孚遠自然也不例外。〈三月二十三日風〉云：「天妃靈跡古來垂，

---

〔註20〕〈裂嶼〉曰：「余昔自北來，始卜居此嶼，茅屋四五間，局曲如穴鼠，地偏少穀食，半倚薯為糊，飯已出捕魚，家家有網罟……。」見《釣璜堂存稿》卷三，頁 15。詩題所稱裂嶼即烈嶼，今日俗稱之小金門。

〔註21〕見〈謝漁〉，《釣璜堂存稿》卷四，頁 21。

〔註22〕見〈觀賽〉，《釣璜堂存稿》卷八，頁 7。

不到閩南那得知」；又道：「歟我乘槎邀庇久，好爲濡筆奏清詞。」（卷十四，頁9）可見他是在乙酉（1645）入閩後才知曉媽祖相關的神蹟，而後乘槎海上，每每祈求媽祖守護。至於大道公，〈大道眞君誕日神降敝齋，蓋方俗然也〉說：

> 寂寞荒齋暮，傳呼薊子來；鑾輿仍宛轉，法曲故徘徊；鶴降童無數，
> 迎眞酒一杯；遙憐入海使，空自望蓬萊。（卷八，頁5）

而〈眞人示予勿輕巷遇，此夙心也，敬承至訓〉更云：

> 似聞當利涉，相誡出惟時；義取庖犧訓，機深黃石期；龍蛇誰料得，
> 丘壑我眞宜；必若能求舊，商山亦可儀。（卷八，頁6）

按大道眞人即今閩南、臺灣民間所信奉的醫神保生大帝，又稱吳眞人、大道公。眞人本名吳夲，福建同安白礁人，生於宋太宗太平興國四年（979），卒於仁宗景祐三年（1036）（一說二年）。在世時精通岐黃之術，以醫藥濟人無數，爲人廉潔仁恕不苟取，逝世後鄉人感念他，於是建祠祭祀供俸。後來神蹟流布，得到朝廷追封，在明仁宗洪熙元年（1425）封「恩主昊天金闕御史慈濟醫靈妙道眞君萬壽無極保生大帝」。暫且不予評議迷信與否，單從二詩內容來看，不論徐孚遠從俗於自己居室迎迓大道公，還是接受大道公的神諭，在在呈顯出對大道眞人的信奉。其中，對大道眞人所示「勿輕巷遇」「敬承至訓」，更可見他的虔敬。

趙君堯認爲：「海洋文學反映的是沿海社會生活，必然由生活在沿海地區的作家群來反映」，因此海洋文學作家有其地域性。〔註23〕黃聲威主張成功的海洋文學作品至少需要具備：一、精準的海洋知識，二、對海洋之豐富情懷，三、對海洋之深刻觀察，四、對海洋之獨特體驗等要素；並認爲「能夠具備此四要素能力者，可能必須或曾經是海員、漁民、海軍、島嶼海岸居民及海洋民族等。」〔註24〕綜合二人所述，用以審視徐孚遠，可以說正因爲他在抗清生涯中，不僅每每臨海而居，還曾爲海軍、海舶船客以及漁民，切身接觸海洋形成了個人獨特的海洋經驗，進而增添海洋神話傳說抒發爲詩，我們才得以窺探其多姿采的海洋詩篇。

---

〔註23〕趙君堯：〈論宋元海洋文學〉，《職大學報》2001年第3期，頁18。
〔註24〕黃聲威：〈淺探海洋文化〉下，見《漁業推廣》第171期，2000年12月，頁40～41。

# 第二節 題材豐富多樣

　　徐孚遠投身抗清陣營，讓他得以接觸海洋、參與海事活動，海洋成為他真實生活的一部分，而不再只是個想像的名詞。反映在詩歌創作上，即是多樣的海洋書寫。舉凡海上風光、海象、濱海景物、海洋物產、漁村風情、海外貿易、橫海工具、海神信仰、當時南明抗清海師，與其自身航海經歷、濱海生活……等等都成為他書寫的對象。由於詩人自身的海洋經驗，航海體驗與海居生活等前文已作說明，因此本節不再贅述，僅闡述其它內容。

## 一、自然海洋風光

　　海洋幻化無常，時而寧靜時而凶暴，既秀美又雄渾，令人陶醉也令人驚駭，令人心神嚮往，也令人退避三舍。如此多變，在詩人的觀照下自然呈顯出多種風情。

　　在天朗氣清，惠風和暢，驚濤怒浪不起，或見海寧靜柔和媚之美，〈南日觀海〉（或云曾見蜃氣）即是。云：

> 謝安舟楫幾時來？杳杳孤帆亦壯哉！大壑風濤隨夕動，陽烏散彩向朝開；黿連贔屭如無力，蜃吐樓臺故不談；此日勝情須更進，三山指點落深杯。（卷十四，頁 14）

放眼望去，長空萬里、汪洋浩蕩，波浪微微泛動，霞光映射海面粼粼閃爍，一片平寧，清恬超塵別有雅趣，加上此處出現過海市蜃樓，在在興起詩人的高情逸興。

　　放舟海上，有時「白白游魚隨釣出，紛紛飛燕過檣來」，[註25]「高檣輕過鳥，疊浪似回巒」，[註26] 在碧海藍天中闇公感到雅致愜意。有時勝景甚至令闇公目眩神馳，將海行的危險拋卻腦後，〈南行抵安海〉可見。曰：

> 大海雖澔渺，所在有阡陌，命舟面南行，各言風波劇，山根多伏嶼，長年屢失魄，是晨挂帆來，習習風生腋，回瀾漾綠沈，連天浮一碧，激浪翻素沫，玲瓏噴玉液，又如落大珠，倏忽蛟宮坼，目眩饒奇觀，頗慰乘槎癖，四望浩無涯，顧視九州窄，倘可貫月窟，何心希竹帛？
> （卷二，頁 2）

---

〔註25〕 〈放舟〉，《釣璜堂存稿》卷十二，頁 3。
〔註26〕 〈破浪〉，《釣璜堂存稿》卷八，頁 9。

同是風和日麗，但此處海若一改寧靜柔美，推濤激浪，滿是生氣。海天一色，泱瀁無疆，不盡雪浪滾滾騰湧，猶如噴濺的瓊漿玉液，也如隋珠落海衝擊龍宮般激烈，在碧海藍天中格外奪目。全詩筆觸活潑，文字清綺，一幅境界開闊、風格遒美的海景圖儼然在目。莫怪乎徐孚遠即使置身海上觀看，但知讚嘆而不知安危。

至於海湄風光，〈同曹雲霖渡青浦游步〉述曰：

> 晴明思游歷，結友有所適，朝渡呼榜人，沿流挂片席，遠峰如排岸，
> 紫瀾從中渚，溯迴方一轉，山前亦已觀，放舟泊其涯，躑躅倚輕策，
> 登頓嚴隙中，蒙密少人跡，牽挽百餘步，始可辨南北，回顧所歷途，
> 吐吸潮與汐，日光漾浮沙，落石橫沙緣，藤蘿磧嶂間，其下有阡陌，
> 此地冬不霜，胡然林葉赤，仿佛似江南，令我開顏色，況有數株梅，
> 含葩亦將坼，徙倚欲忘歸，申詠俄至夕。（卷二，頁 30）

詩人藉由碧海、蒼穹、青峰、紫瀾、白日、潮汐、沙灘、岩石和藤蘿等意象，交織出青浦沙岸天清氣朗時的迷人風光。晴空下，波濤沖擊山根，激盪出朵朵浪花，潮汐來來回回吞吐著岸邊，藤蘿延蔓的沙灘上散落著山石，陽光也在浮沙間滉漾著。景致可說十分秀麗、幽趣非常，全然有別於風浪大作，「浪湧疑吞陸，山奔怯受鞭」〔註27〕的驚心動魄。

上述詩作，無論詩人置身陸地或海上，所見無論海面或海岸風光，都是秀麗俊逸，富於詩情畫意，引人入勝的一面；然而海並非一味可親，有時濤湧瀾翻，駭浪排空，懾人心魄，令人望而卻步。徐孚遠也描寫了海駭人的一面，如〈大風〉，詩云：

> 中夜戒舟楫，千山噫氣來；浪翻疑倒軸，風吼似鳴雷；爭窟蛟龍鬪，
> 失羣猨狖哀；沈沈白晝臥，壯志自然灰。（卷八，頁 10）

夜半暴風訇哮，聲似雷霆巨響，又如孤猿哀鳴；海面則狂瀾激作，洶湧猛烈彷彿蛟龍爭鬥。全詩藉由形象化的譬喻，結合聽覺和視覺進行動態敘述，生動的將那驚風駭浪呈現在讀者眼前。若說這般景象已使人怵魄動心，甚至感到性命之憂，那〈風濤〉所書則益加令人膽裂魂飛。曰：

> 恢台仲夏雨連縣，飛廉偃寒揮玉鞭，洞壑長號萬籟作，怒濤直拂扶
> 桑巔，潛龍欲出不敢出，雲雷激作難安眠，此時東皇亦停軨，百靈
> 恍惚羽翩禩，金闕嵯峨隔紫烟，何當重睹蔚藍天？（卷五，頁 14）

---

〔註27〕　〈畫風〉，《釣璜堂存稿》卷十，頁 10。

烏雲密佈，天地一片晦暗，電光不時飛爍，暴雷轟隆響振，猛雨簌簌不休，颶風恣縱狂號，海面則怒濤攪海奔騰澎湃、激浪穿空，氣象雄渾卻著實可駭，讓人不禁期盼晴日的到來。

　　不論風平浪靜還是颮風狂瀾，徐孚遠在切身觀照下，描寫了多種自然海洋風光。值得注意的是，他觀海的視角，不僅由陸上遠眺也自海中縱覽。當海是清寧秀媚，或波濤激盪無有生命之虞時，物我關係是和諧的；反之，一旦浪吼風號、怒濤狂瀾威脅生命、產生利害時，則轉爲分離、對立。這些詩善用譬喻，偏重動態描寫，敘述靈活生動，深具意味也饒富畫境。大體而言，徐孚遠筆下的海洋風光自有特色。

## 二、海洋生物

　　〈禹貢〉載：「厥貢鹽絺，海物惟錯。」〔註28〕陸機〈齊謳行〉云：「海物錯萬類，陸產尚千名。」〔註29〕海洋蘊含生物、礦物、能量……等豐沛的自然資源，物產種類可說不計其數。

　　海洋物產種類如此繁多，隨著徐孚遠的觀照及感發，不論實寫或譬喻，時時浮現在詩中。如〈招藩莊不至〉「魚蝦出舊網」（卷十一，頁3）、〈海愁〉「只有魚蝦得遍嘗」（卷十五，頁7）的魚、蝦，〈冬村〉（四）「封姨走白魚」（卷十一，頁10）的白魚，〈海行雜作〉（一）「出水江豚原並逐」（卷十三，頁31）的江豚，〈行海〉「長鯨如吹霧」（卷三，頁30）的鯨魚，〈海行雜作〉（四）「網得車螯送酒杯」（卷十三，頁31）中蛤類的車螯，〈南日觀海〉「鼇連贔屭如無力，蜃吐樓臺故不詼」（卷十四，頁14）裡的鼇、贔屭和大蜃，〈將至大星，連日暴風〉中「浪湧黿鼉白晝鳴」（《交行摘稿》）的黿鼉，以及〈舟行遲滯〉「行行不進如跛鼈」（卷十二，頁1）的鼈；此外，還有〈贈勉水師諸公〉「浪挾蛟龍如有態」（卷十三，頁6）、〈海師〉「蛟龍似蝘翻潮過」（卷十三，頁7）的蛟龍……等。大致說來，種類多樣。

　　綜觀這些海物在詩中絕大多是純粹的客體，多是客觀描述；不過，需注意的是，魚、鯨魚和蛟龍並不如此，牠們成了徐孚遠寄懷寓意的對象。以下

〔註28〕見（漢）孔安國傳、（唐）孔穎達疏：《尚書正義》卷六（重刊宋本尚書正義附校勘記，台北：藝文印書館，1993年9月12刷），頁81。
〔註29〕見郝立權注：《陸士衡詩注》卷一（台北：藝文印書館，1971年9月初版），頁43。

分別說明。

## （一）魚

自遠古以來，優游於幻藍的魚，隨其種類、外觀、大小、現身地點等差異給人不同的感受。徐孚遠假以抒懷的魚也是如此。先是淪爲鮭菜的海魚。對大多數人來說，魚爲盤中飧、釜底鮮是理所當然不作他想，但徐孚遠從中體悟處世之道。〈海魚歎〉曰：

> 有客遺我魚，白如霜與雪，纖鉤初受餌，銀鱗尚騷屑，忽從翠釜游，
> 永與清波訣，嗟彼失其居，安問鯨與鼇？莫自矜神靈，世故有蹉跌。
> （卷三，頁 29）

詩人先描述該魚顏色，再描述被釣起的模樣，見其失居而有所感發。一向遨遊碧海的魚兒，因一時疏忽誤食香餌被人釣起，不但遠離生長的瀚海，甚至就此喪失生命，不禁令人嗟嘆。小魚如此，遑論大鯨、鼇魚？《易‧序卦》道：「窮大者必失其居」〔註30〕，詩人認爲，牠們保身之道，唯有戒慎、不可驕矜自滿，畢竟世事常有差錯，驕者往往大意而遭受挫敗。魚存身之道如此，人保身處世之道何嘗不如是？言外之意昭然若揭，啓人深思。尤其對徐孚遠自身來說，風節貞亮素來是他崇尚的人格，甚至可以說，他得以自詡的就是富貴不能淫、貧賤不能移的風骨。一旦疏忽失足，畢生信念、堅持瞬間蕩然無存，身處亂世更須小心翼翼、戰戰兢兢，隨時自我惕屬。他會有如此聯想，不難理解。

上文的海魚任人宰割，而徐孚遠筆下的巨魚，則會危害人們、帶來災禍；一是「吞舟之魚」，一爲「北溟之魚」。

「吞舟之魚」，顧名思義，巨大、凶猛非常，吞舟噬人不費吹灰之力，任意操控海行者生死。〈歸帆〉道：

> 黑雲連嶺浪如山，扁舟挂席滄溟間，長年捩柁白日靜，散錢打鼓篙
> 工閒，吞舟之魚逆浪來，前後銜尾聲喧豗。「爾行游戲良爲樂，身有
> 尺木頭有角，何不自致孟門津，呼吸雲衢上天路？但見年年掉尾還，
> 不見乘風撇波去！」（卷六，頁 9）

烏雲冪冪，天色陰沉，海面澎湃洶湧、巨浪沖天，爲免險難，只好暫且拋錨碇泊，靜待浪平再行。沒想到禍不單行，吞舟巨魚一隻一隻浮現，竟然縱情

---

〔註30〕見（魏）王弼、（晉）韓康伯注，（唐）孔穎達正義：《周易正義》卷九（重刊宋本周易正義附校勘記，台北：藝文印書館，1993 年 9 月 12 刷），頁 188。

嬉遊喧鬧，恣肆的翻波湧浪，使原已劇烈的波濤倍加險惡，完全置海客性命於不顧。對此，徐孚遠義憤難平，詰責牠們若眞有本領，早應躍登龍門，化龍昇天而去，而非只是在海中恣意妄行、以強凌弱，增添人們航海的風險。可說這是爲所有冒險的海行者發聲。畢竟自然天候、海象已是無可奈何，無人願意再遭逢巨魚的危害。

若說吞舟之魚危及的是行海人，那麼汗漫的北溟之魚則是撼動社稷、波及天下蒼生。〈北溟〉云：

> 北溟之魚何汗漫，掉尾翕翕凌雲漢，金鱗照耀閶闔開，水晶作室芙蓉館，役使蛟螭驅眞龍，陰爲淫霖陽爲旱，勢挾雷雨奈若何，馮夷躊躇不敢呵。任公之釣九天垂，一朝昂首出蒼波，血肉流離殷瑪瑙，鯤鮞濈濈焉可保？世事反覆眞可悲，不如尺蠖在汙泥。（卷五，頁 6）

〈逍遙遊〉載：「北冥有魚，其名爲鯤，鯤之大，不知其幾千里也。」〔註31〕本詩北溟之魚的汗漫無異於〈逍遙遊〉中的巨鯤，不過鯤化身成大鵬鳥才可扶搖直上，但這隻北溟之魚卻能直接衝破雲霄，能耐更勝一籌。此外，牠還能驅逐眞龍、引發旱澇，威勢強大到水神束手無策，也不敢呵責。彷彿牠可作威作福一世，其實不然。一遇到善釣的任公子便威風不再，〔註32〕只落得離迸碧波、血肉淋漓的凄慘下場。從內容來看，這北溟之魚顯然是假托。詩中這魚的所在、所作所爲，及「閶闔」、「眞龍」等詞彙，很難不聯想到當時的政治狀況。北溟之魚猶如滿清，被驅逐的眞龍一如明朝帝王；興起水災、乾旱意味塗炭天下蒼生；任公則喻指能驅除滿清、廓清天下的虎臣勇將。就徐孚遠立場來說，當然希望任公出現消滅北溟之魚，即有人可斥逐滿人，光復有明江山。

海洋生物中，不僅北溟之魚在徐孚遠眼中成了清廷的代名詞，連巨大的鯨魚也是。〈炎夏〉云：「日影沈沈移榻影，相傳諸帥翦長鯨」（卷十三，頁 34），〈送陳贊侯北伐〉曰：「三江中夜呼長鬣，萬里凌風截大鯨」（卷十四，頁 20），

---

〔註31〕 莊周著、郭慶藩集釋：《莊子》卷一下（臺北：群玉堂出版公司，1991 年 10 月初版），頁 2。

〔註32〕 《莊子・外物》：「任公子爲大鉤巨緇，五十犗以爲餌，蹲乎會稽，投竿東海，旦旦而釣，期年不得魚。已而大魚食之，牽巨鉤錎，沒而下騖揚而奮鬐，白波若山，海水震蕩，聲侔鬼神，憚赫千里。任公子得若魚，離而腊之。」見莊周著、郭慶藩集釋：《莊子》卷九上（臺北：群玉堂出版公司，1991 年 10 月初版），頁 925。

以及〈中秋夕焚香，俗尚然也〉所言：「老夫所祝無他事，願逐金神戮大鯨。」（卷十九，頁 5）。滿人鐵騎南下，掠奪有明寶鼎與山河，何異長鯨吞食？徐孚遠以大鯨、長鯨喻指滿清，不言而喻。

### （二）蛟

傳說蛟外形像龍能發水，因此又稱蛟龍。「蛟龍」，徐孚遠最常用它來描寫澎湃海象。除了上述〈贈勉水師諸公〉、〈海師〉之外，又見於〈風晴〉：「夕風驚覺蛟龍鬪，朝旭還聞橘柚香」（卷十四，頁8）；幾乎是狂瀾怒濤的代名詞。有別於此，〈南海謠〉中的南海蛟，另有意味。詩曰：

> 君不見昔日南海蛟，聚族出入淩波濤，朝游溟澥暮江潮，巨魚濈濈如飛艫，指揮銜尾不敢逃，吁嗟眞龍未出水，鱗摧鬐赤隨爾曹，仗之呵護假雲雨，唾咳從風下九霄，其性如蠆不肯饜，天吳憔悴黿鼉號，晚年偃蹇氣愈驕，呼叱百靈天爲高。安得壯士如澹臺？拔劍掣電剷其鰓，須臾束旭熊熊起，一洗滄波烟霧開。（卷五，頁 17）

這隻縱橫淩濤的南海蛟，巨魚畏懼聽令、假潛龍之威、貪得無厭，水神和眞龍對牠無可奈何，沒想到晚年更囂張，居然還呼叱百神。如此囂張行徑，讓徐孚遠不禁想尋求澹臺滅明般的猛士把牠殺了，〔註33〕以一掃陰霾，重見天日。內容值得玩味，顯然別有寄託。龍自古象徵帝王，這受傷的潛龍何異於失威的君王？而倚仗眞龍之勢爲所欲爲的蛟，一如專國弄權、擅作威福，欺凌主上的權臣。若要細究此人身分，筆者以爲是擁立唐王卻欺壓唐王、掌握內外大權、敗亂朝綱的鄭芝龍，其囂張跋扈行徑全然如同南海蛟。

徐孚遠將多樣海物書寫入詩，或是簡單表述，或是詠物寄懷，後者數量雖然不多，卻極富特色。無論反映渴望航海安全的「吞舟之魚」，還是感悟保身之道的「海魚」，或是反映盼望復興明朝的「北溟之魚」、「南海蛟」，都具有個人色彩及時代意義。

## 三、海洋經濟與生活

海洋佔有地表十分之七，自古即與陸上人類的生活密不可分。遠古時代

---

〔註33〕 《博物志》曰：「澹臺子羽齎千金之璧渡河，河伯欲之，陽侯波起，兩鮫夾船。子羽左操璧，右操劍，擊鮫皆死。既渡，三投璧於河伯，河伯躍而歸之，子羽毀而去。」見（晉）張華：《博物志》卷八（北京：中華書局，1985 年北京新一版），頁 48。

以採集、漁獵維生的先民，尤其居住在海濱地區，便已知道接近海洋、利用海洋。例如，距今約七千年前的河姆渡文化遺址，出土了許多海洋魚類及軟體動物的骸骨，甚至還有六支柄葉連體的木槳；雖然沒有發現實體的船，卻出現了一件「夾炭黑陶舟」，顯示他們已經從事海洋漁獵活動。對人類來說，海洋漁獵是海洋經濟活動的初步，而後隨著人類生活型態的演變、科技文明的進步，擴展到交通、商業、工業等方面。如學者所言：「海洋開發活動，在人類的童年時期便開始了。漁鹽之利，舟楫之便，是人類對海洋的早期認識，而海洋經濟和海洋社會，則是人類開發、利用海洋，創造社會文明的成果。」〔註34〕徐孚遠漂泊東南沿海期間，時時可見可聞人們利用海洋、從事海洋經濟活動，他的所觀所感，進而也成為吟詠的一部分。

## （一）海民生活

徐孚遠流寓金、廈期間瀕海而居，曾在王忠孝的建議下，當了短期的漁戶；不只對漁民生活有實際的觀察，也有切身的體驗，因而海民活動自然也成為他描寫的對象。或是書寫漁家整理網罟，準備下海打魚，如〈登山〉：「野老攜壺傾臘酒，漁家理網狎春潮」（卷十二，頁18）；或描寫處理漁獲，如〈冬初詠懷〉：「節屆初冬暖似春，漁家截網割鮮鱗」（卷十三，頁 39）；或者敘述結束海上作業，漁船返棹的情形，如〈晦晝〉：「漁棹歸舟急，山蒸朝霧多」（卷十一，頁 5）；〈暮歸〉：「村賽頻吹角，鄰漁已輟綸」（卷九，頁 29）。無論是出海前的準備，抑或返航後的後置作業，在在呈現出海民日常勞動情況。

「哀哉漁父性命輕，扁舟似葉汎滄瀛」，〔註35〕海民以海維生，為了生活，泛舟瀚海，從事捕撈作業，受制於天候、海象，冒著極大的生命危險。就徐孚遠觀察，這並不是當時漁民所受唯一的苦難。曾經是漁家，深深體悟到漁民冒生命危險與看天吃飯的無奈，對於這些漁民以命謀生竟然還要被課稅，〈稅漁〉道：「軍命分明賦到船，羊裘難泊海南邊；他年垂釣嚴灘上，欲乞君王免稅錢。」（卷二十，頁12）希望有朝一日國家光復後，請求君王免徵漁夫稅捐，如此便能減輕他們經濟負擔，降低他們犯難出海的次數。因為當局徵收漁稅，漁民負擔加重，意味他們需要增加與海搏鬥的時間和次數，提高死

---

〔註34〕楊國楨等著：《明清中國沿海社會與海外移民》（北京：高等教育出版社，1997年5月出版），頁2。

〔註35〕盧若騰：〈哀漁父〉，《留庵詩文集》（金門：金門縣文獻委員會，1970年6月再版），頁19。

傷的風險。

若說溟渤風濤和課徵賦稅，已使漁家憑海生活不易，再來暴卒強取豪奪呢？〈客憂〉述道：

> 數椽草屋倚青壁，春來更覺成岑寂，銳頭豪卒掘菜苗，灘上截網魚不得，野哭村村生理難，鄰翁廢社酒杯乾，桃紅草綠空爛漫，客憂對此那能寬？（卷五，頁 25）

豪卒仗勢橫恣掠奪，魚肉漁民，還破壞他們賴以爲生的工具。失去網罟，罟客如何捕撈海物？上有當權者徵稅，下有豪橫士卒劫掠，生計自是困頓乃至難以生存，其中痛苦自不待言。軍士本應捍衛國家、保護人民，居然紀律淪喪、生事擾民，闇公於憫恤漁民之外，譴責意味更濃。

徐孚遠描述了漁民的日常勞動，也反映了討海人的苦處。特別的是，他不再侷限在自然海況對性命的傷害，而是更關注到紊亂政治下他們痛苦的遭遇；前者非人力所及，而後者卻可避免。

### （二）越洋貿易與社會

根據史載，中國海外貿易，漢武帝時已經開闢了「海上絲綢之路」，從日南，或徐聞，或合浦出發，將中國黃金、絲綢輸出至印度洋的黃支國。〔註36〕唐宋元三朝，政府也鼓勵和開放，如唐設市舶使，宋、元設市舶司，對外貿易有很好的發展。而明朝卻大相徑庭，爲鞏固政權，開國便施行海禁。如洪武四年（1371）十二月「禁瀕海民不得私出海」、〔註37〕十四年（1381）「己巳禁瀕海民私通海外諸國」。〔註38〕又頒定：「凡將馬牛、軍需、鐵貨、銅錢、緞匹、紬絹、絲棉，私出外境貨賣及下海者，杖一百……」〔註39〕等律令。雖然如此，但東南沿海一帶的私人海外貿易活動並未因此停止，反而促進海盜集團和走私貿易的發展。〔註40〕

---

〔註36〕 參（漢）班固撰、（唐）顏師古注：《漢書・地理志》卷二十八下（北京：中華書局，1997 年 6 月第 10 刷），頁 1671。

〔註37〕 黃彰健校勘：《明太祖實錄》（一）卷七十「洪武四年十二月」，（中央研究院歷史語言研究所校印，京都：中文出版社，1984 年 5 月出版），頁 351。

〔註38〕 黃彰健校勘：《明太祖實錄》（一）卷一三九「洪武十四年九月」，（中央研究院歷史語言研究所校印，京都：中文出版社，1984 年 5 月出版），頁 576。

〔註39〕 （明）陳仁錫：《皇明世法錄》卷七十五，〈私出外境及違禁下海〉（台北：臺灣學生書局，1965 年、一月初版），頁 2005。

〔註40〕 參冷東：〈明清海禁政策對閩廣地區的影響〉，《人文雜誌》1999 年第 3 期，頁 114～115。

　　穆宗隆慶元年（1567）開放部分海禁，以月港為貿易港口，出海經商者驟然增多，私人海外貿易更加蓬勃發展，明清交替之初更是興盛。對於這樣的商業經濟，徐孚遠作了深刻的反映。

　　在詩人筆下，可見或是揚帆橫海北上日本，或是飄洋南下廣南（今越南南部）的海商。〔註41〕「去沽西海歸東洋，商貨滿舟金滿箱」，〔註42〕對他們來說習以為常。正因為越洋貿易利潤豐厚，所以縱使承受航海風險，許多人仍趨之若鶩，也甘之如飴；但詩人卻持不同的意見。〈土風〉曰：

> 雲開霧卷鳥舒翼，山岫冬春無異色，農夫稻熟仍畫鋤，婦女拾薪兼
> 夜織，土人倚海海利多，富者駕舸貧食力，走番之人不辭險，隨風
> 遠估任南北，鳴鐘而食樂無涯，一朝水死少葬埋，不如且守田家業，
> 猶有骸骨付草萊。（卷七，頁 8）

相較傳統農耕，海外經商確實具有較多經濟利益，但所承受的風險也遠遠高於農耕。船舶承載貿易利益，也承載著物毀人亡的風險。因此，越洋經商雖然可比務農耕種富裕許多，徐孚遠認為「且守田家業」，還是從事農作為好，以免一旦遭遇不測，葬生海底屍骨無存。

　　另外，從闇公所書來看，顯現出利用海，遠渡重洋進行海外貿易，已是當地民情，反映出傳統重農輕商觀念的改變。至於這風氣形成的根本原因，可惜徐孚遠並未著墨。以廈門為例，《廈門志》所載可供參考。曰：

> 廈島田不足於耕，近山者率種番薯，近海者耕而兼漁，統計漁倍於
> 農……服賈者，以販海為利藪，視汪洋巨浸如衽席。北至寧波、上
> 海、天津、錦州，南至粵東，對渡臺灣，一歲往來數次；外至呂宋、
> 蘇祿、實力、噶喇巴，冬去夏回，一年一次。〔註43〕

當地環海多山丘，耕作面積有限，有可耕之人，卻無可耕之地，僅是務農難以生存，為了生活，朝海發展自然成為眾人共識。不只廈門，福建多數地區都是如此。加上海外貿易不僅解決基本生計，又能迅速累積財富，明知可能「一朝水死少葬埋」，寧願冒這種風險也不棄商從農，唯有棄農而從商改善生活。

---

〔註41〕　參〈賈客〉、〈廣南回船〉二詩，前者見《釣璜堂存稿》卷五，頁 38，後者見
　　　　　同書卷十，頁 21。

〔註42〕　〈冬賽〉，《釣璜堂存稿》卷五，頁 31。

〔註43〕　（清）周凱：《廈門志》卷十五（臺灣銀行經濟研究室編：臺灣文獻叢刊第 95
　　　　　種，南投：臺灣省文獻委員會，1993 年 9 月），頁 644。

　　不只是反映出重農輕商觀念的改變，徐孚遠也注意到海外貿易的興盛帶給傳統漁村的變化。〈思太古〉云：

　　　　茲丘初闢時，想亦自太古，藝麥與捕魚，漸乃成村塢，何爲中世來，
　　　　所湊多巨賈？舟航通島夷，轉貨不知數，遂令青峰巔，亦攜堂與廡，
　　　　人跡既雜糅，不得樹蘅杜，有谷不名愚，隱者無所取，樵山山欲深，
　　　　倦翮又將舉。（卷三，頁 31）

成爲海外貿易商港口之前，村民或者務農，或者捕漁，或者身兼二職，過著質樸簡單的生活。成爲貿易商港後，隨著交易的興盛，不只人口、船舶和流通的貨物變多，甚至自然環境也不同，青山不再全是蓊鬱的林木，它們被人們居住的屋舍取代了。簡言之，是興盛的海外貿易，使成爲商港的漁村與昔日有別，在自然、人文方面都有了新的樣貌。

　　除觀察到越洋經商對民生的影響外，闇公也反映了政治上的影響。〈賈客〉云：

　　　　何當少長海南頭，去賈日本來炎州？舶盛金多頻奏請，君看估客盡
　　　　封侯，坐上貂蟬何韡韡，細馬雕鞍人盼睞，寂寞秋窗一卷書，不聞
　　　　苦樂能相代。（卷五，頁 38）

明朝長期禁制民間海外貿易、抑制海商活動，但很諷刺的是，迫於時勢，卻不得不借助海商的力量。明末海防借重所招撫的海商來維持，甚至明清之替，海商集團成了南明最後的依靠。〔註 44〕正因爲現實的治政局勢，南明打破重士輕商的傳統，拔擢那些招徠的海商，即使曾是「海寇」的身分，依然飛黃騰達封侯賜爵。眾所周知，勢力最龐大的鄭芝龍海商集團，唐王封鄭芝龍爲平國公、鄭鴻逵爲定國公、鄭成功爲忠孝伯。像這樣的海商不再只是富有的民間商賈，而是一躍而成爲位高權重的朝廷重臣，他們加官晉爵的速度，遠非傳統士大夫所及；〈遣興〉反映道：

　　　　鄰居何輝煌，朝朝列鼎食！問君何能爾？飛錢行海舶，舶多聚水工，
　　　　縱橫生羽翼，奏請披金紫，大者侯與伯，咳吐落塵埃，俯仰凌雌霓，
　　　　焉知飄蓬客，旅食無顏色，援筆自長吟，何年敍勳績？（卷二，頁 36）

就文中所述可見當時情形，也不難理解徐孚遠感嘆之情。

　　綜合前述，徐孚遠雖有務農勝於越洋貿易的想法，卻不否認貿易帶來豐

〔註44〕參趙志軍、謝海濤：〈明清之際的海禁政策與海商〉，《法制與社會》2009 年 8
　　　　月，頁 336～337。

厚的利益。不僅止於著墨經濟效益，他更深入的反映了越洋貿易的風險，和所引發的社會變化，及南明海商的政治地位的提升。令人值得注意。

## 四、海上征戰

南明反清勢力與清廷對抗過程中，除傳統的陸地部隊外，由於所在的地理關係，更須藉助樓船水師。順治九年（1652）張名振、張煌言麾軍入長江，登金山、望祭孝陵；順治十一年（1654），二人再度會同鄭成功軍隊攻克京口；順治十六年（1659）鄭成功大會張煌言舟師北征，克鎮江、逼南京，取下徽州、寧國、太平、池州四府，當塗、蕪湖、貴池、銅陵……等二十四縣。這幾次北伐雖然最終還是敗北，但缺乏舟師則難以成就。鄭成功說：「惟水師一項，最爲吃要！」「我師所致力者全賴水師。」〔註45〕換言之，對抗清廷，水師具有舉足輕重的地位，甚至是南明負嵎頑抗的憑藉。

對於整體水師情事，徐孚遠有所反映。

誠如上述，南明抗清極度借重水師，所以水師將領備受厚遇，動輒封侯賜爵，鄭芝龍家族即是。又如周鶴芝原本是海盜，唐王起用水軍都督，後晉升平海將軍，魯王敕封爲平夷伯；又黃斌卿，思宗時爲舟山參將，唐王擢用爲水陸官義兵馬招討總兵官，封肅虜（魯）伯、太子太師；以及張名振，崇禎末年爲石浦遊擊，魯王加富平將軍，封定西侯。甚至，就連鄭成功帳下虎將也蒙受桂王賞爵，如甘輝封崇明伯、陳輝封忠靖伯……等。若是論功行賞予以賜封無有可議，但似乎過於浮濫。〈感時〉嘆：「高牙掩映挂船頭，海上相逢皆此流，龜紐未成先拜印，燕頷無相亦封侯」（卷十二，頁 10），反映的就是這種現象。

對復明人士來說，迫於現實情勢，水師儼然是最終的希望，因此，闇公對水師滿是期待。〈泊舟〉道：

> 借問諸雄帥，何時肯放舟？梟音終不息，鼠穴可常留；一旅興王待，
>
> 千山爽氣浮；仲冬風物好，鼓枻且消憂。（卷八，頁 10）

何時可揚帆北討、收復失土爲他關切的焦點。只是，原先期望「元戎實抱澄清志，擊楫中流莫更紆」，〔註46〕企盼那些將帥義無反顧率領部眾征伐興復明

---

〔註45〕 各見（明）楊英：《從征實錄》（臺灣銀行經濟研究室編：臺灣文獻叢刊第 32 種，台北：眾文圖書公司，1979 年），頁 154、179。
〔註46〕 〈諸公待水師發〉，《釣璜堂存稿》卷十二，頁 8。

室，實際情況卻有落差。〈舟師〉曰：

> 君不見昔日王家丞相孫，率師不用駕騄耳，舟行溯渭入西秦，長安
> 城外作軍壘！人生風土豈有常？因機決策勢莫當。北人入南等閒
> 事，南人入北亦無異，如何此中多高勳，昔年健鬪天下聞，一朝欲
> 鼓石城棹，心驚氣索徒紛紛？吾聞駕馭有奇才，地之所產皆龍媒，
> 六轡入手無不可，天廄一出飛黃來。（卷七，頁4）

並不是所有掌管兵符、統領部將的舟師統帥，個個都是一意爲國家民族犧牲
奉獻，看在沒有兵權又急切復國闇公人眼裡，眞是失望又氣憤、焦急又無奈。
顯然，這是當時南明內部的問題。

　　另外，他反映了舟師北征相關史事，〈義陽舟覆〉二首即是。其一曰：

> 浴日扶桑早，常將旌斾牽；少時紆黻冕，數載只樓船；設醴公侯坐，
> 揚帆島嶼煙；周時不可待，排浪上青天。（卷十一，頁9）

此詩哀悼薨逝於海難的義陽王朱朝埨，也顯示當時出師不利。永曆十二年
（1658），義陽王和鄭成功北征南京，大軍碇泊羊山時，突然「黑雲一片起東
北，倏忽昏霾轉狂颮，浪湧濤翻島嶼沒，蛟螭跳躍天吳鷔，大艘小艇碎似萍，
爭歸魚腹作丘墓」。〔註47〕他在風濤狂作，船艦互撞翻覆後溺斃，出師未捷身
先死，後來剩餘部將也因此折返。〔註48〕

　　又〈北伐命偏裨皆攜室行因歌之〉亦是。詩云：「浪激風帆高入雲，相看
一半石榴裙；簫聲宛轉鼓聲起，江左人稱娘子軍。」（卷二十，頁15）又曰：
「長江鐵鎖一時開，旌斾飛揚羯鼓催；既喜將軍揮羽入，更看素女舞霓來。」
（卷二十，頁15）反映的是順治十六年（1659），鄭成功會同張煌言率師北伐，
下令部將帶妻室隨征一事。當時情形，《從征實錄》道：

> （鄭成功）另行各提督統領傳諭官兵搬眷隨征。諭云：「官兵遠征，
> 不無內顧，攜眷偕行，自然樂從。本藩親統大師，北伐醜虜，肅靖中
> 原，以建大業，慮各勳鎮將領官兵永鎮之時，有爲家之念，已京（經）
> 着兵戶官撥趕繪船配載各眷。各令有眷官兵，照依派船載來，暫住林

---

〔註47〕盧若騰：〈嘆羊山〉，《留庵詩文集》（金門：金門縣文獻委員會，1970年6月
　　　　再版），頁30。

〔註48〕參（清）徐鼒：《小腆紀年》卷十九（臺灣銀行經濟研究室編：臺灣文獻叢刊
　　　　第134種，台北：臺灣大通書局，1987年10月初版），頁914、（清）徐鼒：
　　　　《小腆紀傳》卷九（臺灣銀行經濟研究室編：臺灣文獻叢刊第138種，台北：
　　　　臺灣大通書局，1987年10月初版），頁136。

門，候令隨行。」時官兵俱各欣悦，惟女眷醉船，頗有怨言。另着水
師一鎮、忠靖伯陳輝、宣毅前鎮陳澤保護眷船隨後而行。〔註49〕

女眷隨軍征戰沙場已是罕見，而由統帥敕令從征更是鮮少，徐孚遠所賦可爲
史證。

水師肩負復國重任，南征北討，出生入死，冒險犯難，除了整體情事的
書寫，徐孚遠也抒發了將士們的艱苦。

曾經參戎水師，嚐過個中滋味，徐孚遠對於將士們乘風破浪，千里長征，
有深刻的感發。首先是將士們與家人聚少離多，無論是將士本身還是家屬，
都必須忍受離別的寂寞和痛苦。〈樓船行〉說：「逄逄伐鼓將軍歸，帆織滄波
島嶼飛，鳴騶千騎入華堂，杲日炎炎炙劍光，三朝少婦飄翠縷，含羞不識若
有望……，明朝又逐樓船去，恰似當年雀渡時。」（卷五，頁36）詩中刻意以
綺豔的筆調，藉由將軍單一個相反映整體水師的共相。新婚夫人之所以不識
丈夫容顏，只因將軍忙於國事鮮少返家；好不容易歸來，卻是隔天一早又要
揚帆離去。統帥如此，則兵士與親人更是難以會聚。

與親人別離是水師們所承受的基本愁苦，他們還要冒著極大的風險出生
入死，因爲他們不僅要奮勇抗敵，航海途中還得接受大自然挑戰，克服惡劣
天候和海象。徐孚遠以自己親身經歷寫道：「樓船繹絡赴江東，蒼兕連呼膽氣
雄，往往欲來洗甲雨，時時故作折艚風。」〔註50〕對他們來說，風雨不時交
加侵襲早已司空見慣。有時則遭遇陰風怒號，濤浪排空，如〈風號連日夕〉
所書。之一云：

　　元戎橫槊向江東，盡日淒淒滿朔風；巒谷糾紛山霧合，牙璋舒卷暮
　　雲同；嚴更漏轉悲王粲，襆被冬寒歎樂崧；未暇長吟思猛士，幾回
　　搴幔對飛蓬。（卷十二，頁2）

之二云：

　　滔滔白浪且連天，竟日扁舟只睡眠；強弩射潮驅水怪，素車拍岸揖
　　江仙；幾回秋士思芳草，不盡孤臣泣杜鵑；土宇分崩今到此，何人
　　先著豫州鞭？（卷十二，頁2）

這些北征將士籠罩在晦冥的天地中，無奈的漂泛在晃盪的瀚海上，備受狂濤

---

〔註49〕見（明）楊英：《從征實錄》（臺灣銀行經濟研究室編：臺灣文獻叢刊第32種，
　　　　台北：眾文圖書公司，1979年），頁138。
〔註50〕〈季冬朔日取道北發〉，《釣璜堂存稿》卷十二，頁1。

駭浪的威脅，任憑淒冷的北風吹襲，縱使心理著急想盡快執行復國任務，卻因海況而無可奈何。有時甚至遭逢狂烈無比的怒濤惡浪，殘酷摧毀他們的樓船，折損軍需、直接危害他們的生命。如〈平海有破舟之阨作問答二首〉道：「中原諸將類飛鴻，只有周郎借大風；海若不知緣底事，卻將輜重沒蛟宮。」「將軍意氣湧如泉，擬截榆關縛右賢；南海龍神眞好事，預留銀甲鎮重淵。」（卷十八，頁8）詩文所書是平海將軍周鶴芝麾下船艦遭怒海摧壞覆沒一事。不論將士們對抗清軍如何英勇，對於狂暴的海若也只能束手無策，顯示出水師將士們冒著生命之虞浮海涉險。

　　徐孚遠以他自身經驗和觀察，反映當時水師諸多面相，有史實的反映，也描寫了將士們的艱苦；不過，關於實際海上戰爭、兩軍交鋒情形卻是空白。

## 五、海神崇拜

　　今日科學昌明，對人們來說，日、月、星辰、山川、水澤……等僅僅是自然界中客觀存在的一部分。而對早期人們來說，卻非如此。由於缺乏足夠的認識自然，加上往往受制於自然，敬畏大自然力量的人們便進而神化自然、崇拜自然。《禮記·祭法》中談到祭拜天、地、時、寒、日、月、星、水和四時，且說：「山林、川谷、丘陵，能出雲爲風雨，見怪物皆曰神。」〔註51〕即是反映這種情形。海洋神靈的出現與崇拜亦是如此。海的神祕莫測、變化多端，向來令人難以捉摸，無人在進行海上活動時，願意遭遇狂風暴雨和驚濤駭浪。於是隨著捕魚、海上航行、遠洋貿易等海事活動的進行，希望平安順利的心、渴望足以制止惡海危害的超凡力量出現，促使了海神祭祀與信仰的興盛。海神信仰不僅只是海洋文化的一部分，更是海洋文化的核心。徐曉望說：「在海洋文化方面，人們重視的當然是航海人們的信仰和崇拜，其中核心又是民眾對海洋之神的崇拜。」〔註52〕如是看來，海神崇拜對生活與海相關者的意義非凡。徐孚遠羈留閩、浙期間，富有航海經驗的他，不僅接觸海神崇拜的文化，進而接受海神信仰。在自身多次濟海，汎海行路難的情況下，「日日經壇與醮壇，刲牲薦幣謝星官」，〔註53〕禱求安順。在詩作中，可見到對媽

---

〔註51〕　（漢）鄭玄注、（唐）孔達疏：《禮記》卷四十六，（重刊宋本禮記注疏附校勘記，台北：藝文印書館，1993年9月12刷），頁797。

〔註52〕　徐曉望：《媽祖的子民：閩台海洋文化研究》（上海：學林出版社，1999年12月一版一刷），頁411。

〔註53〕　見〈齋醮〉，《釣璜堂存稿》卷二十，頁9。

祖及南海神的崇拜。

## （一）媽祖

提及海神，歐美人士聯想到的無非是古希臘神話中手持三叉戟的波塞頓（Poseidon）；而在多數華人心中，「海神惟馬祖最靈」，〔註54〕無疑是享有天上聖母稱號的媽祖。媽祖崇拜源於宋代，歷元、明、清三代迄於今日，非但沒有衰落，甚至隨著華人到世界各地發展擴及海外，在民間信仰中極具崇高的地位與影響力。也因此學者認為在中國對海神的崇拜，主要是對最高海神媽祖的崇拜，視「媽祖是中國古代海洋文化的象徵」。〔註55〕

媽祖俗名林默，生前本以巫祝為事，能預知人之禍福，又樂於救濟他人，深受莆田地區人們的崇敬。在她升天後，人們為感念她的恩德，建祠祭祀，成為當地的保護神。〔註56〕北宋宣和四年（1122），給事中路允迪出使高麗，橫海途中不幸遭狂風巨浪襲擊，幸賴媽祖顯靈得以安然濟渡。隔年返國後，路氏上奏徽宗，於是媽祖受詔封順濟夫人。這是媽祖首次獲得官方正式冊封。宋高宗紹興八年（1138）進士黃公度〈題順濟廟詩〉云：「枯木肇靈滄海東，參差宮殿崒晴空；平生不厭混巫媼，已死猶能效國功；萬戶牲醪無水旱，四時歌舞走兒童；傳聞利澤至今在，千里桅檣一信風。」〔註57〕又南宋廖鵬飛記道：「歲水旱則禱之，癘疫祟降則禱之，海寇盤互則禱之，其應如響，故商舶尤借以指南，得吉卜而濟，雖怒濤洶湧，舟亦無恙。」〔註58〕足見南宋初期媽祖已受到熱烈崇祀，以及當時在人們心中媽祖具備多方面消災解難的神

---

〔註54〕 見（清）郁永河：《裨海紀遊‧海上紀略》（臺灣銀行經濟研究室編：臺灣文獻叢刊第44種，台北：臺灣大通書局，1987年10月初版），頁59。

〔註55〕 徐曉望：《媽祖的子民：閩台海洋文化研究》（上海：學林出版社，1999年12月一版一刷），頁411。

〔註56〕 按南宋廖鵬飛撰《聖墩祖廟重建順濟廟記》記載：「初，以巫祝為事，能預知人禍福」（見蔣維錟編：《媽祖文獻資料》，福州：福建人民出版社，1990年4月一版一刷，頁1）又（宋）黃巖孫纂《仙溪志》卷三：「順濟廟，本湄洲林氏女，為巫，能知人禍福，歿而人祠之。航海者有禱必應，宣和間賜廟額累封靈惠衛助順英烈妃，宋封嘉應慈濟協正善慶妃，沿海郡縣皆立祠焉。」（見中國地志研究會編：《宋元地方志叢書續編》下，台北：大化書局，1990年12月初版，頁1349）

〔註57〕 （南宋）黃公度著：《知稼翁集》，見王雲五主編：四庫全書珍本十二集第167冊（台北：臺灣商務印書館，1982年），卷上，頁57。

〔註58〕 （南宋）廖鵬飛〈聖墩祖廟重建順濟廟記〉，見蔣維錟編：《媽祖文獻資料》（福州：福建人民出版社，1990年4月一版一刷），頁1。

力，不僅止於護祐海行。從宋朝到明朝，媽祖顯靈事蹟傳說不斷，如庇護海
船、驅擒海寇、調糧船濟饑、保護漕運、護祐使節船隻等，〔註 59〕朝廷因而
有所封賜，於是，媽祖由地方守護神成為國家祭祀的神祇，〔註 60〕影響也就
更加廣泛了。

　　就國家而言，歷代祭祀與封賜媽祖原因不一，當然不乏政治目的。不過，
就冒險蹈海的人們來說，媽祖是他們面對浩淼無際、詭譎多變海洋時的心理
依靠，從民間百姓到朝廷縉紳莫不如是。以明代冊封琉球使臣為例，固然對
無常、難以掌握的海洋感到不安與畏懼，卻不得不涉海執行君王交付的任務。
渴求順利達成使命，以及保全自己和同航者的性命，雖然深知「子不語怪力
亂神」的道理，但迫於無奈，也只能轉向崇拜超自然力量。繼承宋元以來使
臣信奉媽祖的傳統，他們不僅在出洋前、返國後祭祀媽祖，甚至也在船上設
置媽祖神龕。如嘉靖十三年（1534）使節船「舟後作黃屋二層，上安詔敕，
尊君命也，中供天妃」；〔註 61〕崇禎六年（1633），封舟「中有大堂，上置詔
勅，左右官房，引道直出兩旁共二十四房，頂設天妃殿。」〔註 62〕這種士人
為安濟祈求媽祖福佑的情形，對徐孚遠來說並不陌生，因為抗清入閩後，這
也是他自身的經驗。〈海問〉云：

　　平海城上胡笳作，平海城下波濤惡，羈泊浹旬不得行，顏色慘淡心
　　焦灼。萬山怒號石尤狂，鮫宮杌隉將安託？翠旗倏熠鼉鼓驕，魚龍
　　雜沓森相搏，況今大憝猶相牽，那得停橈盡日眠？手中雖無斬蛟

---

〔註 59〕　參佚名：《天妃顯聖錄》（影印臺灣銀行經濟研究室編臺灣文獻叢刊第 77 種，
　　　　　南投：臺灣省文獻委員會，1996 年 9 月），頁 1～2、周立方：〈媽祖信仰與海
　　　　　洋文化〉，見北港朝天宮董事會編：《媽祖信仰國際學術研討會論文集》（雲林：
　　　　　財團法人北港朝天宮董事會，1997 年 9 月），頁 46～57。

〔註 60〕　媽祖自北宋徽宗五年（1123）開始詔封，至清穆宗同治十一年（1839），七百
　　　　　多年間總共二十七次褒封，其中宋代十四次，元代五次，明代兩次，清代六
　　　　　次。至於稱號，南宋光宗紹熙元年（1190）由夫人進而為妃，元世祖至元十
　　　　　八年（1281）再晉為天妃，明太祖洪武五年（1372）稱聖妃，清康熙二十三
　　　　　年（1684）稱天后，清道光十九年（1839）更尊奉為天上聖母。見佚名：《天
　　　　　妃顯聖錄》（影印臺灣銀行經濟研究室編臺灣文獻叢刊第 77 種，南投：臺灣
　　　　　省文獻委員會，1996 年 9 月），頁 1～2。

〔註 61〕　（明）陳侃：《使琉球錄》（影印臺灣銀行經濟研究室編臺灣文獻叢刊第 287
　　　　　種，台北：大通書局，1984 年 10 月初版），頁 9。

〔註 62〕　（明）胡靖：《杜天使冊封琉球真記奇觀》，《那霸市史・資料篇》第一卷三，
　　　　　「封冊使錄關係資料」，〔昭和 52 年（1977）版〕，頁 41。

劍，四顧尚有燃犀船，照耀車馬揖飛仙，莫教水上更揚鞭，馮夷之
名傳萬古，閱盡興亡不知數，亦應擇主鑒馨香，非其族者戲且吐。
中原遺臣有幾何？我爲君歌君當舞。何爲漠漠失主賓，還驅黑浪來
相侮？近有貴神曰天妃，桂爲楫兮荷爲衣，前朝寂寞無靈迹，我明
二祖揚光輝，錫以尊名異神鬼，殿宇崢嶸擬宮闈。我今往來半載餘，
椒漿紙錢再拜祈，訴之哀辭常累欷，吁嗟世事難再擬。往日鳳麟今
封豕，碣石入海呂梁徙，舟車反覆亦若此，三閭昔已從巫咸，請君
處陸余處水。君不見錢塘江上潮洶涌，前有子胥後文種，幽靈憤鬱
不得舒，千年鬼卒相捧擁，丈夫魂氣無不之，何用蕭蕭松柏列丘壟？
（卷五，頁 1）

徐孚遠此次向媽祖禱祝是在福建平海海域。當時暴風四起、惡浪狂肆。對經
常航海的人來說，遭逢險惡的海況並非稀奇事，但此次虪風怒吼、駭濤澎湃
卻長達十天，導致樓船水師受困不得行進。雖然早有「丈夫魂氣無不之，何
用蕭蕭松柏列丘壟」——葬身海底又何妨的氣概，但一想到對抗清廷就此遭
受延誤，徐孚遠不禁容顏慘淡、心急如焚，憤而質問瀣海：「何爲漠漠失主賓，
還驅黑浪來相侮？」於是，進而設酒、紙錢祭禱，向媽祖稟明自己爲了國家，
早已將個人生死置之度外，期望媽祖施展神威息浪寧濤、護祐海師，使能順
利航駛以驅除侵吞明土的元惡大憝——清廷。

　　一如中國諸神在信仰中所具的多功能性，祈求庇護海行，並不是徐孚遠
向媽祖唯一的禱祝。事實上，媽祖也成爲徐孚遠抒懷明志的對象。眼見年又
一年消逝，復明大業遲遲無法功成，不得有所爲的他憂心稽首問媽祖：「南國
旌旄何日揮？西方美人幾時遇？」抒發對復國以及報效朝廷的渴望，更重申
「自古死生同一趣」，視死如歸的決心。〔註63〕若問徐孚遠崇奉媽祖最大的願
望爲何？毫無疑問，就是反清復明。〈祀天妃有述〉道：

是日神初降，公私禋薦并，百靈奔道力，二祖錫崇名，泛舶滄溟外，
浮槎河漢平，牛沈必有答，龍繞故無驚，海國迎星使，懸崖飾佩纓，
閟宮千古祀，大礐一時更，天意何須問？孤臣判此生，還祈扶日馭，
相爲翦長鯨。〈卷十六，頁 2〉

「二祖錫崇名」，據《天妃顯聖錄》，明代褒封媽祖兩次：一次在明太祖洪武

〔註63〕見〈歲暮村賽作〉，《釣璜堂存稿》卷七，頁 18。

五年（1372），因神功顯靈敕封「昭孝純正孚濟感應聖妃」。〔註64〕另一次在成祖永樂七年（1409），因鄭和下西洋，以神屢有助大功加封「護國庇民妙靈昭應弘仁普濟天妃」，並於京城外建廟。明宣宗宣德五年（1430）、六年（1431）雖然沒有詔封，不過也因媽祖以護祐出使使節有功，派遣太監、京官及府縣官員到湄嶼致祭和修整廟宇。〔註65〕對徐孚遠而言，媽祖之所以得到朝廷褒揚，正是因為彰顯神威禦災捍患。於是不願社稷淪喪，「羈臣亦有豚蹢祝，早盪塵氛報九霄」，〔註66〕禱祈媽祖施展無邊法力，襄助驅除滿人、光復有明江山。只是從歷史結果來看，最終媽祖並沒有如徐孚遠的願顯靈。甚至相反的，康熙二十二年（1683）清廷得以攻克臺灣、澎湖，消滅反清的鄭氏政權，相傳即是媽祖顯靈佑助所致。傳言當年澎湖攻陷之前，清廷千總劉春已夢見媽祖告訴他：「二十一日必得澎湖，七月可得臺灣。」而在施琅率領水軍進攻澎湖時，「士卒舟中，咸謂恍見神妃如在左右，遂皆賈勇前進」，因此得以順利佔領澎湖。〔註67〕媽祖信仰反而被清朝利用為統一工具，這是徐孚遠所始料未及的。

　　對海神媽祖的信仰，徐孚遠還反映出對媽祖的感激。從所書來看，當時信徒為了感謝媽祖庇護，分別在春、冬二季舉辦春賽、冬賽兩次盛大的酬神活動，經由祈報儀式，一方面酬謝媽祖庇祐，另方面則祈求媽祖再繼續賜福除禍。

　　一般來說，對媽祖的祭祀，除了臨時性的禱祀外，每年固定在媽祖千秋日和重九升天日隆重舉行。媽祖誕辰相傳在農曆三月二十三，為了敬祝媽祖聖誕，三月下旬人們往往舉行盛大的祭拜儀式，也就有了春賽活動。〈賽天妃〉云：「季春下瀚海南頭，喧喧鉦鼓賽湄洲，天妃降真在此地，相傳靈跡無時休」

〔註64〕蔡相煇氏考索《明史》，認為明初媽祖並未在南京諸神廟之列，《天妃顯聖錄》所載不知所據為何，進而主張明代崇祀媽祖當由成祖開先端。見氏著：《媽祖信仰研究》（台北：秀威資訊科技股份有限公司，2006年10月一版），頁146～150。徐孚遠除了在〈祀天妃有述〉中稱媽祖「二祖錫崇名」外，〈海問〉中又道媽祖「我明二祖揚光輝，錫以尊名異鬼神」，依此，明太祖、成祖父子二人，當對媽祖皆有所冊封。

〔註65〕佚名：《天妃顯聖錄》（影印臺灣銀行經濟研究室編臺灣文獻叢刊第77種，南投：臺灣省文獻委員會，1996年9月），頁2。

〔註66〕見〈三月二十三日風〉之一，《釣璜堂存稿》卷十四，頁9。

〔註67〕事見佚名：《天妃顯聖錄》（影印臺灣銀行經濟研究室編臺灣文獻叢刊第77種，南投：臺灣省文獻委員會，1996年9月），頁45。

（卷六，頁 15），所書即是湄洲春賽時鑼鼓喧天的熱鬧景象。春賽配合媽祖誕辰，不過冬賽卻在歲末，並非媽祖九九得道日。

民間傳說臘月二十四這天，在凡間的諸神會返回天庭述職，向玉皇大帝稟告人間一年之中的善惡。一來感激諸神的贶祐與辛勞，二來希望神明們能替自己向玉帝美言幾句，於是在這天有所謂送神的祭拜儀式。「諸神朝玉清」這天，徐孚遠在「中夜婆娑至日旰，鳴鉦擊鼓聲訇訇，橘柚芬芳薦桂醑，紛紜紙馬空中舞」的景象下，也從俗送神祭拜了媽祖。〔註 68〕又〈歲暮村賽作〉道：「牆外吹笙羯鼓喧，村人作賽香滿路，薯漿餈餅迎天妃，神之來兮若可呼，歲事已畢朝玉皇，雲車紙馬旅相赴。」（卷七，頁 18）足見冬賽與歲末送神習俗相關，所以在臘月下旬舉行，以酬報媽祖終年庇護海事順利，也爲來年祈福。又如〈冬賽〉云：

> 蓬蓬擊鼓薦香醽，臘月下旬賽馬祖，日夕旋風吹樹梢，雙虯駕雲灑溼雨，嘈嘈法曲喧以哀，澆酒燔錢作飛灰，去沽西海歸東洋，商貨滿舟金滿箱，靈鐙隱見挂高檣，玉杯三投神已許，童子何知代神語？（卷五，頁 31）

信眾們爲了感謝媽祖保祐海行與獲利，薦酒、法曲、焚燒錢紙等在飄風隕雨中，依舊不減。蓬蓬的鼓聲以及嘈嘈的法曲聲，交織出賽神時的盛況，也顯示出眾人奉祀媽祖的虔誠。

### （二）南海神

南海神與媽祖同樣起源於南方。雖然不若媽祖廣爲今人所知，卻無法抹滅祂的崇拜早於媽祖的事實。《禮記・月令》道：「天子命有司祈祀四海、大川、名源、淵澤、井泉。」〔註 69〕說明了在古人認爲萬物皆有靈而崇拜自然之下，東南西北四海早已成爲國家祭祀的對象。至於專門用來祀祭四海的祠廟，早在秦穆公之父德公將都城遷往雍（陝西鳳翔）以後已見設置。〔註 70〕爾後各代朝廷重要祭典，四海神皆是祭祀時不可或缺的神祇。

---

〔註 68〕見〈臘月二十四日祀天妃〉，《釣璜堂存稿》卷五，頁 3。

〔註 69〕（漢）鄭玄注、（唐）孔穎達疏：《禮記》卷十七，（重刊宋本禮記注疏附校勘記，台北：藝文印書館，1993 年 9 月 12 刷），頁 345。

〔註 70〕《史記・封禪書》曰：「雍有日、月、參、辰、南北斗、熒惑、太白、歲星、填星、辰星、二十八宿、風伯、雨師、四海、九臣、十四臣、諸布、諸嚴、諸逑之屬，百有餘廟。」見（漢）司馬遷：《史記》卷二十八（北京：中華書局，1989 年 9 月第 11 刷），頁 1375。

隋文帝開皇十四年（594），在廣州南海鎮南近海處建立了南海神廟。〔註71〕唐玄宗天寶十年（751），詔令太子中允李隨祭東海、太子中允柳奕祭西海、義王府長史張九章祭南海、〔註72〕太子洗馬李齊榮祭北海，並敕封東海爲廣德王，西海爲廣潤王，南海爲廣利王，北海爲廣澤王。宋朝是南海神崇拜最爲興盛的時代。當時南海神不僅被視爲祐庇海上交通，還有弭除亂賊護國衛民、安定社會、降霖解旱之功，因此無論在中央還是嶺南東路地區，都享有極高的地位。往後元、明、清三朝，隨著媽祖在朝廷和民間的崇拜日盛，南海神的崇拜也就日益衰微了。〔註73〕

明末清初，南海神的信奉固然已經衰落，不過南海依然是海路交通之要衝。一般認知，南海爲南海神廣利王職掌區域，對那些航行其中的人來說，當然要禱求廣利王保佑，徐孚遠亦是如此。〈遙禮南海神〉云：

> 南海嘗稱廣利王，閟宮肅肅鎮遐方；明珠入貢牙檣穩，蒼璧沈祠桂醑香；擊鼓婆娑喧士女，鞭鼉蜿蜒作橋梁；遠臣欲濟驚波浪，悵望靈旐空渺茫。（卷十二，頁2）

「欲濟驚波浪」，懾於兇猛南海海況者豈止徐孚遠？這是共相，道出了所有冒險蹈海人的心聲。而南海神又具有如頷、頸兩聯所述保護往返南洋船隻，與具有周穆王般飭令黿鼉的無邊神力，〔註74〕自然成爲包含闇公在內的海事活動者的心理依靠。當時闇公行經廣州沿海，南海神廟就在廣州，無法登陸到南海神廟謁祭，所以只能遙祭禮拜。「悵望靈旐空渺茫」的失落感，可知他對廣利王的崇信。

---

〔註71〕《隋書・禮儀二》云：「開皇十四年閏十月，詔東鎮沂山，南鎮會稽山，北鎮醫無閭山，冀州鎮霍山，並就山立祠。東海於會稽縣界，南海於南海鎮南，並近海立祠。」見（唐）魏徵等修：《隋書》卷七（北京：中華書局，1996年5月第6刷），頁140。

〔註72〕當時祭南海者，《舊唐書》卷二十四作「張九章」，而《大唐郊祀錄》卷八作「張九皋」，據王元林考證，當爲張九章。參王氏著：《國家祭祀與海上絲路遺跡——廣州南海神廟研究》（北京：中華書局，2006年8月一版一刷），頁68～74。

〔註73〕關於中國古代南海神的崇拜，王元林認爲兩宋爲輝煌時期，元代則開始萎縮，至而明代衰落。參氏著：《國家祭祀與海上絲路遺跡——廣州南海神廟研究》第四、五、六章（北京：中華書局，2006年8月一版一刷），頁98～346。

〔註74〕沈約注、洪頤煊校：《竹書紀年》下記周穆王三十七年：「大起九師，東至于江，叱黿鼉以爲梁。」見《竹書紀年》（據平津館叢書本影印，北京：中華書局，1985年北京新一版），頁46。

## 六、橫海工具

渡海的交通工具也成了闇公筆下的題材；特殊的是，對象不是華麗的畫舫，也不是征戰的舿艦，而是簡便的腳船——舢舨，共有二首吟詠。其一為〈杉板流歎之〉，曰：

> 海舟牽挽費人功，杉板往來疾於風，此物便為青鳥使，玄圃瑤芝
> 皆可致，時衝煙霧訪幽人，或作鯉魚寄君意，胡然狂風終夜吹，
> 忽若雲端折雙翅，鄰舟咫尺不可望，一杯之水如瓊漿，清晨宛轉
> 至日暮，搔首欲濟河無梁，淒淒伏枕即著書，故人誰過子雲居？
>
> （卷五，頁 13）

舢舨，又稱杉板、三板。《禆海紀遊》說：「三板即腳船也。海舶大，不能近岸，凡欲往來，則乘三板；至欲開行，又拽上大船載之。」〔註 75〕即大船用來緩急與登岸渡港之需的小船，是以徐孚遠稱：「杉板，小舟，海艘之使也。」〔註 76〕對他而言，杉板不只是腳船，更是羽翼，讓他藉以自如的與知交往來。因而當杉板不小心被海波捲走，他倍覺不便。

〈杉板流歎之〉描述了杉板的功用，也敘述失去杉板不便，著眼於「用」的方面，而〈杉板流〉則是著重在啟示。詩云：

> 凌晨牽小艇，乞火備朝糜，中流值風濤，榜人一失手，白浪高於檣，
> 長年面如黔，一葉隨汛潮，漂泊竟何有，杜畿試陶河，紹宗泛渦口，
> 古之賢達人，失身良亦偶，何況滄海濱，蛟鼉日鳴吼，寄命歷三時，
> 生理安得久？所以傾輈戒，斯言良可取。（卷二，頁 17）

不慎失手，杉板只能茫然的隨波飄蕩，即使操舟的是長年駛船、經驗豐富的船夫也莫可奈何。詩人由此思及喪命江河的杜畿和慕容紹宗，〔註 77〕再思及自身，惕勵自己要以為鑑戒，泛海、處世皆是如此，避免失身憾恨，應敬慎小心。

---

〔註 75〕（清）郁永河：《禆海紀遊》卷上（臺灣銀行經濟研究室編：臺灣文獻叢刊第
44 種，台北：臺灣大通書局，1987 年 10 月初版），頁 6。

〔註 76〕見〈杉板流〉，《鈞璜堂存稿》卷二，頁 17。

〔註 77〕杜畿受魏文帝命作御樓船，於陶河試船，遭遇風浪，船沉而亡；慕容紹宗則
是率軍圍擊西魏大將王思政時，船艦因暴風往敵城而去，未免敵軍俘虜，投
渦水而歿。前者傳見（晉）陳壽：《三國志‧魏書》卷十六（北京：中華書局，
1998 年 3 月北京第 14 刷），頁 493～497；後者傳見（唐）李百藥：《北齊書》
卷二十（北京：中華書局，1997 年 3 月北京第 7 刷），頁 272～275。

綜觀來說，徐孚遠所述題材廣泛，內容豐富。有客觀的海洋景象，也有個人主觀的情志、海洋經驗，以及對社會及國家的關懷，涵攝自然海洋、海洋經濟、海洋軍事、社會和文化等方面；〔註78〕遠勝同時的的張煌言、盧若騰等人。

## 第三節　海洋意象

徐孚遠的海洋詩題材廣泛，有著豐富的內容。在書寫海洋時，隨著他情志的抒發，詩作中的海洋，不再只是純然的自然風物，而是寓有詩人情思的意象。「意象是詩人情感外化的一種表現形態，或云『意志的外射或對象化』（朱光潛語），意象的產生，是詩人的主觀心態與大自然客體密切契合的結果，是主觀精神呈以具體感性形態，具體感性形態表現主體的思想感情，意象有著感性與理性的雙重內容。」〔註79〕又因「意象來自於表象」，〔註80〕「表象一旦進入詩人的情感範圍，原來的表象就不是純自然的物，而被賦予了意義，成為融聚著詩人感情的意象，具有審美價值。正因如此，同一表象，由於詩人不同情感的作用，也就產生了不同的意象。」〔註81〕「海」這個自然的客體，添加徐孚遠個人的心靈色彩，負載他的主觀情緒，成為他主觀情緒的外化形式，並隨著他情感的變化，有著不同的內涵。下文以復國意識、離情別緒、漂泊情懷和韶光憂逝四種情感，觀察其中的海洋意象。

---

〔註78〕 此處意指狹義的海洋文化。海洋文化可分成廣義和狹義。廣義的海洋文化，學者認為是人類涉及海洋的活動，或者是與海洋有關的活動，它以自然的活動為基礎，並以精神活動為其最高形式，包括海洋經濟、海洋社會、狹義的海洋文化三個層次。至於狹義的海洋文化，則包括涉及海洋的神話、信仰、宗教、戲劇、文學、藝術等等。參徐曉望：《媽祖的子民：閩台海洋文化研究》（上海：學林出版社，1999年12月一版一刷），頁12。

〔註79〕 吳曉：《詩歌與人生：意象符號與情感空間》（台北：書林出版有限公司，1995年3月），頁10。

〔註80〕 所謂表象，吳曉認為：「是人在記憶中所保留的感性映象，它的本源是客觀外物。人的五官將客觀外物的形狀、色彩、體塊、線條、音響、氣味等內容反映於大腦，留存於記憶，即成為表象。」見吳曉：《詩歌與人生：意象符號與情感空間》（台北：書林出版有限公司，1995年3月），頁11。

〔註81〕 吳曉：《詩歌與人生：意象符號與情感空間》（台北：書林出版有限公司，1995年3月），頁13。

## 一、復國意識下之海洋意象

在徐孚遠反清復明意識下，海洋冠上政治色彩，有他個人的情志，並有鮮明的時代意義。

### （一）禦敵屏障

海洋，切斷了陸地間的聯接，孤立了島嶼。它的浩瀚、無常，讓人心生恐懼也產生了阻隔感，就交通往來來說，的確是莫大的阻礙。然而對身處清軍伺機侵略地區的詩人來說，正是因為海濤澎派洶湧，清軍才不敢貿然來犯。就這點來說，海成了保疆衛土、抵禦敵人的屏障。〈贈劉子葵職方〉（時守同安新城）云：

> 朔風擊浪高於天，鐵騎千羣不敢前，主帥定策殲殘虜，先期下令
> 駕樓船，以長制短有奇勢，客子出入乃軍權，旅人欲渡囊無錢，
> 忽聞令下心茫然，劉侯憐我顏色低，贈之尺素兼朱提，始得結束
> 隨軍旅，攜取琴書聽鼓鼙，多君相存意氣豁，大才未試聊一割，
> 十雉之城流濺濺，偏師守之不可越，還聞長嘯對胡笳，閒倚雲峰
> 看明月。（卷六，頁18）

精銳強悍的鐵騎千軍萬馬，聲勢何等浩大與駭人，清廷企圖一舉攻掠同安新城，倘若交戰，劉子葵恐怕眾寡難敵。多虧瀚海，無論那些鐵騎多麼驍勇善戰，面對著暴風駭浪，也只能懾服於海濤的威力，望洋興歎。此刻，詩人眼中，狂濤怒浪多了防衛意義——遏止清軍攻掠，守住有明疆土，使同安新城免遭清軍鐵蹄蹂躪——不再只是純粹險惡的自然海象；也因如此，詩人在城中還能寬心的「閒倚雲峰看明月」。

同樣的情思，又見〈野步〉。云：

> 攜挈沙上住，咫尺即洪波；偶與觀濤伴，聊為擫節歌；潮頭吞岸闊，
> 雲腳漾風多；此地真天險，胡兒孰敢過？（卷十，頁17）

風起雲湧，一波接一波磅礡的海潮，一次又一次的吞噬陸地，景象固然壯觀，但也令人不禁憂懼安危。只是同樣的驚濤駭浪，闇公心念一轉，卻不再危害自己與家人，反而成了抵禦清軍的自然屏障，幫助守護家園、捍衛有明江山，使自己不至於淪為異族子民、護衛了自己的節操。

### （二）淨土

孔子曰：「道不行，乘桴浮于海。」蘇東坡〈臨江仙〉說：「小舟從此逝，

江海寄餘生」；〔註 82〕〈千秋歲・次韻少游〉又道：「吾已矣，乘桴且恁浮於海。」〔註 83〕浮海，自古被中國文人視爲離開政治的一種方式，而避世離俗和情志依歸所在的滄海，也被賦予淨土的意涵。

　　接受前人對海的這種情感，思及自己長年漂泊志業未成，徐孚遠〈暫移沙上有感〉云：

　　旅次頻年白髮盈，何時小築待清平？桐廬江上絲難繫，錦里堂前竹
　　未成；每羨野人麻麥長，兼懷巢燕往來情；茫茫大地無棲處，總向
　　浮槎寄此生。（卷十四，頁 5）

對蘇東坡之類的文人而言，海棲意味跳脫儒家思想學而優則仕、治國安民的使命，將自我由關懷社會群體之生命的「人們自我」，轉變爲對自我個體生命關懷的「屬己自我」。因此，海棲重點在於「遁離」，掙脫遠離功名富貴、政治的枷鎖，以達到精神的逍遙自適；是以海這塊浮動的淨土，意味超脫世俗，是人間能放逸曠達的樂土。與此迥異，徐孚遠海棲是無奈下的選擇。萍寄天涯，身如飄蓬，思鄉之情滿溢，卻不能歸返故鄉一解鄉愁，不是不欲歸，而是礙於政治現實欲歸不得。亡國之恨與不事異族的理念，他堅拒成爲有清的臣民，不願存身清廷統轄地區；被清廷佔據的故國山河，儘管眷戀情深，卻是「大地茫茫無歸處」，已不再是他的容身處，不得已只好乘桴槎寄身煙海。可以看到，抗清期間，無論避地海壇、舟山，或者金門、廈門，徐孚遠每每在遵奉有明正朔的天空下傍海而居，誠然不論是情感意義還是實際生活，不被清廷統治的滄海就是避秦棲身的桃花源、是政治的淨土。

　　這種情形下，「十年滄海混樵漁，避跡孤蹤猿鶴如」〔註 84〕的意義，便不只是純粹的遜遁。〈閒吟〉道：「南海灘頭把釣翁，一年來去總無功；蒼茫不曉人間事，猶著衣冠碧浪中。」（卷二十，頁 11）寄跡南海的他不改易胡服、不剃髮留辮，身著有明一朝衣冠表示對清政權的反抗，顯然多了抵抗和持節不屈的意味，激盪澄澈的碧浪正與他的氣節相映襯。避地消極抵抗、保全個人志節是否就是徐孚遠海棲的終極目標？〈卒歲遣興〉曰：

　　筋緩形衰萬感空，持竿終歲碧流中；即逢漢祖無三老，若在淮南亦
　　一公；莫道素書非要論，誰將黃髮寄時雄？且傾椒酒過殘臘，南海

---

〔註 82〕見唐圭璋編：《全宋詞》（台北：宏業書局，1985 年 10 月再版），頁 130。
〔註 83〕唐圭璋編：《全宋詞》（台北：宏業書局，1985 年 10 月再版），頁 142。
〔註 84〕〈送劉中貴使畢回朝〉，《釣璜堂存稿》卷十五，頁 21。

灘頭待大風。（卷十四，頁 36）

他這位把釣翁，並不打算只求個人名節在南海灘頭持節垂釣度過餘生，「待大風」、乘機而起顯然這才是他最衷心的企盼。若說大鵬鳥須待海運六月息而飛，那他所待爲何？〈大風歌〉云：「大風起兮雲飛揚，威加海內兮歸故鄉，安得猛士兮守四方？」〔註 85〕這是劉邦一統天下後榮歸故鄉沛縣時所唱，短短三句便唱出他叱吒風雲的帝王氣概與得意，以及對人才的渴望。徐孚遠所待，即是如劉邦般縱橫天下的明主以重開有明一朝的局勢。如此，失去的故國江山可以恢復，自己也得以返鄉，進而乘機伸展個人抱負。

要言之，在徐孚遠抗清意識下淨土的海，是避秦淨土而非逍遙自在的樂土，是現實政治上的淨土而非屬己自我的精神依歸。

### （三）難與抗衡之海

對於莫測無垠的海，或將之神格化，或以科學的角度對待，或持敬畏，或懷謙卑，或以理性的心看待，或者抱著人定勝天的信念與其抗爭，全憑個人想法。

秉著不屈的意識，對於廣漠無際的滄溟，徐孚遠產生了「移山填海故非癡」〔註 86〕的征服意念。因爲，那滉瀁的汪洋，在他心中如同艱鉅的反清復明大業。然而，隨著清廷的壯盛、南明抗清勢力的式微，他所發抒的不是勝利的凱歌，而是無能征服的無力感。〈深秋旅懷悽然作〉云：

> 風卷重雲海助瀾，秋霜不降亦微寒；賓筵勿訝牲牢異，逆旅兼知衣
> 履難；南國於今誰召伯？小匡自古美齊桓；更憐衛石滄浪客，谷口
> 年年鍛羽翰。（卷十四，頁 22）

相傳炎帝幼女女娃溺死東海，在死後化成精衛鳥，口銜西山木石以試圖填平東海。與浩渺滂渤的滄海相比，精衛身形是如此細弱、力量又是如此微小，根本難與抗衡，卻憑著堅定的意志不畏艱苦，奮身不懈。可惜東海始終無有減損，精衛一切努力皆付諸東流。放眼風作瀾翻的瀚海，思及多年「槎上波濤爭日月」〔註 87〕對抗清廷、致力復國卻無結果，徐孚遠不禁黯然感傷自己

---

〔註 85〕 見（漢）司馬遷：《史記》卷八〈高祖本紀〉（北京：中華書局，1989 年 9 月二版湖北十一刷），頁 382。

〔註 86〕 〈自壽遣興之作〉，《釣璜堂存稿》卷十四，頁 31。

〔註 87〕 〈自壽遣興之作〉，《釣璜堂存稿》卷十四，頁 31。

無異於精衛，都是「日夜銜石塡海濱」、「毛摧口裂徒苦辛」，〔註88〕所不同的
是精衛抗爭的對象是東海，而他則是清廷之海──多年奔走推翻、卻無能撼
動的政權。

　　視海爲征服、對抗的對象，並以海爲喻依來比喻抗清大業，同樣的情思
又見〈閒題〉，云：

> 十年塡海海湯湯，羈旅無歸愁思長；作柱夔龍收地緩，變形狐豕射
> 天忙；何時淨洗氛塵氣，卻得親瞻日月光？便躄雙鳧猶自健，好將
> 深策對西廂。（卷十五，頁 11）

將海塡平──驅逐滿清、恢復有明政權，素來是他最殷切的期望，但世局終
歸不是他個人微薄之力所能掌控，一如東海始終浩浩湯湯，精衛徒勞無功，
十年對抗清廷的歲月過去了，滿清仍舊佔據故國山河。「去年望斷又今年，移
山塡海事杳然」，他卻是「毛羽摧殘筋力盡」，〔註89〕不能驅逐滿清的悲憤、
艱苦奮鬥卻一場空的無奈，「試論銜怨誰多少？前有瑤姬後旅臣」〔註90〕的悵
惋可想而知。

　　從客觀澎湃無際之海到意欲對抗的海，乃至無力對抗之海，在徐孚遠的
意識和聯想下，結合精衛傳說，海不再是爲人熟知鄉國的隱喻，反而是敵國
清廷的代名詞，一個讓他嗟怨「柱天無力向誰號，銜石塡波空爾勞」〔註91〕
的王朝。在在說明，他詩中海的意象，隨個人主觀情志波動而靈活多變。

### （四）希望之海

　　滿清鐵騎揮軍中原，隨著掠奪有明領土愈多，也掌控越來愈多陸上的優
勢，尤其在乙酉（1645）福王政權傾覆後。對於失去陸上軍事優勢的南明抗
清勢力來說，特別是分布在浙江、福建沿海的反清者而言，既然清軍剽悍、
擅長陸戰，又掌有陸上優勢；那麼，他們的機會就是善用大海、利用水師作
戰。這即是唐王當時爲何打算由海道勸募舟師北征的原因。雖然沒有成功，
但確實說明，南明抗清人士深切體認到，陸路受清廷箝制下，反清復明成功
與否的關鍵之一就是水師。

　　基於這種認識，徐孚遠於〈北望〉道：「獻歲初傳王氣開，孤臣回首重徘

〔註88〕　〈帝女怨〉，《釣璜堂存稿》卷六，頁 21。
〔註89〕　〈抒憤〉，《釣璜堂存稿》卷十五，頁 17。
〔註90〕　〈海吟〉，《釣璜堂存稿》卷二十，頁 13。
〔註91〕　〈海愁〉，《釣璜堂存稿》卷二十，頁 20。

徊；中原貔虎今誰在？惟有樓船海上來。」（卷十八，頁14）遙眺瀚海，企盼
的不是離人歸舟、也不是漁火返棹，而是出兵收復有明失土的船艦。他認爲
中土昔時的驍勇猛將不復在，復國重任只能仰賴由海道反攻的南明水師。水
師肩負復明的重責大任，船艦承載著英勇的將士，而滄海同時負載著船艦和
北征將士。在這種意念下，負責輸送反清希望的南明樓船水師的瀚海，也點
染了希望的色彩。

　　這樣的想法，在他親身參軍水師北征更可以感受到。〈崇明沙〉說：「樓
船將欲上天行，醉倚洪濤揮扇輕；不是前驅蒼兕過，秋風已到石頭城。」（卷
二十，頁11）崇明沙即長江入海口的崇明島，素有長江門戶、東海瀛洲之稱，
自此溯洄而上可至南京——明朝的開國首都。崇明沙既爲長江門戶，軍事戰
略地位分外重要。思及抗清艦隊若能在此擊敗清軍便能進入長江，可望「上
天行」——長驅直達昔時帝都、收復南京，徐孚遠自是難掩欣喜，字裡行間
洋溢得意喜悅之情，筆調也顯得特別輕快，絲毫沒有征戰的緊張與殺伐之氣。
縱然洪濤巨浪騰湧，但對沉浸在將要「上天行」喜悅的徐孚遠而言，不再是
危險，也不具威脅，亦無可畏，而是他好整以暇瀟灑飲酒、輕揮羽扇醉倚的
對象；更是運送海師艦隊、以及協助他及兵將們克復南京的希望和力量。難
怪他會發出「不是前驅蒼兕過，秋風已到石頭城」的豪語。

　　寄望水師反清復明，於是徐孚遠筆下的海又增添希望的意義；也因如此，
「借問諸雄帥，何時肯放舟？」「水上飛揚夙著名，何時直泛石頭城？」〔註
92〕何時揚帆北征，向來是爲急切復國的他所關注。

### （五）鄉國之喻

　　海洋以其浩瀚包容萬物，孕育無數生命、滋養許多文化，無異於「母」
的屬性及意象。如論者所言：「一直帶著強烈的『母性』意象」，「解構『海』
的本體，原本就含括著『母』的符號。」〔註93〕至於國家提攜了子民，濃厚
的血緣與文化關係、生長於斯的熟悉感和親切感……，對人們來說也猶如母
親一般。二者是母親的象徵，因而隨著思緒的變化，海在徐孚遠心中，也直
接成了有明社稷的代名詞。〈春仲感吟〉曰：

---

〔註92〕各見〈泊舟〉，《釣璜堂存稿》卷八，頁10；〈贈勉水師諸公〉，《釣璜堂存稿》
　　　卷十三，頁6。
〔註93〕范欽慧：〈海洋中的母性情懷〉，見 http://www.nmmst.gov.tw/nmmst/blue2/pop02.
　　　htm，2011年6月11日。

乘槎滄嶼若爲情，待死何能復治生？澗有青芹堪自采，畦留紫莧倩
人耕；比年常慮封狐入，半夜還憂大壑更；擬待時清歸梓里，奉辭
使節喜身輕。（卷十四，頁 2）

〈南海抒懷〉則云：

一自持竿趁釣船，常憂大壑久須遷；豈知魚服猶三變，不覺萍蹤又
十年？此地蛟龍方得穴，何時日月可經天？隨人趨步非吾事，且乞
閒身狎紫煙。（卷十四，頁 11）

二詩皆用了滄海桑田的典故。《神仙傳》載：「麻姑自說：『接侍以來，已見東
海三爲桑田，向到蓬萊，水又淺於往昔，會時略半也，豈將復還爲陵陸乎？』
方平笑曰：『聖人皆言海中行復揚塵也。』」〔註94〕後世詩詞中有用來感嘆世
事變遷者，如唐盧照鄰云：「節物風光不相待，桑田碧海須臾改」；〔註95〕又
如明人于愼行〈嶧山歌〉：「君不見滄海桑田年歲改，秦皇片石今安在？」〔註
96〕或以爲仙道題材典故，如駱賓王〈代女道士王靈妃贈道士李榮〉：「桃實千
年非易待，桑田一變已難尋」、〔註97〕白居易〈雪夜小飲贈夢得〉：「呼作散仙
應有以，曾看東海變桑田」、〔註98〕李端〈雪夜尋太白道士〉：「桑田如可見，
滄海幾時空」。〔註99〕其中，前者蔚爲大宗。

　　在這二詩中，徐孚遠不是用來感嘆變遷，而是憂懼變遷；並且直接將淲
漾的滄海借喻爲有明宗社，而非由海洋聯想到國家；抒發的不是眷念家國之
情，而是國家存亡的恐慮。懷抱驅逐滿清、復興明朝的信念與希望投身復國
大業，置個人小利、死生於度外，若說有何恐懼，莫過於深怕社稷一如滄海
變桑田，被滿清滅亡和取而代之。這種憂慮，眼見抗清勢力年復一年陵夷，
他不但難以釋懷，還益加心憂。正因如此，當耳聞天下大勢將如東海揚塵變

〔註94〕　（晉）葛洪：《神仙傳》卷三〈王遠〉景印文淵閣四庫全書第 1059 冊（台北：
　　　　　臺灣商務印書館，1983 年），頁 270。
〔註95〕　盧照鄰：〈長安古意〉，見中華書局編輯部點校、王海燕等編輯：《全唐詩》卷
　　　　　四十一（北京：中華書局，1999 年 1 月一版），頁 523。
〔註96〕　（明）于愼行：《穀城山館詩集》卷五，景印文淵閣四庫全書第 1291 冊（台
　　　　　北：臺灣商務印書館，1983 年），頁 57。
〔註97〕　見中華書局編輯部點校、王海燕等編輯：《全唐詩》卷七十七（北京：中華書
　　　　　局，1999 年 1 月一版），頁 838。
〔註98〕　見中華書局編輯部點校、王海燕等編輯：《全唐詩》卷四五九（北京：中華書
　　　　　局，1999 年 1 月一版），頁 5255。
〔註99〕　見中華書局編輯部點校、王海燕等編輯：《全唐詩》卷二八六（北京：中華書
　　　　　局，1999 年 1 月一版），頁 3270。

成陸地時，〈海吟〉激憤說：「滄海茫茫愁殺人，人傳將欲見揚塵；試論銜怨誰多少？前有瑤姬後旅臣。」（卷二十，頁 13）悲愁天下迭興，明亡清興局勢底定，憤懣自己多年奔走竟付諸流水。

## 二、離情別緒下之海洋意象

「悲莫悲兮生別離」、「黯然銷魂者惟別而已」，無論是〈少司命〉或江淹〈別賦〉也好，在在顯示中國古人離別的愁苦，也可見他們視離別為人生大事。雖說人世間聚散悲歡是常態，卻無人樂於品嚐闊別的滋味，畢竟對情非得已的人們來說，那是無奈的苦果。在這樣的情懷下，海洋在徐孚遠筆下，又有了不同的意味。

### （一）離別之海

在交通上，汪汪瀚海負載船舶，運輸旅人、貨品，可為日常生活帶來不少便利。而從離合的角度來看，海不再只是純然擔任交通的角色，更承載了人們的聚散悲歡。對詩人來說，海運送船隻、更運送船上的離人，促使離人遠去。〈送秦小篆粵東督餉〉云：

> 橫海戈船已抗旌，春潮直到尉佗城；喜聞督護推安國，兼以持籌待
> 子荊；狎浪魚龍隨劍舞，迎風花鳥傍舟行；獲嘉應有軍符在，使者
> 何煩更請纓？（卷十四，頁 1）

秦氏搭乘的船拔錨啓航後，在海流傳送下逐漸駛離兩人惜別的口岸，乘著風破著浪，直到的目的地廣東龍川（尉佗城）。詩中不直說船隻或秦小篆航駛到廣東，而是以承載秦氏的海潮表示；隨著海潮流動，船愈行愈遠，兩人的距離也愈大，離別的愁緒也就益深，思念之情也就益濃。顯然，在徐孚遠的離腸下，詩中流到尉佗城的海潮、遙隔他和秦小篆的海，有了離別的意象。

同樣的手法，又見〈送林子起往粵〉。詩云：

> 久客將歸思渺然，聞君又逐廣南船；幾回芳草同閒步，一棹蒼波遂
> 各天；常擬求砂句漏下，無緣清嘯越臺前；今朝且聽驪駒曲，恰喜
> 囊中有酒錢。（卷十二，頁 31）

離別在即，驪歌頻唱，餞別宴怎有心緒舉杯暢飲？末句實際上以歡樂之筆寫哀情。羈留在外不得歸鄉已是惆悵，林子起又將浮海離去，徐孚遠更是感傷。不禁思及當林氏船棹解纜，航行在碧海藍天時，隨著帆檣愈小，兩人相隔也

愈遠，最終各在天一涯。這「蒼波」是載林氏遠離的海，亦是徐孚遠離愁下的海。

　　若說前面詩句，都是藉由離人浮海乘船離去，賦予海離別的色彩，那「最憐折柳談心日，別淚垂垂滴海濤」〔註100〕則是另種手法。送行時，話別傷心的淚水滴滴落入茫茫海中，分不清是淚還是海；或者說無需再細分，淚水已成海水，別情已是瀚海的一部分，伴隨著離人航行。此處，徐孚遠直接將別緒融入汪洋之中，海不只負載友人離去，擴大兩人分隔的距離，更是他友誼及離情的載體。

### （二）傳情之海

　　分袂是離情的起點，明知唯有聚首是才是別緒的止境，偏偏身不由己，只能任憑離愁別苦縈懷。除了夢境之外，對於現實中人倫的不圓滿，古代騷人墨客們往往寄託自然，假想自然物為聯繫所思的橋樑。其中，明月和流水最屬常見。前者如李白〈聞王昌齡左遷龍標遙有此寄〉：「我寄愁心與明月，隨風直到夜郎西」；〔註101〕白居易〈自河南經亂關內阻饑兄弟離散各在一處，因望月有感聊書所懷寄上浮梁大兄於潛七兄烏江十五兄兼示符離下邽弟妹〉：「共看明月應垂淚，一夜鄉心五處同」；〔註102〕蘇東坡〈水調歌頭〉：「但願人長久，千里共嬋娟」。〔註103〕後者如李白〈涇川送族弟錞〉：「寄情與流水，但有長相思」；〔註104〕岑參〈西過渭州見渭水思秦川〉：「渭水東流去，何時到雍州？憑添兩行淚，寄向故園流。」〔註105〕又如蘇軾〈江城子・恨別〉：「寄我相思千點淚，流不到，楚江東」。〔註106〕這些詩詞中的月或者流水，不只是停留在襯托詩人們的離愁，在詩人自己主觀情志的運作下，都更進一步肩負起銜接思念者和被思念一方的工作，不論是否能真能傳達。

〔註100〕〈哭毛亹鞠學使〉，《釣璜堂存稿》卷十三，頁3。
〔註101〕見瞿蛻園等校注：《李太白集校注》卷十二（台北：里仁書局，1981年3月出版），頁841。
〔註102〕見中華書局編輯部點校、王海燕等編輯：《全唐詩》卷四三六（北京：中華書局，1999年1月一版），頁4850。
〔註103〕見唐圭璋編：《全宋詞》（台北：宏業書局，1985年10月再版），頁129。
〔註104〕見瞿蛻園等校注：《李太白集校注》卷十八（台北：里仁書局，1981年3月出版），頁1083。
〔註105〕見中華書局編輯部點校、王海燕等編輯：《全唐詩》卷二〇一（北京：中華書局，1999年1月一版），頁2104。
〔註106〕見唐圭璋編：《全宋詞》（台北：宏業書局，1985年10月再版），頁133。

照理說，「水」是集合名詞，是海河江湖的總稱，流水之水應包含海水；不過在中國傳統文化中，並非如此。古典詩詞固然不乏「海水直下萬里深，誰人不言此離苦」〔註107〕，以及「借問江潮與海水，何似君情與妾心，相恨不如潮有信，相思始覺海非深」〔註108〕等借海抒發離愁、襯寫離情之句，卻遠遠比不上潺潺流水頻繁。至於，視海水如江河般扮演傳情媒介、聯繫音訊詩文更是罕見。這自然與詩人的生活環境與經驗有關。大多數中國古代文人，接觸陸地上江河湖泊的經驗，遠比海洋來得多；甚至也有終其一生，不曾親眼目睹海的波瀾壯闊，遑論乘桴泛海或濱海而居。此外，海洋的浩瀚無垠與波濤的澎湃洶湧，容易令人產生畏懼和阻絕感，因此往往被視爲阻絕的象徵。

平心而論，海何嘗不接連著陸地，只是形態有別，之所以感到阻絕，歸根究柢，就是生活習慣以及相對於陸地的陌生。長期近海、親海——既泛舟橫海，又卜居海濱；既從陸地望海，也置身海上觀海——徐孚遠彷彿體認到這點，心念一轉，在他眼中曾是阻隔之海也化身爲傳情青鳥，以傳遞自己情思。〈漫興〉云：

> 淵泉汨汨草芊芊，春色方憐入暮天；麥薰滿庭妨客坐，槐枝拂屋任風顚；只宜下澤安時論，那得高吟傲古賢？聞道海南桃浪動，好將佳信送愁邊。（卷十四，頁12）

暮春三月，向來爲中國古代文人容易感傷的時節，加上汨汨流泉和芊芊芳草，倍加觸動了徐孚遠的心緒。他的離愁與懷想之情，一如湧泉不斷湧上心頭，也如青草綿延不絕，唯有團聚才能了結，卻偏偏不能如願。此時沄沄浪潮替他傳情到所思的彼岸，是他寄託愁思、傳達訊息的信使；此處海不再意味阻隔，而是連繫思慕與所思的媒介。

「故鄉有恨春山外，數口無依碧浪中」，〔註109〕歸鄉不得的無奈下，海潮也成了徐孚遠寄託歸心所在，是負載歸心的工具。〈雨吟〉道：「空山雲滿客何依？雨後苔痕上客衣；清嘯不隨芳草歇，歸心只共海潮飛。」（卷十九，頁15）漂泊感與雨後青翠的碧草深化了他的離愁，眼前象徵離情的芳草雖然有限，但鄉思卻是不盡，怎奈又礙於政治不得返鄉。隨著鄉思情愁的流轉，

---

〔註107〕李白：〈遠別離〉，見瞿蛻園等校注：《李太白集校注》卷三（台北：里仁書局，1981年3月出版），頁191。

〔註108〕白居易：〈浪淘沙〉，見中華書局編輯部點校、王海燕等編輯：《全唐詩》卷二十八（北京：中華書局，1999年1月一版），頁405。

〔註109〕〈閒居〉，《釣璜堂存稿》卷十二，頁32。

一波波的海潮不僅只是源源不絕歸思的形象化，甚至流經此岸又到彼岸的特性，成了他託懷的對象——讓自由的思緒取代不由己的「有身」，偕同飛漾的海潮飛奔到朝思暮想的家鄉，以暫且消解現實的惆悵。如此情懷下，海連繫羈旅的他與故里，是歸心的載體，也是鄉愁的慰藉。

## 三、漂泊情懷下之海洋意象

中國古人或因事遊，或因兵役、勞役，或因動亂，或因經商，或因求學，或爲功名……而離鄉背井遠遊他方，可說「遊」爲人生普遍現象。中國古代士人，爲投入官場施展個人才學、抱負、建功立業而遠遊者，所在多有；即使受朝廷任用，依舊不免要宦遊，可說終其一生少有不「遊」者，除非完全離棄官場、無心功名。曹丕〈善哉行〉云：「湯湯川流，中有行舟，隨波轉薄，有似客遊。」〔註110〕以河中隨波而行的扁舟爲喻，貼切的道出遊子們漂泊在外的身不由己和不定感。而獨在異鄉爲異客，在外受挫、不得志的時候，思鄉情懷似乎更容易湧上心頭，王粲就是典型的例子。雖說「人情同於懷土兮，豈窮達而異心」，但要不是長達十餘年劉表都不重用他，他「懼匏瓜之徒懸兮，畏井渫之莫食」，否則〈登樓賦〉怎會有如此深摯的情感？

在徐孚遠身上，我們也可以看到這種抒發，並賦予海另一種意象。相對於陸地的靜止不動，海洋是流動漂浮的，即使在風平浪靜、水波不興時，地球和月球引力作用的潮汐變化依然持續進行著。而那無時滉漾起伏的浪濤，或經由詩人的移情作用，或經由異質同構的關係，不但滉漾出詩人羈泊異鄉與前途未卜的不定感，也披上漂泊不定的色彩。

乙酉（1645）揮別故鄉，流落異地，徐孚遠此次羈旅，不是爲個人名利，而是因國家淪喪，爲社稷、民族，一心復興明廷而離鄉背井。期間幾經遷徙，又頻頻泛舟滄海，乘風破浪而行，海的浮動不止一如詩人的流離不定，而這種不安定感，自然更容易思及令人安適的故鄉。〈昌國旅懷〉云：

> 浮沈滄海已經時，獨上城樓重有思；豺虎千羣歸路杳，鄉關一水旅魂疑；傷心還似離羣雁，生意眞如枯樹枝；從此山頭頻悵望，秋風芳草正淒其。（卷十二，頁19）

故鄉是遊子永遠也是最終的歸宿。登樓憑眺，家鄉就在海的彼岸，怎奈風景

〔註110〕見黃節註：《魏文武明帝詩註》（台北：藝文印書館，1972年9月二版），頁6。

不殊，卻有山河之異，復國大業偏偏又躓踖不順，不得已只好持續奮鬥、多方奔走。「浮沈滄海」是遭遇的實寫，也是流離的無奈感傷。可以說，浪濤的起伏、浪潮的盪漾深化了詩人的漂泊感，並且更襯托出故鄉的安定，進而勾起詩人的鄉愁與亡國之痛，也顯示了詩人的身不由己和孤獨感。

若說從陸地遙望滄海，徐孚遠已興起「峰頭肅肅海瀰瀰，年年作客何時已」〔註111〕的感傷；高掛船帆，在茫茫大海中迎風逐浪又是如何呢？「自歎年來類轉蓬，何緣高掛一帆風」〔註112〕的嗟怨，已說明了詩人的意願。身如轉蓬任風飄轉，不定感和喪失自主的無奈已是填膺；加以航行海上，身隨船轉、搖曳起伏的波濤、汩汩不休的海流，在在使他如浮萍般飄徙的心情更加沉重。〈晚涼〉云：

> 四時皆泛海，萬里任飄蓬；生計孤帆上，家鄉午夢中；鬢疏愁更白，
> 霞薄晚逾紅；涼氣吹蒼壁，徘徊望遠空。（卷八，頁 18）

前三句營造出兩個畫面：一是廣闊無際的天空下，一片孤帆飄蕩在茫茫無垠的溟海上；二是一株斷梗飄蓬，任風吹轉於廣漠的天地間。徐孚遠藉由這二個意象，深切的表達出自己展轉流離異鄉的心境。首句已道出他一年四季時時漂洋過海的不定感，第二句又將自身譬喻成蓬草，藉由飄颻萬里的意象，深化異地生活的身不由己、漂泊不定和缺乏穩定感；而第三句海上孤帆的意象，不僅又再重申漂泊不定感，更道出了心中的孤獨感。相較於生於斯、長於斯，猶如母親的故鄉，異鄉已少了熟悉、親切和安定感，若再置身於浮動的疆域，故鄉的溫暖、安定，自然益加讓人思憶。

浮流盪漾的海，負載詩人四處轉徙，飄零的意緒，猶如他流離的寫照，也喚起他的鄉思，是不定的、也是漂泊的。另外，海浮盪的特點，徐孚遠也借來抒發抱負未伸的不定感。

人都有其理想和目標，個人志向若得伸張，彷彿找到歸宿，心理便有充實感、成就感，也容易產生安定感；反之，若是有志難伸，未能實踐自己的理想，則易感到空虛、失落悵惘與不安定感。若說故鄉是異客最終的歸宿，那麼人生的理想、目標，何嘗不也是心志的歸宿？徐孚遠以反清復明為職志，流離福建、浙東，乃至臺灣，為的就是重見明廷復興。無奈個人百折不回之志難敵現實時勢，志業難以達成，自身遭遇又不順遂，憂愁惆悵、茫然不安

---

〔註111〕〈望遠〉，《釣璜堂存稿》卷五，頁31。
〔註112〕〈潮陽北發〉，《釣璜堂存稿》卷十三，頁13。

可想而知，因而晃蕩不止的海又多了他茫然不定的情懷，如〈旅泊自歎兼懷
虎尼〉所見。詩云：

> 縣來意氣本難馴，滄海浮萍愧此身；中論未成虛歲月，土坯一遁更
> 風塵；他年松桂依何處？今日鬚眉有幾人？知子心期終不改，可能
> 巖際共垂綸。（卷十二，頁 21）

浮萍本身已是飄浮不定，卻又飄流在溟莽無際的汪洋，任憑風浪飄蕩，非但
茫然不能自主，還倍感卑微渺小，處境是何等淒清！而這正是徐孚遠的自喻。
畢竟無論是海濤波動，或是世局變動，並非他所能主宰，都是受環境所牽制。
復國之路多舛以致多方流徙，加上偃蹇不順、有志難伸，是他當初所始料未
及。「此生漂泊無依處，南海槎頭一釣竿」〔註113〕，對時局、自身出處難以掌
握的不定感，讓他不禁萌念當個煙波釣叟，不問世事來安定自己。只是，垂
綸船首，而船泛浮海上何嘗不是隨流漂蕩？又是另類漂泊。對徐孚遠來說，
那不是最終依歸，而是莫可奈何下情非得已的選擇，惟有恢復有明國土與政
權，然後重返故鄉才是終極歸宿、真正結束漂泊。

又〈平海軍中感賦〉道：

> 飄飄四海一扁舟，解纜聊為汗漫遊；避世子真難入谷，哀時王粲且
> 依劉；山窮粟芋妻孥瘦，浪作黿鼉日夜浮；自歎此生多恨事，幾回
> 長嘯撫吳鉤。（卷十二，頁 1）

首句可說是闇公無奈飄零心境的具體化。一葉扁舟飄泛在茫茫四海中，海的
萬里無垠更襯托出扁舟的渺小，而這扁舟搭載著詩人；若扁舟之於浩瀚汪洋
微不足道，那扁舟中的詩人更是渺滄海之一粟。僅僅「四海」與「一扁舟」
的對比，已讓讀者感到詩人的微渺；加以「飄飄」二字，更營造出詩人在無
際的巨海中隨波飄蕩的無力感，以及漂泊不定的氛圍。再加上第五句海上日
夜浮湧浪花的意象，不僅益加襯托出詩人漂浮溟海的不定感，也強化了海在
詩中漂泊不定的意象，深化詩人「久作乘桴客，未卜何年到十洲」〔註114〕的
愁苦。

　　如上述，徐孚遠藉由海的流動、船隻飄泛海上，使原本客觀自然流動的
海，轉而具有詩人主觀飄零的情感，再結合飄萍、轉蓬等意象抒發出他漂泊

---

〔註113〕〈遣懷〉（二），《釣璜堂存稿》卷十五，頁 3。
〔註114〕〈同宿萬靜齋寓時皆病有作〉，《釣璜堂存稿》卷十二，頁 26。

不定的情懷。不論是何種漂泊不定感，「翩翩浮海舟，何時有津岸？」〔註115〕是詩人最渴切知道的。終究唯有停泊懸念的港灣，登陸心中最渴望的歸宿，支離不安、失落茫然的心才能真正平和寧靜。

## 四、韶光憂逝下之海洋意象

早在孔子見到滾滾而逝的江水發出：「逝者如斯夫，不舍晝夜」的感嘆時，江河已用來比喻為時間之流。這不停流動和逝去不返的喻依——流水，中國古代文人們觀察、感知的對象，幾乎都是陸地上的河水、江水，而同樣具有流動性質的海洋卻被忽略了。一如學者所說：「水在傳統文化中通常并不指海，……因為知識階層一直對海體認疏隔，而對水卻十分熟悉、親和。」〔註116〕而他們之所以如此，最大的關鍵就是經驗，畢竟真正親海、臨海的僅是少數。

相對於缺乏海洋經驗的詩人，徐孚遠將時間意識加諸到無垠的滔滔重溟。〈偶題〉云：

> 年華如海水，何日不東流？殘虜猶三窟，羈臣總四愁；難逢歸鳥翼，
>
> 時嘯碧山頭；去住兩無策，餘生可自休。（卷八，頁5）

在他的觀照下，海水單線流向、時時流動不休止以及一去不返的性質，彷彿人自生至死的生命歷程。不斷消逝的歲月何異於日日東向的海流？人生如寄，怎奈歲月如梭，放眼溟渤，徐孚遠省思起自身生命。復國大業未果、滿人未逐，歸鄉夢難成，韶光似箭，志向未伸而韶華老去，自是感慨萬千。

以海水取代江、河以譬喻時間，可說徐孚遠因他的生活經驗而另闢蹊徑；只是，「文學意象作為民族的心靈符號，不僅是共時的具體個別情緒感受的選擇與凝縮，也帶有歷時性的文化傳統的原型基因。」〔註117〕可以發現，徐孚遠所用喻依固然不同，顯然依舊不離孔子光陰似水的思維。一如前述之「淨土」意象，他受傳統文化潛在力量制約，接受了前人觀點，但非一味蹈常襲故而另有自己的意趣。

---

〔註115〕〈還舟雜感〉，《釣璜堂存稿》卷二，頁19。

〔註116〕王立：《心靈的圖景——文學意象的主題史研究》（上海：學林出版社，1999年2月一版一刷），頁208。

〔註117〕劉衛英：〈英美詩歌中的海意象片論〉，《東疆學刊》第15卷第2期，1998年4月，頁77。

# 小結

　　徐孚遠以其自身的海洋經驗書寫海洋，題材多樣，內容廣泛，包含自然海洋，海洋社會、經濟、軍事、文化等方面，為同時詩人如張煌言、盧若騰、王忠孝等人所不及。德國哲學家恩斯特・卡西勒（Ernst Cassirer）（1874～1945）表示：「我們在藝術中所感受到的不是哪種單純或單一的情感性質，而是生命本身的動態過程，是在相反的兩極——樂觀與悲傷、希望與恐懼、狂喜與絕望——之間的持續擺動過程。」〔註118〕可以看到在徐孚遠悲喜、希望與恐懼等變化下，海既是抵禦清軍的屏障，也是復國的希望，卻也是難以力抗的象徵；既意味著離別卻也是連繫的橋樑；是漂泊的卻也是安身處……。這使得原本是自然客觀的海，承載了豐富的意象，且這些意象不僅只是接受自前人，更有新的意蘊。整體來說，徐孚遠詩中的海洋意象增添感時憂國、救亡圖存的精神，兼具了個人色彩和時代意義。

---

〔註118〕恩斯特・卡西勒（Ernst Cassirer）著、甘陽譯：《人論》（台北：桂冠圖書公司，1991 年 5 月初版二刷），頁 218。

# 第七章　異域臺灣書寫

　　永曆十三年（1659），鄭成功聯合張煌言興師北伐，克鎮江，破瓜州，取蕪湖，圍南京城，大江南北爲之震動、相率歸附。斯役本可恢復明朝半壁江山，單是張煌言便收復四府、三州、二十四縣。卻因鄭成功包圍南京輕敵，中清軍緩兵之計疏於戒備，清軍乘機奇襲猛攻，逆轉形勢，鄭軍反而大敗虧輸，一切前功盡棄，只得退回金、廈。

　　翌年清軍大舉進攻金、廈二島，圖謀一舉殲滅鄭氏，所幸遭鄭成功率軍奮力擊退。清廷雖然敗北，但隨時虎視眈眈、伺機發兵，金、廈二島情勢極爲險惡。再者，鄭成功長年與清廷對峙，不但人力、物力逐漸消耗殆盡，軍需來源與糧餉籌措也日益見絀。鄭成功抗清財務、軍需，仰賴著通洋之利、外人納貢、東洋船牌餉銀、日本援助、經營商業，與隨軍徵用糧餉，尤其以徵用糧餉爲大宗。〔註1〕如永曆八年（1654）七月，鄭成功「分遣各提督總鎮就漳、泉、福、興等地方徵派助餉。」〔註2〕又永曆十一年（1657）正月，派遣「總制行軍司馬兼水師前軍張英總督北征水師，總督後提督萬禮督同左右先鋒、前鋒等鎮，前往溫州、福寧州、牙城、澉寨等地方取積糧餉」。然而這種在中國沿海地區籌糧的情形，永曆十四年（1660）時已是「措餉維艱，日復一日」。〔註3〕

---

〔註1〕　參黃玉齋：〈明鄭抗清的財政與軍需的來源〉，見氏著：《鄭成功與台灣》（台北：海峽學術出版社，2004年10月出版），頁257～282。

〔註2〕　見（明）楊英：《從征實錄》（臺灣銀行經濟研究室編：臺灣文獻叢刊第32種，台北：眾文圖書公司，1979年），頁56。下文永曆十一年事見同書頁109～110。

〔註3〕　見（明）楊英：《從征實錄》（臺灣銀行經濟研究室編：臺灣文獻叢刊第32種，台北：眾文圖書公司，1979年），頁169。

在這些因素下，鄭成功不得不另謀發展。臺灣「田園萬頃，沃野千里，餉稅數十萬」，〔註4〕若「移諸鎮兵士眷口其間，十年生聚，十年教養，而國可富，兵可強，進取退守，真足與中國抗衡」；〔註5〕促使他決意「平克臺灣，以為根本之地」。〔註6〕永曆十五年（1661）三月，鄭成功率軍橫越海峽，四月初一來到臺灣，不日攻克赤崁城；十二月荷蘭總督揆一投降，鄭氏真正領有臺灣——日後漢族對抗清廷最後的海外基地。就臺灣歷史來說，鄭氏開啓了嶄新的一頁。對大多金、廈地區有明遺老而言，鄭氏之舉，讓他們有個飄洋流寓到極度陌生海島的機緣；對徐孚遠來說，亦是如此。

　　由於當時南明與清廷對抗的政治氛圍，加上清廷為鞏固政權大興文字獄，以至於前代文獻載錄闇公離鄉後抗清事蹟，或者未能詳備，或有訛舛；尤其以他來臺與否一事最令人困惑。因此，徐孚遠是否渡臺以及相關問題，向來為論者關注的焦點，卻也多有異議。〔註7〕爭議產生的原因，一來是資料記載分歧，二來是多數論者無緣通盤披覽《釣璜堂存稿》所致。學者認為這「確實是個台灣文學史上值得探討的問題」，〔註8〕談到臺灣明鄭時期文學

---

〔註4〕　（明）楊英：《從征實錄》（臺灣銀行經濟研究室編：臺灣文獻叢刊第32種，台北：眾文圖書公司，1979年），頁184～185。

〔註5〕　（清）江日昇：《臺灣外記》（臺灣銀行經濟研究室編，臺灣文獻叢刊第60種，台北：臺灣大通書局，1987年10月初版），頁191。

〔註6〕　楊英：《從征實錄》（臺灣銀行經濟研究室編：臺灣文獻叢刊第32種，台北：眾文圖書公司，1979年），頁185。

〔註7〕　徐孚遠所交如王澐：〈東海先生傳〉、鄭郊：〈祭大中丞闇公老祖臺老社翁文〉（俱見《釣璜堂存稿》，《徐闇公先生年譜附錄》，國家圖書館館藏1926姚光懷舊慶刊本），李延昰：《南吳舊話錄》（台北：廣文，1971年，頁582），以及《華亭縣志》（（清）楊開第修：《重修華亭縣志》，台北成文出版社據清光緒四年刊本影印，1970年台1版）、《松江府志》（（清）宋如林修：《松江府志》，上海：上海書店影印，1991年6月）等，俱未言徐孚遠入臺之事，但言其歸返潮州而終。《明史》則言其死於島中，而全祖望：〈徐都御史傳〉則言其卒於臺灣。至於姜宸英〈明封光祿大夫柱國少師都御史徐公神道碑〉（《釣璜堂存稿》，《徐闇公先生年譜附錄》，國家圖書館館藏1926姚光懷舊慶刊本），言其順治十八年入居臺灣，康熙四年卒於潮州。又陳香〈兩篇徐孚遠傳的商榷〉（《食貨月刊》1卷10期），力引文獻以明徐孚遠並未流寓台灣；然毛一波〈關於徐孚遠傳〉（《食貨月刊》1卷11期）、盛成：〈復社與幾社對台灣文化的影響〉（《臺灣文獻》第13卷第3期）又引相關史料，力證徐孚遠曾經入臺，然未久居，旋又歸返廈門。

〔註8〕　見江菊松：〈高拱乾詩〈東寧十詠〉研究——兼談明人徐孚遠及其〈東寧詠〉，《淡水牛津臺灣文學研究集刊》第四期，2001年7月，頁42。

時，的確這是必須解決的問題。「詩向我們揭示了人生之謎」，〔註9〕因此關於徐孚遠入臺議題，本文擬先暫且擱下文獻記載的歧異，轉而求諸《釣璜堂存稿》。《釣璜堂存稿》今日並非廣爲流傳，論者述及闇公相關臺灣詩作，大多參考臺灣古典詩選本如《臺灣詩鈔》、《臺灣詩錄》等，而這些選本所選闇公作於臺灣或與臺灣有關的詩，如〈桃花〉等實有商榷之處。討論這些問題後，將進一步觀察相關臺灣題詠內容以及情懷。

# 第一節　《釣璜堂存稿》所見之徐孚遠入臺

## 一、《釣璜堂存稿》意指「臺灣」之詞彙

抗清期間，闇公顛沛流離，輾轉流寓浙、閩、粵等地，亦曾揚帆渡臺，故而《釣璜堂存稿》可見與臺灣相關詩作。由於這些詩作用以意指「臺灣」詞彙不一，若要依據該編探究徐孚遠與臺灣之相關議題，爲減少取材失當與爭議，首要須先了解其中用法。

須說明的是，「臺灣」一詞今人大多用以指稱臺灣全島；其實，明末清初並非如此。黃典權分析，古代臺南「瀕西北線尾島南端、鯤身半島北部各控大港的要害，統名『臺灣』。……港南的『臺灣』，亦即今安平市街一帶，政治經濟兩握樞紐，重要日增，加以北臺的式微，使它全擁『臺灣』的地號，成爲全島最重要的吐納口，而名著遐邇。浸漸變成全島的象徵。」〔註10〕可知「臺灣」一詞用以指稱地名，意涵有所變動，而今日我們慣用的泛稱全島是後起稱法。正因如此，本文所謂《釣璜堂存稿》中意指臺灣詞彙，其詞彙意義不限定於泛稱臺灣全島，也包含僅指臺灣島上某一地區。

大體而言，《釣璜堂存稿》中詞彙用以稱「臺灣」者，或稱「臺灣」，或云「東寧」，或名「夷洲」、「夷」，或稱「東方」、「東」，或曰「東海」、「東濛」，或言「荒外」等。其中，「臺灣」、「東寧」二詞，前者見〈送雪嵩安置臺灣〉（卷七，頁3），後者見〈東寧詠〉（卷十五，頁26），指稱臺灣無有疑義，是以下文僅就其餘所稱說明之。

---

〔註9〕　狄爾泰《體驗與詩》，引自胡經之主編《西方文藝理論名著教程・下卷》，（北京：北京大學出版社，2003年9月二版二刷），頁50。

〔註10〕黃典權：《鄭成功史事研究》（台北：臺灣商務印書館，1996年9月二版一刷），頁42。

「夷」一詞，於《釣璜堂存稿》中，一則用以蔑稱滿清，如〈雪公見枉語及苦節誓有成言感嘆久之〉所云：「既悲夷猾夏，兼畏鬼訶人」（卷八，頁 3）；又如〈遣興〉云：「誰知天帝意，渾渾等華夷」（卷十一，頁 24）等；二則是意指臺灣，見於〈懷常雪嵩〉所道：「海外之海遷人希，家人散盡獨居夷」（卷七，頁 12）。常雪嵩即常壽寧，為徐孚遠松江同鄉。乙酉（1645）松江建義失敗，一家四十餘口被殺，而後歸附鄭成功。永曆十一年（1657），因涉嫌誣告鄭泰私盜洋船錢財，又遭人舉發接受賄賂，鄭成功於是將他幽置臺灣；〔註 11〕以是徐孚遠有〈送雪嵩安置臺灣〉之詠。檢閱常壽寧事蹟與〈送雪嵩安置臺灣〉，則〈懷常雪嵩〉中咨嗟常氏「家人散盡獨居夷」之「夷」，顯然為臺灣。當是闇公慨然賦詠時，臺灣不隸屬於中土，且受荷蘭統治所致；也因此反映鄭成功東征臺灣、攻打荷蘭人的〈東夷〉，有「東夷仍小醜」（卷十一，頁 18）之句。

至於「夷洲」之稱，見〈餘子〉曰：「軒帝巡遊去未返，夷洲猶繫漢家名」（卷十四，頁 17）。此處徐孚遠用典，典源見《後漢書・東夷列傳》。其文云：

> 會稽海外有東鯷人，分為二十餘國。又有夷洲及澶洲。傳言秦始皇遣方士徐福將童男女數千人入海，求蓬萊神仙不得，徐福畏誅不敢還，遂止此洲，世世相承，有數萬家。〔註 12〕

唐李賢注引沈瑩《臨海水土志》曰：

> 夷洲在臨海東南，去郡二千里。土地無霜雪，草木不死。四面是山谿。人皆髡髮穿耳，女人不穿耳。土地饒沃，既生五穀，又多魚肉。有犬，尾短如麏尾狀。此夷舅姑子婦臥息共一大牀，略不相避。地有銅鐵，唯用鹿格為矛以戰鬬，摩礪青石以作（弓）矢（鏃）。取生魚肉雜貯大瓦器中，以鹽鹵之，歷月所日，乃啖食之，以為上肴也。〔註 13〕

〔註 11〕參（明）楊英：《從征實錄》（臺灣銀行經濟研究室編：臺灣文獻叢刊第 32 種，台北：眾文圖書公司，1979 年），頁 85、111～113、（清）彭孫貽：《靖海志》（臺灣銀行經濟研究室編：臺灣文獻叢刊第 35 種，台北：眾文圖書公司，1979 年），頁 39。

〔註 12〕見（宋）范曄著、（唐）李賢等注：《後漢書》卷八十五（北京：中華書局，1996 年 5 月北京第 8 刷），頁 2822。

〔註 13〕見（宋）范曄著、（唐）李賢等注：《後漢書》卷八十五（北京：中華書局，1996 年 5 月北京第 8 刷），頁 2822。

綜合二者所述，則「夷洲」爲中土人士對臺灣的舊稱，故而徐孚遠用來指稱臺灣。

就地理位置來說，臺灣位於金、廈二島東方，從金、廈入臺必須東渡，是又可見闇公以方位詞「東」、「東方」來指稱臺灣。用法有二。一爲表示方位，但是從全詩詩意可知所言爲臺灣。如〈送雪嵩安置臺灣〉曰：「滄溟以東更向東，結束乘槎何草草」（卷七，頁 3）；〈將適荒外念故人存歿愴然賦之〉曰：「歷載遡南今遡東，寸心耿耿自有向」（卷七，頁 25）；〈陪飲賦懷〉云：「問余東向亦何爲，屢與王侯泛酒卮」（卷十五，頁 27）；〈遣興〉曰：「東去日冥冥，雲山天際青」（卷十一，頁 23）；以及〈東行阻風〉所云：「擬將衰鬢寄東濛，頻月東風不得東」（卷十五，頁 25）皆是。其中〈東行阻風〉不僅以東行表示到臺灣之意，另外將臺灣稱作「東濛」；而此稱又見〈短歌〉：「倘可避囂塵，東濛采山蕨」（卷四，頁 38）。二則直接將東、東方借代爲臺灣。謂「東」者如〈曹雲霖在東被難挽之〉（卷十五，頁 26）和〈在東贈友〉（卷十一，頁 24）；呼「東方」者有〈贈別唐五緝譽〉：「憐余老病心桂薑，更欲攜孥去東方」（卷七，頁 25），與〈將耕東方，感念維斗、臥子愴然有作〉（卷十五，頁 27）等。以下以〈曹雲霖在東被難挽之〉說明之。詩云：

> 惆悵行吟到夕曛，救君無力更嗟君！早年未肯趨荀令，晚歲方思比叔文。江夏冒刑緣寡識，山陽懷舊惜離羣。醴筵數過眞何事，不若田間曳布裙！（卷十五，頁 26）

曹雲霖，即海外幾社六子之一的曹從龍。如同第三章所述，永曆十五年（1661）曹從龍跟隨鄭成功東征臺灣，隔年五月鄭成功去世，從龍偕同黃昭、蕭拱宸等人擬奉鄭襲嗣立，十月鄭經率兵入臺，從龍兵敗，遂爲鄭經所殺。詩題言曹雲霖在「東」蒙難而死，參驗曹氏生平，是可知「東」爲臺灣。

其實，不獨有徐孚遠，以與金、廈二島相對位置——東或東方，指稱臺灣，也見於當時其他遺老。如盧若騰〈石尤風〉道：「石尤風，吹捲海雲如轉蓬，連艘載米一萬石，巨浪打頭不得東，東征將士饑欲死，西望糧船來不駛」。〔註 14〕本詩描述因狂風巨浪，金、廈地區糧運船無法東渡臺灣，導致東征荷蘭軍士糧匱挨飢一事。此處「不得東」，不得往東，從整體文意可知，所指爲不得往東方的臺灣。又王忠孝侄孫康熙五年（1666）病逝臺灣，其〈哭侄孫

〔註 14〕見（明）盧若騰：《留庵詩文集》（金門：金門縣文獻委員會，1970 年 6 月再版），頁 33。

及甫文〉有云：「嗟嗟！爾何因而沒於東耶？……爾之間關於東也，至再至三，無非以我老而侍我，愛敬至矣。」二處「東」字，皆是指臺灣。另外，他的詩作〈之東〉、〈東方首春有懷〉也是以方位「東」代稱臺灣。〔註15〕似乎當時居金、廈者，以相對方位——東（方），指稱位於東方的臺灣情形甚是普遍。

此外，「東海」一詞固公用來代稱臺灣，但也用來指稱東海海域，如〈海舟行〉：「東海之黿入井中，左足未入右已執」（卷五，頁 11）；〈送客〉：「東海大魚不可釣，李斯只多鮑叔少」（卷七，頁 11）；以及〈挽朱奉常聞玄〉：「東海填來有幾年？忽聞玉折淚潸然」（卷十三，頁 18）等。代稱臺灣者，如〈今日〉所道：「禹甸三千無寸土，身游東海學耕田，更聞東海風土惡，居人往往不生還，朽質安能金石堅？」（卷七，頁 26）鄭氏征臺之初，臺灣對多數人而言，是陌生又可怖的異域。盧若騰知道的臺灣是「海東水土惡，征人疾疫十而九」；〔註16〕「灌木蔽人視，蔓草□人行；木杪懸蛇虺，草根穴狸鼪；毒蟲同寢處，瘴泉供餼烹；病者十四五，聒耳呻吟聲。」《海上見聞錄》記載，鄭成功攻取臺灣後，令人遷移渡臺屯墾。當時多數人水土不服，且疫癘大作，病者十之七八，因此喪命者甚多。〔註17〕綜合二者所說，徐孚遠所言「風土惡、居人往往不生還」的「東海」、盧氏所稱的「海東」就是臺灣。正因如此，當然將「身游東海學耕田」的他，一想到傳說臺灣環境惡劣，不禁感嘆「朽質安能金石堅」，自己身子虛弱不比金石堅不可摧，恐怕也難以適應那樣的環境。又如〈將耕東方，感念維斗、臥子愴然有作〉云：「荷鋤東海復何言，回首親交總淚痕。」（卷十五，頁 27）觀詩意，詩題的「東方」即是句中的「東海」，而如上述，「東方」代稱臺灣，則此處「東海」的意涵，自然也是臺灣。

對中土人士而言，當時臺灣無疑是絕域殊方，於是徐孚遠筆下，「絕域」便成為臺灣的代稱。〈在東贈友〉云：「絕域同誰老？今來遇所知。」（卷十一，

---

〔註15〕 王忠孝：〈哭侄孫及甫文〉，見氏著：《惠安王忠孝公全集》（南投：台灣省文獻委員會，1993 年 12 月），頁 40～41。〈之東〉見同書頁 243，〈東方首春有懷〉見頁 248。

〔註16〕 〈殉衣篇〉（為許爾繩七洪氏作），見盧若騰：《留庵詩文集》（金門：金門縣文獻委員會，1970 年 6 月再版），頁 31，後者見同書頁 12〈東都行〉。

〔註17〕 阮旻錫載：「時以各社土田，分給與水陸諸提鎮，而令各搬其家眷至東寧居住；令兵丁俱各屯墾。初至，水土不服，疫癘大作，病者十之七八，死者甚多。」見阮旻錫：《海上見聞錄》（臺灣銀行經濟研究室編：臺灣文獻叢刊第 24 種，台北：臺灣大通局，1987 年 10 月初版），頁 39。

頁 24）「東」即「絕域」，而「東」如同上述，以方位借代臺灣，則「絕域」
所指爲臺灣。

同樣的概念，「荒外」也成了臺灣的代名詞。〈將適荒外念故人存歿愴然
賦之〉曰：「歷載遡南今遡東，寸心耿耿自有向」（卷七，頁 25）。「遡東」指
到東方的臺灣，詩題說「將適荒外」，顯然「荒外」爲「東」，也就是臺灣。
又如〈將遷作〉云：「後賢或我知，荒外當須記」（卷四，頁 38）；以及〈遣興〉
曰：「他年如訪舊，荒外有娉婷」（卷十一，頁 24）等，皆是如此。

亦有結合東方與荒遠之意，以「大荒東」、「荒大東」指稱臺灣。前者見
〈託興〉：「羈臣垂釣大荒東，東海年年事不同」（卷十四，頁 2）；又見〈仲冬
二十五日余誕日，以前朱君、以後王君、朴君，皆以誕日舉觴，歌以記之〉：
「耆英作社大荒東，次第銜杯興未窮」（卷二十，頁 19）。後者則見〈別灣〉：
「逝將去矣荒大東，冥冥之鴻安可弋？」（卷七，頁 23）

《釣璜堂存稿》中徐孚遠用以指稱「臺灣」詞彙不一，判讀時無疑須多
咀嚼吟味。再者，從這些與臺灣相關詩作可知，徐孚遠確實曾經來過臺灣，〈東
寧詠〉、〈在東贈友〉、〈遣興〉等作是最佳明證。

## 二、《釣璜堂存稿》所見之渡臺

關於徐孚遠之入臺，前代典籍所載不一，或隻字未及，或言其隨鄭成功
入臺，而使今人對闇公入臺有所懷疑。幸而《釣璜堂存稿》錄有〈東寧詠〉、
〈在東贈友〉等在臺詩作，足以爲闇公浮海來臺證明。

徐孚遠何時入臺？學者大多以〈東寧詠〉「自從飄泊臻茲島，歷數飛蓬十
八年」（卷十五，頁 26），推算闇公渡臺時間。黃典權云：「按成功平臺距甲申
甫十八年」。〔註 18〕意味徐孚遠於鄭成功克臺之歲渡臺。盛成則主張徐孚遠奉
永曆帝命，監鄭成功軍入臺。並道：「按自甲申明亡至鄭成功來臺，闇公流亡
已十八年，時年六十三歲，故以老子出函谷關自比，又以蘇武相擬。」〔註 19〕
所述時間，是又與上述諸家同，所異僅爲入臺目的。此外，如龔師顯宗亦曰：
「西元一六四四年五月，清兵入北京，福王立於南都，徐孚遠與陳子龍募水

〔註 18〕黃典權：《鄭延平開府臺灣人物志》（台南：海東山房，1958 年 2 月），頁 102。
〔註 19〕盛成主張徐孚遠辛丑入臺，並主張「孚遠最初監鄭成功軍入臺，亦如曹從龍
　　　　然。監軍乃奉永曆帝命，而非如鄭氏門下所云之『參軍』也。」見盛成：〈復
　　　　社與幾社對台灣文化的影響〉，載《臺灣文獻》第 13 卷第 3 期，頁 222。

兵抗清，至一六六一年入台，前後『飛蓬十八年』。」〔註20〕可說，認爲徐孚遠永曆十五年（1661）來臺儼然成爲學者們的共識。

然而，上述前輩學者所言闇公之流亡，皆起於明崇禎十七年（1644）。檢諸徐孚遠事蹟、《釣璜堂存稿》與南明歷史文獻，淺見以爲，詩中所言之「漂泊」，當由順治二年（1645）八月，清軍破松江，十月徐孚遠南下入閩、奔赴唐王起算。如此「飛蓬十八年」，則應於永曆十六年（1662）入臺。茲攄陳所見。〈贈別唐五緝譽〉云：

> 唐子八年居南海，知交散落今誰在？相看出筆風雲生，水底珊瑚耀
> 光彩，才堪黼黻世莫知，天運悠悠不可待。鳩鳴秋肅草不芳，欲行
> 不行心自傷。憐余老病心桂薑，更欲攜孥去東方，感激難爲別，朝
> 夕過我傍。人生會合豈有常？執手勞勞賦河梁，送子出門腸内熱，
> 波濤偃蹇天蒼茫。（卷七，頁25）

由詩文可知，於徐孚遠「攜孥去東方」渡臺前夕，「八年居南海」的唐緝譽過訪言別，闇公而有此作。因此若能探得唐緝譽生平，將使本詩成篇之歲可得，進而推敲闇公入臺時間。檢得《僊遊縣志》，〈人物志〉錄唐仁永云：

> 唐仁永，字緝譽，號紹亭，顯悅五子也。以歲貢生任崇安縣學訓導，
> 課業餘閒輒留情山水，至武彝遊，必歷日乃返。所作草書，搆者多
> 不惜金。著有《西江餘草》。〔註21〕

此位唐仁永的字亦爲「緝譽」，姓、字、排行皆符於詩題之唐五緝譽。又其父唐顯悅，號枚（梅）臣，以女孫妻鄭經，居廈門時與徐孚遠相往來，闇公詩每每尊之「（唐）梅臣先生」或「梅老」〔註22〕。唐仁永既爲唐顯悅之子，是則《僊遊縣志》之唐仁永，當與詩題之唐緝譽爲同一人。然而唐緝譽何時遷居廈門？《福建通志臺灣府》曰：

---

〔註20〕 龔師顯宗：《台南縣文學史》上編（台南縣：台南縣政府，2006年12月初版），頁34。

〔註21〕 （清）王椿修、葉和侃纂：《僊遊縣志》三卷三十九（據清乾隆三十六年修，同治十二年重刊本影印，台北：成文出版社，1975年6月臺一版），頁805。

〔註22〕 稱（唐）梅臣先生者如〈閏正月望日梅臣先生同諸公過飲小齋損詩依韻奉答，時先生素食〉（《釣璜堂存稿》卷十一，頁19）、〈奉和梅臣先生黃職方解纜有懷之作〉（《釣璜堂存稿》卷十一，頁19）、〈壽唐梅臣先生〉（《釣璜堂存稿》卷十五，頁15）、〈與黃臣以論次人物，懷唐梅臣先生〉（《交行摘稿》頁7）；至於稱梅老如〈送唐子誠往南日迎子婦次梅老韻〉（《釣璜堂存稿》卷十一，頁19）。

　　（順治）十二年春正月，成功遣偏將甘輝等陷仙遊縣，知縣陳有虞、
　　典史沈顯卿、遊擊王家楨死之。進攻興化府，越日去。……輝等挈
　　邑紳唐顯悅全家入廈門。顯悅，芝龍姻也。〔註23〕

又《廈門志》曰：

　　唐顯悅，字子安，號枚臣；仙遊人。天啓二年壬戌進士；累官嶺南
　　巡道，丁艱歸。唐王起爲右通政，以兵部右侍郎進尚書，致仕。乙
　　未，全家入鷺島，隱於雲頂巖，自號雲衲子；以壽終。〔註24〕

總合二志所言，清順治十二年（1655），唐顯悅一家因甘輝始得遷隱廈門。是
以「唐子八年居南海」後，爲康熙元年（1662），而此亦即爲本詩賦作之時。
本詩既爲闇公渡臺前夕贈別之作，則此次入臺行，當同於所詠之年——康熙
元年（1662）。

　　又〈擬東書懷〉曰：

　　昔日衣冠今渺茫，島居一紀又褰裳；移家不惜鄉千里，種秫何嫌水
　　一方？地理未經神禹畫，醫書應簡華佗囊；餘年從此遊天外，知是
　　劉郎是阮郎。（卷十五，頁25）

詩中闇公自抒居鷺島一紀後，遷家於「地理未經神禹畫」的臺灣。由此亦可
見其渡臺時間。據《小腆紀傳》等所載，徐孚遠於永曆五年即順治八年（1651）
清軍破舟山，從魯王朱以海至廈門依附鄭成功。〔註25〕一紀爲十二年，自永
曆五年首尾一紀爲永曆十六年即康熙元年（1662），此即詩人褰裳移家之歲。

　　無論〈擬東書懷〉或〈贈別唐五緝豐〉顯示，闇公攜家入臺之歲是在康熙
元年（1662）；與自乙酉，也就是順治二年（1645）起算，首尾飛蓬十八年到臺
灣的時間相互吻合，無有牴觸。易言之，若依《釣璜堂存稿》詩篇所見，徐孚

〔註23〕　臺灣銀行經濟研究室編：《福建通志臺灣府》（臺灣銀行經濟研究室編：臺灣
　　　　　文獻叢刊第84種，南投：臺灣省文獻委員會，1993年9月），頁942～943。
〔註24〕　（清）周凱：《廈門志》卷十三（臺灣銀行經濟研究室編：臺灣文獻叢刊第95
　　　　　種，南投：臺灣省文獻委員會，1993年9月），頁553。
〔註25〕　《小腆紀傳》曰：「辛卯舟山破，監國復入閩；孚遠亦航海從之。」見（清）
　　　　　徐鼒：《小腆紀傳》（臺灣銀行經濟研究室編：臺灣文獻叢刊第138種，台北：
　　　　　臺灣大通書局，1987年10月初版），頁507。又《徐闇公先生年譜》云：「（永
　　　　　曆五年辛卯）九月，舟山破，張肯堂、朱永佑等死之（「東南紀事」）。先生時
　　　　　從監國出奔。十一月，周次南日山，夜遭風，失大學士沈宸荃（集中有「南
　　　　　日舟次失沈先生，存沒難定，賦以志懷」詩）。鄭成功迎王至廈門，尋移金門，
　　　　　月致供億惟謹（「魯春秋」）。見陳乃乾：《徐闇公先生年譜》，頁28。

遠並非在鄭成功克臺之歲——永曆十五年、順治十八年（1661）來到臺灣。

至於較確切的時間，《釣璜堂存稿》詩篇顯示闇公於鄭經嗣位後來臺。〈東行阻風〉云：

> 擬將衰鬢寄東濛，頻月東風不得東；身世何堪常作客？飄搖難禁屢書空；攜兒兼載黃牛嫗，農作應追皁帽翁；稍待波平陽月後，一舠須放碧流中。（卷十五，頁 25）

〈仲秋下旬守風至，秋盡不得行〉曰：

> 在昔曾聞長老言，九月休向江間走，自從擊汰擬東行，捩柂發舟復何有？風前偃蹇失山根，浪裏飄搖愁水母，白日冥冥空怒濤，星河虩覆天爲高。誰言使船如使馬？咫尺迷離正鬱陶，會見時來莫歎息，折旛進舫亦人豪。（卷七，頁 28）

如二詩所述，仲秋下旬守風至，礙於風勢與風向，徐孚遠只得暫緩渡臺一事。正因秋盡不得行，故而在贈別唐緝譽詩，詩人有「鳩鳴秋肅草不芳，欲行不行心自傷」之語。按臺灣海峽農曆四、八、十月天氣晴和，舟行最穩；而九月天色晦冥，狂颶疊發，俗稱九降或九橫，不宜海行。〔註 26〕《臺灣府志》說：「過洋，以四月、七月、十月爲穩。蓋四月少颶日、七月寒暑初交、十月小陽春候，天氣多晴順也。最忌六月、九月，以六月多颱、九月多『九降』也。」〔註 27〕如此，徐孚遠應於十月揚帆。又，鄭成功永曆十五年（1661）入臺。林霍〈與懷瀚書〉云：「憶先師當癸卯島破，漂泊銅山，將南帆。」依此言，永曆十七年、康熙二年（1663）十月，清軍攻陷金、廈時，徐孚遠亦從鄭經退守銅山。詩人應於永曆十五年，或十六年陽月發舟東行。進而參考〈東寧詠〉、〈擬東書懷〉，是以得知，詩人當於永曆十六年（1662）陽月（十月）掛帆東行。鄭成功永曆十六年壬寅五月病薨於臺，而徐孚遠同年十月擊汰入臺，是則闇公入臺已爲鄭經嗣位之時。

徐孚遠此行，所爲何事？〈今日〉曰：「身游東海學耕田」；〈將耕東方，感念維斗、臥子愴然有作〉曰：「荷鋤東海復何言」；又〈擬東書懷〉云：「移家不惜鄉千里，種秫何嫌水一方」；〈東行阻風〉亦曰：「攜兒兼載黃牛嫗，農作應追皁帽翁」；〈東寧詠〉則云：「荷鋤戴笠安愚分，草木餘生任所便」。顯

---

〔註 26〕 （清）周凱：《廈門志》（臺灣銀行經濟研究室編：臺灣文獻叢刊第 95 種，南投：臺灣省文獻委員會，1993 年 9 月），頁 130。

〔註 27〕 見（清）高拱乾：《臺灣府志》卷七（臺灣銀行經濟研究室編：臺灣文獻叢刊第 65，台北：臺灣大通書局，1984 年 10 月初版），頁 193。

然可見，徐孚遠是攜家帶眷渡海來臺灣耕墾。不過臺灣並不是徐孚遠最後的棲身處，來臺開墾的他並未久住。依上述林霍所言，康熙二年（1663）十月，清軍攻陷金、廈二島前，則他已離臺復返廈門。隔年鄭經退守臺灣，闇公並沒有跟從，而是帶著妻兒前往廣東，隱居潮州饒平，直至康熙四年（1665）五月殞逝。〔註28〕

依《釣璜堂存稿》所錄，足見徐孚遠於康熙元年（1662）攜帶妻孥入臺耕墾。清人姜皋〈明封光祿大夫柱國少師都御史徐公神道碑〉、連橫《臺灣通史》，所言闇公於鄭成功克臺之歲，也就是順治十八年（1661）入臺，〔註29〕可惜《釣璜堂存稿》無有明確詩篇可以印證。至於闇公奉桂王命令，監鄭成功軍入臺跡象更是難以尋索。

## 第二節　相關臺灣詩作編選略說

### 一、相關臺灣詩選所輯徐孚遠詩作

明鄭時期中國文化大量傳入臺灣，並在這塊土地生根發展，文學創作亦是如是。當時來到臺灣的南明文士，隨著他們的興感，也將中國傳統詩文帶入島上，可惜時間久遠，文獻陸續佚失，或者流傳有限，今人無緣披覽當時他們所有翰墨。為保存臺灣文獻資料，前賢先進們不辭勞苦的選輯有關臺灣的古典詩作，如連橫編輯《臺灣詩乘》、陳漢光裒輯《臺灣詩錄》、吳幅員編纂《臺灣詩鈔》等，在這些選本中，他們各自選錄了徐孚遠的作品。

《東寧三子詩錄》中，連橫選取《釣璜堂存稿》中闇公「在臺及繫鄭氏軍事者四、五十首」。〔註30〕今日未見。另外，《臺灣詩乘》選錄闇公在臺之

---

〔註28〕　參鄭郊：〈祭大中丞闇公老祖臺老社翁文〉，見陳乃乾：《徐闇公先生年譜附錄》，頁 19。

〔註29〕　（清）姜皋：〈明封光祿大夫柱國少師都御史徐公神道碑〉，見《徐闇公先生年譜附錄》。連橫：《臺灣通史》（臺灣銀行經濟研究室編：臺灣文獻叢刊第 128 種，台北：眾文圖書公司，2004 年 12 月 1 版 4 刷），頁 748。

〔註30〕　連橫〈東寧三子詩錄序〉云：「自是以來，瀏覽舊誌，旁及遺書，乃得沈斯庵太僕之詩六十有九首。越數年，又得張蒼水尚書之奇零草。又數年，復徐闇公中丞之釣璜堂詩集。刺其在臺及繫鄭氏軍事者四、五十首，合而刻之，名曰《東寧三子詩錄》。」見《雅堂文集》卷一（臺灣銀行經濟研究室編，臺灣文獻叢刊第 208 種，台北：臺灣大通書局，1987 年 10 月初版），頁 41。

作〈東寧詠〉和〈鋤茱〉，詩文提及「明季忠義之士而居臺灣者」的〈送張宮保北伐〉、〈壽陳復甫參軍〉、〈懷雪嵩〉，以及「關繫鄭氏軍事者」足以為詩史之作的〈南望〉、〈聞有〉、〈東夷〉、〈北馬〉、〈即事〉，共十首題詠。〔註31〕陳漢光《臺灣詩錄》則選輯〈訪王愧兩先生〉、〈懷王先生〉、〈再懷王先生〉、〈贈曾則通〉、〈送雪嵩安置臺灣〉、〈贈陳復甫〉、〈懷張玄箸〉、〈壽在公先生〉、〈止王先生沙上小齋，謀遠適也〉、〈集李正青齋〉、〈海居〉（何須入海覓三山）、〈東行阻風〉、〈書懷〉、〈將耕東方，感念維斗、臥子，愴然有作〉、〈陪寧靖集王愧兩齋中〉、〈懷常雪嵩〉、〈釣魚歌，壽王先生〉、〈鋤茱〉、〈東寧詠〉、〈陪飲賦懷〉、〈桃花〉、〈春柳〉、〈海居〉（三山渺渺水濺濺）、〈春望〉、〈懷章東生〉、〈重九壽陳復甫參軍〉、〈挽張宮傅〉三首等凡二十九詩。〔註32〕其中，〈懷王先生〉、〈再懷王先生〉選自《交行摘稿》。至於吳幅員《臺灣詩鈔》則是輯錄〈東夷〉、〈諸子〉、〈黃臣以就別感贈〉、〈挽張定西〉（二首）、〈送張宮保北伐〉、〈贈紀石青〉（二首）、〈沈復齋過訪不飯而去〉、〈海思〉、〈甘將軍夙有戰功又能持讜議以公義，歌之〉、〈得張玄箸書，知兵至金山寺，賦之〉（二首）、〈望江南〉、〈贈北客〉、〈讌集軍府〉、〈聞有〉、〈北議與客約南行〉、〈南望〉、〈北馬〉、〈即事〉、〈頻聞〉、〈寄舟〉、〈悲閩南〉、〈訪王愧兩先生〉、〈贈曾則通〉、〈送雪嵩安置臺灣〉、〈贈陳復甫〉、〈懷張玄箸〉、〈壽在公先生〉、〈止王先生沙上小齋，謀遠適也〉、〈集李正青齋〉、〈海居〉、〈東行阻風〉、〈書懷〉、〈將耕東方感念維斗臥子愴然有作〉、〈陪寧靖集王愧兩齋中〉、〈懷常雪嵩〉、〈釣魚歌壽王先生〉、〈鋤茱〉、〈東寧詠〉、〈陪飲賦懷〉、〈桃花〉、〈春柳〉、〈海居〉、〈春望〉、〈懷章東生〉、〈重九壽陳復甫參軍〉和〈挽張宮傅〉三首，〔註33〕計五十一詩。雖然並非全豹，但在《釣璜堂存稿》不易得見的情況下，使後人多少能窺見闇公忠肝赤膽匡復明室之心。

這些選本以「臺灣」命名，詩篇選輯標準為何？《臺灣詩乘》為連橫「集古今作家之詩，刺其有繫臺灣者編而次之」〔註34〕而成。《臺灣詩錄》原則上

---

〔註31〕見連橫編：《臺灣詩乘》（臺灣銀行經濟研究室編：臺灣文獻叢刊第64種，台北：臺灣大通書局，1987年），頁11。

〔註32〕陳漢光編：《臺灣詩錄》（上）（台北：臺灣省文獻委員會，1971年6月出版），頁105～111。

〔註33〕吳幅員編：《臺灣詩鈔》卷一（影印臺灣文獻叢刊第280種，南投：臺灣省文獻委員會，1997年6月出版），頁5～16。

〔註34〕連橫：《臺灣詩乘·序》，見連橫編：《臺灣詩乘》（臺灣銀行經濟研究室編：臺灣文獻叢刊第64種，台北：臺灣大通書局，1987年），頁3。

集錄「在民國以前所撰有關臺灣詩作」，但因「旨在系統的保存有關文獻資料，故收錄各作力求全備，與一般選本異。因此，亦有人與臺灣有關而其詩大異其趣者。」〔註35〕至於《臺灣詩鈔》，吳氏序言中道：

> 選集範圍，要以提供兼具史料價值的詩篇爲準。換言之，舉凡諷詠臺灣或與臺灣相關的史事、地理、人文、俗尚等古今體詩，均在收羅之列；而對於描繪民生疾苦之作，尤三致意。偶或以詩存人，即所作與臺灣無涉，亦間采之……。要之，所收原以「以詩存事」爲主。然人爲歷史的主體，「存人」亦即「存事」；縱有所超軼，當非謂過。〔註36〕

顯然三者篩選原則主要是詩文內容須關涉臺灣。不過，由於他們意旨在保存臺灣文獻資料，因此有以詩存人的情形，即和臺灣相關詩人所作，題詠無關臺灣也在選錄範圍之內。也因如此，仔細披讀其中所選錄的闇公詩篇，誠然並不僅止於涉及臺灣的題詠，遑論嚴格侷限在詩人屬綴於臺灣之詞章。

　　2004年出版的臺灣古典詩巨集——《全臺詩》，更具規模的收集臺灣本土人士的創作，以及到過臺灣之非臺灣本土人士的有關臺灣詩作。〔註37〕其中徐孚遠之作所收「以作於臺灣者爲限」，〔註38〕計有〈東行阻風〉、〈書懷〉、〈將耕東方感念維斗臥子愴然有作〉、〈陪寧靖集王愧兩齋中〉、〈懷雪嵩〉、〈釣魚歌壽王先生〉、〈鋤荣〉、〈東寧詠〉、〈陪飲賦懷〉、〈桃花〉、〈春柳〉、〈海居〉、〈春望〉、〈懷章東生〉、〈壽陳復甫參軍〉、〈挽張宮傅〉三首、〈送張宮保北伐〉、〈南望〉、〈聞有〉、〈東夷〉、〈北馬〉和〈即事〉，共二十四詩。觀其揀選所本，即上述《臺灣詩乘》、《臺灣詩鈔》、《臺灣詩錄》三部選集。但是一如前述，這三書選輯原則雖然以題詠題材關係臺灣爲主，卻也因詩人緣故而輯錄內容無關臺灣之作；因此若要以他們爲本，採集詩人在臺灣興感屬文之章，無疑必須謹慎斟酌。鄙意以爲這二十四首詩作，有成於臺灣者，如〈東寧詠〉、〈陪飲賦懷〉；以及涉及臺灣成於廈門者，如〈東行阻風〉、〈書懷〉、〈將耕東方感

---

〔註35〕 見《臺灣詩錄・凡例》，陳漢光編：《臺灣詩錄》（上）（台北：臺灣省文獻委員會，1971年6月出版），頁1～2。

〔註36〕 吳幅員：《臺灣詩鈔・弁言》，臺灣銀行經濟研究室編：《臺灣詩鈔》（臺灣文獻叢刊第280種（南投：臺灣省文獻委員會，1997年6月出版），頁2。

〔註37〕 見《全臺詩・凡例》，全臺詩編輯小組編撰：《全臺詩》第壹冊（台南：國家文學館，2004年2月一版一刷），頁4。

〔註38〕 見廖振富撰：〈提要〉，全臺詩編輯小組編撰：《全臺詩》第壹冊（台南：國家文學館，2004年2月一版一刷），頁23。

念維斗臥子愴然有作〉；也有全然與臺灣無關者，如〈挽張宮傳〉三首、〈送張宮保北伐〉等。如是，則該編所纂錄闇公詩篇，實質上擇取範圍無異於《臺灣詩鈔》、《臺灣詩錄》，亦即並非全然為闇公在臺之作，閱讀或參考時猶需仔細明辨。

## 二、選詩商榷

年代久遠，文獻闕如，要審定闇公謀篇構句於臺灣之作，實非反掌折枝。詩文倘若涉及當世人物、時事，還可藉由典籍記載，以及闇公與他們交遊經過多少推敲；至於那些純然寫景、抒懷之詠，判讀更是難上加難，難免與實情有所出入。在筆者參閱前輩選輯徐孚遠相關臺灣詩作時，發現有因內容詮釋影響選材的情形。以下就〈挽張宮傳〉三首、〈送張宮保北伐〉，和〈桃花〉等詩為例，不揣陳述個人管見，以供商榷。

### （一）〈挽張宮傳〉三首

連橫說：「張蒼水在廈之時，與徐闇公、盧牧洲、王愧兩、沈復齋諸公相唱和，故其集中頗有贈答之什，而闇公亦有送張宮保北伐、挽張宮保之詩；是其道義之交，寓於辭藻，固不以死生易節也。」〔註39〕據此可知，連氏顯然認為「張宮保」就是張煌言。事實上，連氏所說〈送張宮保北伐〉、〈挽張宮保〉之詩，《釣璜堂存稿》題作〈送張宮師北伐〉、〈挽張宮傳〉，各見於卷十六和卷十三。如此不難理解，《臺灣詩鈔》、《臺灣詩錄》及《全臺詩》何以皆選輯〈挽張宮傳〉三首；因為他們認為這三首輓詩，是闇公為哀悼亡於康熙三年（1664）九月的張煌言而作。

彷彿這就是定論，然而誦味此三詩與披閱《釣璜堂存稿》全書，可以發現，連氏之說值得商榷。拙見以為，無論是張宮師還是張宮傳，此人當為闇公鄉賢先輩張肯堂，並非張煌言。首先就〈挽張宮傳〉予以說明。

「張宮傳」究竟為何人？就《釣璜堂存稿》通盤體察。集中詩題言及「張宮傳」者，〈挽張宮傳〉並非獨一；又見卷二〈陪張宮傳、朱奉常梅山小步，兼憶林子野吏部〉、〈送張宮傳別〉，卷三〈同諸子游虎谿，因念丙戌冬宮傳張舫淵曾攜余游此感而有作〉，卷四〈讀霞舟先生詩因憶張宮傳遺編不存矣，感

〔註39〕見連橫編：《臺灣詩乘》（臺灣銀行經濟研究室編：臺灣文獻叢刊第64種，台北：臺灣大通書局，1987年10月初版），頁10。

而有作〉，以及卷十六〈賦呈張宮傅〉。無庸多作揣測，卷三同諸子游虎谿一詩，已明白道出張宮傅是張觭淵——徐孚遠的同鄉先進，也是他在唐王朝和魯監國留駐舟山時的同僚張肯堂。張肯堂字載寧，號觭（鯢）淵，唐王時曾官拜吏部、兼戶、工兩部尚書，加太子少師、太子少保；魯王則晉少師，東閣大學士。太子少保、太子少師皆屬東宮六傅，是以闇公敬稱肯堂「宮傅」；而張煌言則因此尊稱肯堂爲「太傅」，由〈九日陪安昌王、黃肅虜虎癡、張定西侯服、張太傅觭淵、朱太常聞玄、徐給諫闇公及沈公子昆季登鎖山和韻〉、〈戊子元旦步張太傅韻〉〔註40〕諸作可見。

就詩文內容而言，〈挽張宮傅〉之一也透露出端倪。詩曰：

> 高秋風雨落荒城，伏枕遙傳天柱傾；報漢未能邀匹雁，繫胡空自有長纓；七年大節凌霄上，千載英靈俟海平；聞道闔門皆殉難，恰如歸去赴蓬瀛。（卷十三，頁17）

永曆五年（1651）秋九月清軍攻破舟山城，在魯王朝官拜少師東閣大學士的張肯堂抗節不降。他先令家中姬妾、媳婦、孫女等女眷自盡，然後自己再自縊於雪交亭，闔門全爲明室殉節。不僅如此，據《忠義錄》載，當時甚至連他家婢僕以及門下士二十七人也相從殉難。〔註41〕從乙酉（1645）入閩擁立唐王至永曆五年（1651）殉節，前後七年肯堂始終不爲私利，盡誠竭節獻身復明，正是詩文所說「七年大節凌霄上」。反觀張煌言，起句「高秋」固然符合他遇難時間——九月，但他乙酉（1645）建義江東，康熙三年（1664）遭清廷擒捉殺害，投身抗清大業，出生入死首尾長達二十年，何僅止於「七年大節」？是以，若將張宮傅理解成張煌言，便與詩中闇公所述相牴觸。張宮傅並非張煌言不言而喻。

又〈挽張宮傅〉之三首四句——「昔日投竿避地來，緣公數啓到金臺，郊居成賦先相示，賭墅行游屢許陪」（卷十三・十八），闇公回憶與張宮傅往來情形。依所書，兩人交誼匪淺，張宮傅甚至對他還有拔擢之恩。曾任宮傅，又曾提拔闇公的張姓友人，在他生平來往的知交中，僅獨有張肯堂。一如交遊之章所述，丙戌（1646）正月，張肯堂進言唐王水師合戰之議，主張出募

〔註40〕　各見張煌言：《張蒼水集》（上海：上海古籍出版社，1985年10月一版一刷），頁59、60。

〔註41〕　（清）朱溶：《忠義錄》，見高洪鈞編：《明清遺書五種》（北京：北京圖書館出版社，2006年11月一版一刷），頁689。

舟師，還奏請唐王令徐孚遠監軍，徐孚遠因而晉升兵科給事中。唐王傾覆以後，闇公在永曆元年（1647）四月清軍攻陷海口後避地舟山，厥後又轉至柴樓結寨。永曆三年（1649）九月魯王駐駕舟山，授闇公國子祭酒，闇公入舟山覲謁，才結束投竿海濱生活。〔註42〕那時，張肯堂官拜東閣大學士。依本詩一、二句所示，闇公至舟山仕宦魯王朝是又與肯堂相關。

　　綜合上述，可知〈挽張宮傅〉三首是哀輓張肯堂而非張煌言。至於張肯堂與臺灣有何關聯，未見文獻記載。再者，他永曆五年（1651）九月捐軀，依兩人交情，若說徐孚遠遲至十來年後流寓臺灣才題詠輓詩，不僅有違常理，也與〈挽張宮傅〉之一所書相違。如是，這組詩不可能為闇公在臺之作。另外，即使張宮傅是張煌言，三詩也絕非闇公居留臺灣時所作。因為張煌言成仁取義於康熙三年（1664）九月，當時徐孚遠已經遁跡在廣東饒平，直至翌年五月身故，他並未再度飄洋過海踏上臺灣這塊土地。

## （二）〈送張宮師北伐〉

〈送張宮師北伐〉，詩云：

> 上宰揮金鉞，還兵樹赤旗，留閩紆勝略，入越會雄師，制陣龍蛇繞，
> 應天雷雨垂，一戎扶日月，羣帥奉盤匜，冒頓殘方甚，淳維種欲衰，
> 周時今大至，漢祚不中夷，賜劍深鳴躍，星精候指麾，兩都須奠鼎，
> 十亂待非羆，煙閣圖形偉，殷廷作桿遲，獨傷留滯客，落魄未能隨。
> 　　（卷十六，頁8）

徐孚遠預祝張氏北伐得以紅旗報捷、奏凱而歸，並感傷自己無緣相隨出征。詩中先後以周朝姜太公、殷代傳說美稱張宮師。「非羆」用了姜太公被周文王發掘的故事。《史記・齊太公世家》記敘說：

> 西伯將出獵，卜之，曰「所獲非龍非彲，非虎非羆；所獲霸王之輔」。於是周西伯獵，果遇太公於渭之陽，與語大說，曰：「自吾先君太公曰『當有聖人適周，周以興』。子真是邪？吾太公望子久矣。」故號之曰「太公望」，載與俱歸，立為師。〔註43〕

而姜太公不但為周文王國師，在文王殂謝之後，他繼續擔任周武王國師，輔佐武王討伐商紂，最終滅商建立周朝。徐孚遠以姜太公及周武王理治之臣十

〔註42〕參《徐闇公先生年譜》，頁32～35。
〔註43〕（漢）司馬遷：《史記》卷三十二（北京：中華書局，1989年9月二版湖北第11刷），頁1477～1478。

人爲喻，〔註44〕無非是希冀張宮師引領群臣，同心同德輔佐明室君主，消滅清廷，收復失去的政權。又《尚書・說命》載殷高宗夢見傅說之後：

> 乃審厥象，俾以形旁求于天下。說築傅巖之野，惟肖，爰立作相。
> 王置諸其左右，命之曰：「朝夕納誨，以輔台德。若金，用汝作礪；
> 若濟巨川，用汝作舟楫；若歲大旱，用汝作霖雨。……以匡乃辟，
> 俾率先王，迪我高后，以康兆民。」〔註45〕

殷高宗武丁任用聖人傅說佐治國政後，果然天下大治、國富兵強，外伐鬼方，使式微的商朝得以中興。因而徐孚遠以「殷廷作楫遲」，表示朝廷早該重用張宮師；如此，克復淪喪江山、復興明室，指日可待。可知闇公以這兩位賢能又雄才大略的宰輔爲喻，誠然對張宮師抱有深度的期許，並非僅是無謂的奉承。此外，在章法上，也呼應了起句「上宰」一詞。

綜觀本詩，足見張宮師非特具宮師之銜，更身負宰輔之責，而徐孚遠於抗清歲月交遊的張姓知交，能如此得權重任的也獨有張肯堂。《小腆紀傳》云：

> （肯堂）以翊戴功，晉太子少師；令總理留務，造器轉餉。……已
> 而故尚書曾櫻至；詔肯堂以冢宰專掌院事，而以銓事屬之櫻。丙戌
> （1646）正月，累疏請兵。詔加少保兼戶、工二部尚書，總制北征；
> 賜尚方劍，專理兵馬糧餉，撫、鎮以下許便宜從事。……六月復下
> 督師之命。〔註46〕

這段記載猶如本詩註腳。詩題「宮師」之稱、詩中「上宰」之名，以及「賜劍」所指何事，藉由這段敘述皆可迎刃而解。詩、史相互印證，張宮師是張肯堂而非張煌言，斷無疑義。如是可知，徐孚遠在效命唐王期間題詠本詩，既非避地金、廈二島，也非寄跡臺灣時所作。又唐王丙戌（1646）年正月御賜張肯堂尚方劍，同年八月清軍攻破仙霞關殉國汀州；職是，本詩當作於丙戌（1646）正月以後，最遲不晚於該年八月唐王政權覆敗。

---

〔註44〕周武王曰：「予有亂臣十人，同心同德。」見（漢）孔安國傳、（唐）孔穎達
　　　　疏：《尚書正義》卷十一〈泰誓〉（重刊宋本尚書注疏附校勘記，台北：藝文
　　　　印書館，1993 年 9 月 12 刷），頁 155。
〔註45〕見（漢）孔安國傳、（唐）孔穎達疏：《尚書正義》卷十（重刊宋本尚書注疏
　　　　附校勘記，台北：藝文印書館，1993 年 9 月 12 刷），頁 139～140。
〔註46〕見（清）徐鼒：《小腆紀傳》卷四十（臺灣銀行經濟研究室編：臺灣文獻叢刊
　　　　第 138 種，台北：大通書局，1987 年 10 月初版），頁 491～492。

## （三）〈桃花〉

流寓來臺之明代遺老，抱有無能復明之憾恨，故而形諸翰墨，多見眷念故國情懷、強烈漢民族意識，以及濃厚之鄉思情愁。如沈光文〈思歸〉：「歲歲思歸思不窮，泣歧無路更誰同。蟬鳴吸露高難飽，鶴去凌霄路自空。青海濤奔花浪雪，商颷夜動葉梢風。待看塞雁南飛至，問訊還應過越東。」〔註47〕而隨著遺臣們來到臺灣生活，也對臺灣有新的認識，如王忠孝〈東寧風土渥美急需開濟詩勖同人〉一詩可見，一改居金、廈時以爲臺灣風土欠佳的惡劣印象。至於徐孚遠〈桃花〉：「海山春色等閒來，朵朵還如人面開；千載避秦眞此地，問君何必武陵回？」（卷十八，頁 3）向來更是被學者認爲是明遺臣將臺灣視爲世外桃源的代表。包恆新說：

> 此詩用的是陶淵明《桃花源記》的典故，詩人把自己比作避秦桃源的武陵人。詩的題目叫《桃花》，很顯然，詩人又把臺灣比作「桃花源」，覺得臺灣是個可以長住久安之地。其實，「何必回」，並非他眞的不想回，而是無法回。這是一種想回而回不得的感嘆。〔註48〕

陳昭瑛認爲，「徐孚遠的詩〈桃花〉，可以說是表現不歸之思的代表作」，「更以陶淵明〈桃花源記〉中批判亂世、追求理想世界的思想爲全詩的主題。」〔註49〕注解說：

> 此詩非常簡短，但就其反映當時居台人士的矛盾心情，卻具有典型性。明鄭台灣詩歌的兩大特色是亡國懷鄉之情，以及追求世外桃源的不歸之思。對於亡國的遺民，淪陷的大陸已成爲傷心地，士人的抉擇不是戰死便是投降，相對於喪亂擾攘的大陸，台灣反成爲避秦之地。首句凸顯台灣的地理特色爲山與海，春色呈現在朵朵盛開如同美人面龐之桃花，此處化用崔護《遊城南》一詩，而不著「桃花」二字，簡潔而有新意，表現了人與自然的交流。後半使用陶淵明《桃花源記》典故，十分貼切的刻劃了台灣的雙重性格，作爲世外桃源，台灣是積極的；但作爲避秦之地，台灣又是消極的。鄭氏政權來到

---

〔註47〕沈光文：〈思歸〉，見連橫編：《臺灣詩乘》（臺灣銀行經濟研究室編：臺灣文獻叢刊第 64 種，台北：臺灣大通書局，1987 年 10 月初版），頁 7。

〔註48〕見劉登翰等主編：《臺灣文學史》（福州：海峽文藝出版社，1991 年 1 版 1 刷），頁 125〜126。

〔註49〕陳昭瑛：〈明鄭時期臺灣的中國傳統文化〉，見氏著：《臺灣與傳統文化》（臺北：國立臺灣大學出版中心，2005 年 8 月增訂再版），頁 17。

台灣就幾乎註定了無法反攻大陸的命運，台灣的美好安逸，使人思歸而終不欲歸，然而若非爲了延續漢族政權，這些人也不會漂泊至此，此中的矛盾在此詩中流露出來。〔註50〕

施懿琳則闡釋道：

刻意用反面書寫的手法，寫海島春花之美，而後說這是避難最好的處所啊！又何必急著回去武陵呢？又何必重回充滿憂傷、挫敗的苦難人間呢？這詩有幾分對鄭氏退守台灣的嘲諷；也是在返鄉不得之後，看似豁達的自我安慰。……徐孚遠的詠桃花詩因此充滿當時旅台士人的矛盾心情。〔註51〕

王德威則說：

徐孚遠於一六六一年隨鄭成功入臺。雖然復明之志未嘗一日或已，他也意識到臺灣的海山春色，有如世外桃源。如果中原喪亂如此，已經尋到避秦之地的遺民，又何必急於離去？徐孚遠的詠桃花詩因此充滿當時旅臺士人的矛盾心情。〔註52〕

意見儘管不盡相同，不過認爲徐孚遠欲歸卻不得歸，因而將臺灣比作桃花源，萌生長居臺灣這個世外桃源，顯然是一致的看法。

審視學者們的論述，不難發現他們已經先認定〈桃花〉爲徐孚遠居留臺灣時所作，於是將詩中的海山春色、桃花詮釋爲春回大地時，臺灣宜人的山海景致與明媚風光，再由桃花聯想到桃花源，進而將臺灣喻爲避亂的桃花源。也就是說，若將臺灣視爲詩中的千載避秦地，前提是〈桃花〉必須詠歡於臺灣。由於該詩短小，加上徐孚遠採用以景入情手法，一、二句描寫所見景色，三、四句由所見抒發所感，字裡行間沒有明顯憑據呈顯賦詠地點就是臺灣，何以斷言臺灣，未見諸家說明。或憑心證，或受《臺灣詩錄》、《臺灣詩鈔》等選本影響，不得而知。〈桃花〉作於臺灣是否就是定論？披閱《釣璜堂存稿》，研讀其餘詩篇，拙見以爲或有它說。

《釣璜堂存稿》中「海山」一詞或見於詩題，或見於詩文。知見於詩題

---

〔註50〕陳昭瑛選注：《台灣詩選注》（台北：正中書局，1999 年 8 月二刷），頁21。

〔註51〕施懿琳：〈後殖民觀點詮釋台灣古典文學的一個嘗試——以明鄭時期爲分析對象〉，「台灣文學史書寫」國際學術研討會論文（2002 年 11 月 22～24 日，台南成功大學），頁 18。

〔註52〕王德威編選・導讀：《臺灣：從文學看歷史》（台北：麥田出版，2006 年 11月初版三刷），頁 25。

者，爲〈上元過朱館卿海山寓〉、〈上海山居〉、〈詠海山〉二首、〈海山懷顧偉南〉、〈將耕東海，學子唐緝師辭往海山兼就婚，歌以送之〉和〈海山〉等詩。形於詩文者，爲〈阻風懷沈、趙諸子〉：「今年人日在海山，自捉犀篦理鬢斑」；〈登山〉：「一棹衝煙宿霧消，登臨振袂海山遙」；〈村居遣意〉之三：「海山難把一丸封，行野靡靡霜露重」；〈海行雜作〉之四：「海山堪駐何妨駐，其奈當年欲溯洄」；及〈桃花〉：「海山春色等閒來，朵朵還如人面開」。如表所示：

**《釣璜堂存稿》知見「海山」一詞表（詩題如明確可知為地名，詩文略而不錄）**

| 知見於詩題 | 知見於詩文 |
|---|---|
| 〈上元過朱館卿海山寓〉（卷五，頁 13） | 〈阻風懷沈、趙諸子〉<br>去年人日在閩京，葉筵促坐吹竽笙；<br>今年人日在海山，自捉犀篦理鬢斑。<br>浪作風狂晴似霰，沙塵獵獵吹人面。<br>臘酒浮蟻那得傾，貼金剪勝何繇見？<br>美人可望不可航，還如咫尺對瀟湘。<br>高歌一曲和者稀，桃花片片落人衣。<br>（卷五，頁 4） |
| 〈上海山居〉<br>入春纔幾日，兩度上茲山；落石穿沙出，緣流得徑閒；卜居如有意，著屐未須難；倘遇采芝侶，何妨更往還？<br>（卷八，頁 8） | 〈登山〉<br>一棹衝煙宿霧消，登臨振袂海山遙；<br>欹斜田畔依山麓，婉轉流泉漾麥苗；<br>野老攜壺傾臘酒，漁家理網狎春潮；<br>只愁南國伊人杳，蘭茝飄零不可招。<br>（卷十三，頁 18） |
| 〈詠海山〉<br>安知閩海境，重見此林巒？番蓏隨時熟，春花隔歲看；山田輸國賦，野老著衣冠；所適皆如此，寧歌行路難？<br>（卷八，頁 8）<br>大地原多險，如何此問津？一丘眞可峙，千騎莫揚塵；弱水疲西極，朝宗拱北辰；躬耕須擇偶，卜築可長鄰。<br>（卷八，頁 8） | 〈海行雜作〉之四<br>一泊灣頭久不開，相看形影笑於思。<br>掘來番薯供朝糧，網得車螯送酒杯；<br>客自悲秋須解纜，魚名過臘又飛灰；<br>海山堪駐何妨駐，其奈當年欲溯洄？<br>（卷十三，頁 31） |

| 〈海山懷顧偉南〉<br>海內煙塵滿，何人堪贈詩？龐公偕室去，<br>揚子著書時；藥草深山有，桃花逐徑垂；<br>幾年來谷口，覓句遞相遺。<br>（卷八，頁 12） | 〈村居遣意〉之三<br>海山難把一丸封，行野靡靡霜露重。<br>遠道誰憐非兕虎？幽思如欲駕蚖龍；<br>漢王未肯從三老，新室終當喪兩龔；<br>轂轉愁腸何日了？秋期已盡又初冬。（卷十<br>五，頁 20） |
| --- | --- |
| 〈將耕東海，學子唐緝師辭往海山兼就<br>婚，歌以送之〉（卷十一，頁 22） | 〈桃花〉<br>海山春色等閒來，朵朵還如人面開；<br>千載避秦眞此地，問君何必武陵回？（卷<br>十八，頁 3） |
| 〈海山〉<br>窮海蕭蕭生計疏，山無茅甲水無魚；亦知<br>龍藏多璿寶，不寄鮫人一紙書。<br>（卷十八，頁 14） | |

　　〈桃花〉先暫且不論，若將表中詩文作通盤考察，可以得出《釣璜堂存稿》中「海山」一詞的用法有二：一是泛指自然的丘山海洋景觀，二為專有名詞，當地名解釋。前者僅見於〈村居遣意〉之三，除此之外，皆屬後者的用法，如〈海山〉、〈上海山居〉等。「海山」當地名用分明為大宗，可惜被忽略了。那徐孚遠筆下的「海山」位於何處？〈詠海山〉說：「安知閩海境，重見此林巒？」可見，該地在福建海域。考諸地志，《福清縣志・山川類》云：

> 按平潭舊名嵑山，以山勢遠望如嵑浮水面也。又以常有嵐氣往來，
> 名東嵐山。其曰海壇，則以適中之山平坦如壇也。俗但統稱為海山。
> 然其名肇錫何時，皆無從考耳。〔註53〕

又《平潭縣志・大事志》「海壇營汛管轄」文下注曰：

> 按關都記：「海壇山勢遠望如壇」，故名。自唐以來皆沿用之。平潭
> 特其適中一汛名耳。而考平潭所由得名之故，又因中有一石平如壇，
> 俗呼巨石為磹，後遂作潭。雍正間移駐縣丞於此，始以平潭名署，
> 繼以名廳，民國改縣，相沿不變。然閩人相呼仍用海壇舊名，亦有
> 呼為海山者。〔註54〕

---

〔註53〕　見黃履思纂修：《平潭縣志》卷四山川志附錄（成文出版社據民國十二年鉛印<br>　　　　本影印，台北：成文出版社，1967 年 12 月臺一版），頁 40。

〔註54〕　黃履思纂修：《平潭縣志》（台北成文出版社據民國十二年鉛印本影印，台北：<br>　　　　成文出版社，1967 年 12 月臺一版），頁 27。

據二者所述，海山即海壇，又名平潭、東嵐山，海山是俗稱。而海壇就是今日所稱的海壇島，或稱平潭島，為福建海域的海島，和福建福清隔海相望。丙戌（1646）八月唐王福州政權傾覆，徐孚遠跟隨張肯堂萍浮閩海，至隔年北上避地舟山，曾經卜居在此。

　　承上所述，則〈桃花〉中「海山」一詞的解釋便有兩種可能，究竟〈桃花〉中「海山」所指為何？前輩學者，習慣解讀「海山」為自然山海景物，再以〈桃花源記〉的典故詮釋，直接認定「千載避秦真此地」的「此地」是臺灣；認為徐孚遠在故鄉遭受異族統治、欲歸卻不得歸之下，見到臺灣的美好而興起不歸之思。這樣詮釋固然言之成理，可惜卻持之無故，不免多了分臆測。假若將「海山」直接當作地名——海壇島，一如杜甫〈登高〉——「錦江春色來天地，玉壘浮雲變古今」般，句首明確說出地點，問題便不復存在。另外，就章法來看，首句「海山」也可以和第三句的「此地」相互呼應，結構也較緊密。如此一來，徐孚遠筆下之世外桃源為何處自然可解，無需費神忖度。二者相較，「海山」當地名解釋，自是比當山海景觀解略勝一籌。

　　檢視闇公其餘海壇詩作，景物述及桃花者又見〈海山懷顧偉南〉：「藥草深山有，桃花逐徑垂」（卷八，頁 12）；和〈阻風懷沈、趙諸子〉：「高歌一曲和者稀，桃花片片落人衣」。（卷五，頁 4）二詩全文如上表所錄。前者用了東漢末年龐公無意出仕，帶著妻子遁跡鹿門山，採藥不歸故事；並暗用西漢鄭子真不屈其志，屏隱谷口典故。如此，「藥草深山有，桃花逐徑垂」，既呼應「龐公偕室去」，也與象徵遁世的「谷口」互相映襯；不純粹僅是客觀景物描寫，更是寄寓了深厚的避亂、隱居情懷。至於後者，所狀「桃花片片落人衣」，詩人沐浴於隨風飄落的桃花中，又猶如〈桃花源記〉武陵人所遇桃花落英繽紛般，桃花源意味十分濃厚。二詩流露避秦情懷實與〈桃花〉相契。反觀那些在臺詩作，這些情形並未出現。

　　徐孚遠曾憶道：「海山堪駐何妨駐，其奈當年欲溯洄」（〈海行雜作〉之四），發出早知當初就在海壇棲止的感慨，可知在他心中，海壇是可堪他持節守志棲遁之處。丙戌（1646）八月滿人鐵騎南攻掠福建，唐王朝土崩瓦解，徐孚遠隨張肯堂依附同僚平海將軍周鶴芝而棲止海壇。沒有被清廷佔據的海壇，相較於淪陷的國土，對他來說，自然而然也就成了「一丘真可峙，千騎莫揚塵」（〈詠海山〉之二）的避秦地。如此便不難理解，何以〈海山懷顧偉南〉及〈詠海山〉（之二）等這些吟詠於海壇的詩章，都蘊涵著避亂、隱遁的情思。

至於〈桃花〉說：「千載避秦眞此地，問君何必武陵回？」何必回意謂不必回，何以不必回鄉？並非貪戀桃花源的美好，反而是思歸卻歸不得。山河有異，昔日的有明江山多半淪入清廷之手，詩人故鄉華亭也在其中。由於尙未撥亂反正，克復失土，他既無意降志當個貳臣，也不願淪爲異族子民，在欲歸不得下，只好避地不受清廷統治的桃花源。這樣的處境與情懷，與上述〈詠海山〉之二、〈海山懷顧偉南〉等一致，只不過〈桃花〉是以樂景寫哀情的筆法，訴說他深沉的無奈與悲痛。至於臺灣，在徐孚遠停留期間固然未落入清廷之手，他也在此抗志守節，不過，通盤考察其成於臺灣詩篇，卻有著深怕就此在臺灣湮沒、不被聞知的憂慮；若徐孚遠眞的將臺灣視爲桃花源，心境不應是如此。

總觀來說，「海山」一詞當地名海壇解釋，對詩歌內容的詮釋，以及就徐孚遠境遇和情懷而言，遠比作自然山海風物解釋合宜。因此，拙見以爲〈桃花〉當詠嘆於海壇而非臺灣。至於成於何時？自是徐孚遠活動海壇期間。

徐孚遠在丙戌八月唐王殉國後依附周鶴芝，直至翌年四月海口淪陷後才北上舟山，這並不代表徐孚遠初次到海壇、在海壇活動在丙戌八月以後，〈上元過朱館卿海山寓〉可證。朱館卿爲何人？〈賦呈朱館卿四十韻〉有云：「奉常王國珍，壯歲躍天衢，涉筆珠璣落，觀書肴饌腴，倫推華嶽，襟度視冰壺，鳳舉雲司逸，鵬騫文部須。」（卷十六，頁 4）據首句「奉常王國珍」所示，朱館卿又稱朱奉常，館卿、奉常都是官銜，並非名、字。參閻公有〈挽朱奉常聞玄〉（卷十三，頁 18）之作，可知朱奉常名朱聞玄；又依「鳳舉雲司逸，鵬騫文部須」之句，可知此人曾任刑部、吏部。按朱永祐，字爰啓，號聞玄。明崇禎七年（1634）進士，授刑部主事改吏部文選司郎中，罷歸。乙酉（1645）清軍攻陷松江，棄家航海到福建。唐王授官吏部轉太常卿兼戶兵二科，與徐孚遠、張肯堂共同監周鶴芝軍。唐王死，流轉到舟山事奉魯王。永曆五年（1651），清軍佔領舟山，抗志不降壯烈犧牲。〔註55〕考朱永祐之號、仕宦經

〔註55〕　參（明）高宇泰：《雪交亭正氣錄》（張壽鏞輯刊：四明叢書叢書第二集，台北：新文豐出版公司，1988 年 4 月臺一版），頁 120、錢澄之：《所知錄》（臺灣銀行經濟研究室編：臺灣文獻叢刊第 240 種，台北：臺灣大通書局，1987年 10 月初版），頁 13、全祖望：〈明工部尚書仍兼吏部侍郎上海朱公事狀〉，見全祖望撰、周駿富輯：《鮚埼亭集碑傳》（台北：明文書局，1991 年），頁 178～180、（清）宋如林等纂修：《松江府志》（上海書店影印嘉慶《松江府志》，上海：上海書店，1991 年 6 月一版一刷），頁 292。

歷，與朱館卿同；且徐孚遠乙酉十月仕進唐王朝後，兩人往來頻繁；則朱館卿當為朱永祐無疑。丁亥（1647）四月海口淪陷，徐孚遠與朱永祐皆北上舟山，〔註56〕之後兩人未再重返海壇，則此次上元過訪朱永祐海山寓所，是闇公乙酉十月到福京之後迄丁亥（1647）啟程舟山前的事。按丙戌（1646）八月，清兵破仙霞關，連下建寧、延平等府，唐王朱聿鍵殉國汀州，是以詩中敘述「九華之鐙何錯落，畫樓簫鼓從風飄」（卷五，頁13）的熱鬧景象，當為丙戌（1646）年元宵夜。那時唐王政權猶存，徐孚遠尚未飄萍閩海。是以徐孚遠初次登陸海壇最晚不遲於丙戌（1646）上元，極可能始自乙酉冬。如此則闇公活動海壇時間應從乙酉（1645）冬至丁亥（1647）四月，而〈桃花〉和其它於海山吟詠詩作即賦詠於這段時間。

　　〈送張宮師北伐〉、〈挽張宮傅〉中的張宮傅（師）考徵典籍之後，可以證明是張肯堂而非張煌言；又〈桃花〉中「海山」一詞宜作地名海壇解。它們的內容顯然無關臺灣，遑論詠嘆於臺灣。相關臺灣詩集，倘因徐孚遠來過臺灣，以詩存人予以選錄，自然斷無疑義；然而若標準是題材涉及臺灣，或者限定在臺灣這塊土地的感發，則值得商榷。由此觀之，《臺灣詩鈔》、《臺灣詩錄》、《全臺詩》等所選錄闇公相關臺灣吟詠，猶有可議之處，閱讀或參考時不可不仔細辨明。

## 第三節　臺灣題詠探析

　　明朝國變之前，臺灣對徐孚遠而言是個陌生、毫無所知的地方。國變後由於他堅定的復明意志，再加上鄭成功的緣故，他不僅橫越海峽來到臺灣，更躬身墾殖這塊土地，臺灣因而在他的生命中留下印記。與臺灣相關的吟詠，他寄寓了對社稷、個人身世與朋友境遇的感懷，抒發出悲愁與無奈，而愁緒也就成了這些作品的基調。再者，透過這些吟詠，他也呈顯出對臺灣的認識。

〔註56〕黃宗羲《海外慟哭記》丁亥（1647）夏四月記：「總制尚書張肯堂、兵科給事中徐孚遠、平海監軍朱永祐，避地至舟山。三人皆依周鶴芝於海口，海口既陷，故北至舟山依黃斌卿。」見氏著：《海外慟哭記》（臺灣銀行經濟研究室編：臺灣文獻叢刊第135種，台北：臺灣大通書局，1987年10月初版），頁10。

## 一、個人渡臺情懷

隨著個人移居臺灣的境遇與心境，徐孚遠有所感發，或抒發復國不成、不得已入臺的悲憤，或攄鄉里親故之思，或抒棲身臺灣守節之志，或攄失落孤寂之情乃至湮沒無聞之憂。

### （一）復明失利，無奈渡臺之歎

如前言所述，鄭成功東取臺灣，原因在於對清征伐失利，清軍又隨時伺機進攻金、廈兩島；最重要的是經濟日絀，糧餉籌措日益艱難。臺灣的沃野千里，使他決心東略以為根本之地。自然而然的攻取後拓墾成為首要任務。永曆十五年（1661）四月攻取赤崁城，圍困臺灣城期間，鄭成功已將軍隊分派屯墾，五月改赤崁地方為東都明京時，並頒布文武各官及各鎮將領、官兵家眷開墾規定。〔註 57〕同年十二月攻克臺灣城後，又下令各鎮將領遷移金、廈二島眷屬到臺灣拓墾。當時初次入臺灣者多水土不服，疾疫流行，染病、死亡人數甚多，加上鄭成功用法嚴峻，以致大多無意東行，甚至連鄭氏所倚重的鄭泰、洪旭也不願聽令遷徙。因此翌年正月，鄭成功又再次嚴令搬遷家眷。〔註 58〕

當時鄭成功出兵東征臺灣，內部瀰漫著反對聲浪。鄭成功自身的將領，於發兵前的會議只有楊朝棟倡言可行，其中宣毅後鎮統領吳豪更是直諫臺灣「風水不可，水土多病」，加以勸阻；其餘即使不敢違抗，但心多抗拒、面有難色。之後，鄭成功雖然為穩定軍心誅殺吳豪，但仍舊難以安撫將士們惴惴不安的心，以致艨艟揚帆渡海前夕，不少士卒還乘機脫逃。〔註 59〕至於徐孚遠的態度，〈東夷〉可見。曰：

> 東夷仍小醜，南仲已專征；部落衰劉石，崩奔怯楚荊；況聞蒙面眾，
>
> 皆有反戈情；一舉清江漢，何難靖九京？（卷十一，頁 18）

南仲為周宣王大將，戰功彪炳，率領周師征伐獫狁、西戎和淮夷的徐方無不奏凱而歸，〔註 60〕在此喻指鄭成功。東夷則指當時佔據臺灣的荷蘭人。至於

〔註 57〕　參（明）楊英：《從征實錄》（臺灣銀行經濟研究室編：臺灣文獻叢刊第 32 種，台北：眾文圖書公司，1979 年），頁 188～190。

〔註 58〕　參（清）阮旻錫：《海上見聞錄》卷二，（臺灣銀行經濟研究室編：臺灣文獻叢刊第 24 種，台北：臺灣大通局，1987 年 10 月初版），頁 39～40。

〔註 59〕　參（明）楊英：《從征實錄》（臺灣銀行經濟研究室編：臺灣文獻叢刊第 32 種，台北：眾文圖書公司，1979 年），頁 184～185。

〔註 60〕　南仲事蹟如《小雅‧出車》所云：「……王命南仲，往城于方。……赫赫南仲，

「專征」，《竹書紀年》帝辛三十三年載：「王錫命西伯得專征伐。」〔註61〕《白虎通‧考黜》云：「賜以弓矢，使得專征。」〔註62〕《禮記‧王制》曰：「諸侯，賜弓矢然後征。」〔註63〕據此，意味諸侯要得到天子賜以弓矢，授命代表天子討伐逆亂之後，才能握有軍事全權，不待天子命令得專自征伐。如此則首聯表示不待桂王授命，鄭成功已自行舉兵征討臺灣。二、三聯稱許鄭氏驍勇善戰，加上內有接應，裡應外合擊潰荷蘭。進而他認為，鄭成功若能以征伐荷蘭的意志與勁旅聯絡中原反清人士，則驅逐滿清、光復有明江山實在易如反掌。可是這位宗社虎臣卻本末倒置，居然以征討荷蘭人收復臺灣為重，擱置了克復神州的大業。徐孚遠的不滿、失望、譏諷與無奈之情溢於言表，顯而易見，他並不贊同鄭成功此舉。這樣的想法其實不單是徐孚遠一己之見，也是金、廈地區多數明遺老的心聲。如盧若騰說：「苟能圖匡復，豈必務遠征？」〔註64〕與鄭氏關係向來良好的王忠孝也批評：「僻據海東，不圖根本，真不知其解也！」〔註65〕其中張煌言甚至致函鄭成功勸說：「區區臺灣，何預于赤縣神州？……夫思明者，根柢也；臺灣者，枝葉也。無思明，是無根柢矣，安能有枝葉乎？……使殿下奄有臺灣，亦不免為退步，孰若早返思明，別圖所以進步哉！」〔註66〕因為在他們心中，臺灣絲毫微不足道，中原那塊赤縣神州才是根本，理當戮力圖謀恢復才是，東有臺灣無疑意味抗清失利，與恢復故土之日益加遙遙無期。

儘管先前對鄭成功征臺有異議，但在鄭成功諭令移墾，以及礙於妻小得須糊口的情況下，徐孚遠不得不離開萍寄一紀的金、廈兩島，再度帶著妻兒

獫狁于襄。……赫赫南仲，薄伐西戎。……赫赫南仲，獫狁于夷。」見（漢）鄭玄箋、（唐）孔穎達正義：《毛詩正義》卷九（重刊宋本毛詩注疏附校勘記，台北：藝文印書館，1993 年 9 月 12 刷），頁 338～340。

〔註61〕見《竹書紀年》卷上（北京：中華書局，1985 年北京新一版），頁 36。

〔註62〕（漢）班固：《白虎通德論》卷三，見《百子全書》四（長沙：岳麓書社，1994 年 9 月一版二刷），頁 3549。

〔註63〕見（漢）鄭玄注、（唐）孔穎達疏：《禮記注疏》卷十二（重刊宋本禮記注疏附校勘記，台北：藝文印書館，1993 年 9 月 12 刷），頁 235。

〔註64〕見（明）盧若騰：《留庵詩文集‧東都行》（金門：金門縣文獻委員會，1970 年 6 月再版），頁 12。

〔註65〕見（明）王忠孝：《惠安王忠孝公全集‧與張玄著書》（南投：臺灣省文獻委員會，1993 年 12 月），頁 195。

〔註66〕見（明）張煌言：《張蒼水集‧上延平王書》（上海：上海古籍出版社，1985 年 10 月新 1 版），頁 19～20。

遷徙，遷徙到相傳「風土惡，居人往往不生還」〔註67〕的臺灣。思及自己再度遷移，不是因爲滿人驅逐、故國河山收復歸返故鄉，而是東遷臺灣，感喟自是良多。〈別灣〉云：

> 憶昔避兵到閩海，灣中居者紫氣重，余亦卜居水石叢，參差比屋灣
> 西東，海波不揚犬不吠，隱業文心樂事濃，是時軍府勢力雄，指揮
> 諸將凌長風，況復高皇功德卑前代，會看天際起眞龍，豈意今來兩
> 寂寞，帝醉難醒如轉石，誰爲國士感田橫？往往食言愧苟息，蒼波
> 坐見雜煙塵，紛紜蠻螫皆無色，逝將去矣荒大東，冥冥之鴻安可弋？
> 鶺首分飛心慘傷，爲謝昔年灣裏客。（卷七，頁23）

全詩交織著失望、惆悵與無奈之情，對於將到臺灣徐孚遠並無絲毫喜悅。原本對鄭成功寄予厚望，期待他襄助桂王，率師光復有明失土，但卻隨著鄭氏征伐中土蹶敗而落空。眼見故土淪喪未能匡復，個人扶危定傾之志未竟，清廷卻是勢如摧山，已是滿懷悲切；竟然還不得已要告別知交契友，離開復明中心廈門移居臺灣，對徐孚遠來說，鄭成功東略臺灣意味抗清失利，而今卻不得不到這個象徵復明大業式微的地方，更是痛苦與無奈。在〈今日〉中他甚至難掩激動悲憤道：

> 今日可憐眞可憐，顚狂不敢問皇天，歷代衣冠歸逝水，勞臣麾鉞付
> 蒼煙，禹甸三千無寸土，身游東海學耕田，更聞東海風土惡，居人
> 往往不生還，朽質安能金石堅？波濤激作不可渡，即生羽翼迎偓佺，
> 遺我大藥隨飛仙。（卷七，頁26）

如上所述，南明抗清勢力衰微，社稷傾頹難以興復，清廷政權越發穩固，光復有明故土希望渺茫，自己多年奔走皆付諸流水，在這種景況下被迫遷家到臺灣，徐孚遠不勝唏噓。而當時臺灣草昧未開，移居者不服水土染病、身亡者不在少數，對徐孚遠來說，渡臺耕墾臺不只艱辛，更是是生死難測。偏偏在他準備揚帆東渡時，遭遇「高浪拍天行不得」、〔註68〕「白日冥冥空怒濤，星河飜覆天爲高」，〔註69〕濤浪激作的情況，險惡海況不止三兩天，甚至長達「頻月東風不得東」，以致他從八月下旬挨到「波平陽月後」〔註70〕才得以成

---

〔註67〕見〈今日〉，《釣璜堂存稿》卷七，頁26。
〔註68〕見〈同家澤淳寓張君雅淡齋適聖猶郭子過同飲醉賦〉，《釣璜堂存稿》卷七，頁24。
〔註69〕見〈仲秋下旬守風至，秋盡不得行〉，《釣璜堂存稿》卷七，頁28。
〔註70〕見〈東行阻風〉，《釣璜堂存稿》卷十五，頁25。

行，啓碇時間足足延宕了一個多月。如此偃蹇，情何以堪，莫怪他起句落筆直接發出「今日可憐眞可憐」的哀鳴，一吐自己的惙怛悽愴。

## （二）流落異域，去國懷鄉之思

自乙酉（1645）去鄉抗清，隨著南明、清廷勢力的消長，徐孚遠便輾轉於福建和浙江。永曆五年（1651）舟山失守，徐孚遠扈從魯王南奔依附鄭成功寓居廈門，廈門因而成爲他抗清期間羈泊最久的地方。居住一紀後，礙於現實情勢，他又再度遷移。然而這次遷居地點又令他失望了，是百端待舉的臺灣，而不是他冀望收復的故土，年過耳順的他不禁感喟：「身世何堪常作客？飄搖難禁屢書空！」〔註71〕流落羈懷不覺湧上心頭。〈將耕東方，感念維斗、臥子愴然有作〉云：

> 荷鋤東海復何言？回首親交總淚痕；曩歲英華聯研席，兩君名姓各飛翻；何人爲乞王琳首？自古難招屈子魂；獨立蒼茫無限恨，岫雲歸盡掩柴門。（卷十五，頁27）

如交遊一章所述，在所交之中，徐孚遠對陳子龍情誼爲深厚。山河變色前，他們不僅是幾社的詩文友，又同有兼濟天下的抱負，更在鼎革時戮力對抗清軍、捍衛松江城。是以在奔波抗清期間，徐孚遠對他感念最深。復社楊廷樞字維斗，砥節礪行，置生死於度外，干犯魏忠賢、馬士英、阮大鋮等奸佞，富有聲名，深受當時文士敬重，《明史》有傳。〔註72〕丁亥（1647）清松江提督吳勝兆圖謀反清，清廷論罪株連二人，楊廷樞被清廷斬殺，陳子龍則投水自盡身亡。他們犧牲性命抗節守志，對徐孚遠來說，更加堅定他反清復明的信念，也化成他在抗清生涯中隨時自我鞭策的力量。而今多年已逝，復明大業不但依舊未成，還將流落到臺灣墾殖，二子的身影、昔日的交誼，與他們出眾的才藻與勁節，無不讓徐孚遠悼念，加上自身處境多舛，使他的惆悵與羈愁不但無法消解，反而益添感慨、慚愧和惋愴之情。

爲了匡復故國的志業，徐孚遠不得不離鄉背井，長年以來身如轉蓬，鄉愁不曾間斷，「家鄉青嶂外，農圃翠微中」，墾殖臺灣期間，他也抒發了對故鄉的思念。〈遣興〉之三曰：

> 十畝樓人外，煙雲一徑封；高春炊菽麥，下瀨狎魚龍；故舊王髦劍，

---

〔註71〕見〈東行阻風〉，《釣璜堂存稿》卷十五，頁25。

〔註72〕見（清）張廷玉等撰：《明史》卷二百六十七（北京：中華書局，1997年3月北京第6刷），頁6887～6888。

家鄉雞堁鐘；客居何所憶？吳語不聞儂。（卷十一，頁 24）

如詩文所述，來臺開墾的徐孚遠田圃位於人跡罕至、雲煙繚繞的地方，在那裡他自食其力，頭頂烈陽辛勤鋤地耕耨，有時「暫息勞人足，鋤田蔭白雲」，過著清苦的生活。山河變色，淪落至此，故鄉遙隔千里又受異族統治，不得歸返，只能懷想梓里久違的親朋、景物，甚至昔日隨時聽、說的母語吳儂；鄉思的苦澀溢於言表。

### （三）耕墾臺灣，以全忠節之志

如同前述，在鄭成功下令移民開墾下，徐孚遠攜家帶眷橫渡臺灣耕鋤。毋庸諱言，此行有生計的考量，卻非促使他成行的唯一原因。〈將遷作〉云：

> 王途久不通，白日只多睡，息影懷林丘，怡情在薜荔，危苕非所安，
> 俄而人事異，滄溟旋改圖，南轅北其轡，宗子悲殷墟，故宮感周穗，
> 舉世望興平，龍起良未易，孤臣何能爲？力微愁贔屭，禹甸總塵飛，
> 巨浸猶可寄，即事雖可傷，庶免寸心愧，後賢或我知，荒外當須記。
> （卷四，頁 38）

一如孔子所說：「道不行，乘桴浮於海」；詩中徐孚遠發出「禹甸總塵飛，巨浸猶可寄」，無力救亡、退而渡臺守節的心聲。樓居廈門期間，徐孚遠因徒有官銜空無實權，加上不爲鄭成功器重，固然想要積極有所作爲，也只能過著似隱非隱，聊以詩文自慰的生活，而將復明希望寄託在「軍府勢力雄，指揮諸將淩長風」〔註 73〕的鄭成功身上。無奈事與願違，鄭成功北伐失利，復明勢力土崩瓦解，縱使他依然滿懷赤誠，力圖匡復有明社稷，卻是孤臣無力可回天，無法改變世局。因此即使千萬不甘，徐孚遠也不得不黯然接受鼎革已成定局，大傷黍離麥秀之悲。既然敗亡頹勢挽救無望，只好退而求其次，但求問心無愧。可是，當時廣大神州已經陸沉，變成「天公失昏曉，中華失華焉可道」〔註 74〕的地方，而臺灣尚未淪入滿族之手，對徐孚遠來說，堪爲避清淨土以及能持節守志的棲身之所。也因如此，他移家來到臺灣耕墾。

在臺灣期間，徐孚遠多半忙於耕耨稼穡，過著農夫般的勞苦生活。所居房舍以「野竹削爲椽」，從郊野砍伐竹子簡單搭建而成；三餐有時以「溪魚烹作飯」，〔註 75〕有時則炊煮菽、麥爲食，可說非常簡窳。雖然如此，他的心志

---

〔註 73〕見〈別灣〉，《釣璜堂存稿》卷七，頁 23。
〔註 74〕見〈將適荒外念故人歿愴然賦之〉，《釣璜堂存稿》卷七，頁 25。
〔註 75〕見〈遣興〉之二，《釣璜堂存稿》卷十一，頁 23。

絲毫沒有一點動搖。所為就如他所說：「不念朝恩重，何為乃在斯？」〔註76〕
為感念明朝恩德，矢志堅守節操，忠貞不渝，不論生活如何艱苦。〈遣興〉（一）
也說：

> 東去日冥冥，雲山天際青；蕭條空雪鬢，憔悴似秋螢；減食扶衰老，
>
> 修書存典型；他年如訪舊，荒外有娉婷。（卷十一，頁 23）

「荒外娉婷」，不禁令人聯想到杜甫筆下經歷關中喪亂，零落依草木、幽居在
空谷的絕代佳人。猶如佳人是杜甫自己的化身，荒外娉婷就是徐孚遠自己，
是他品格上的自許。不過，相較下，徐孚遠的處境遠比杜甫悽慘許多。畢竟，
徐孚遠經歷的是亡國之痛。杜甫經歷的安史之亂，雖然從天寶十四年（755）
十一月至唐代宗廣德元年（763）正月，但終究還是平定了，唐朝國祚依然得
以續存。再者，這位流離棲居幽谷的佳人，雖然離開家鄉，但還是居住在大
唐的國土；而徐孚遠這位娉婷卻是國破家亡，流落到「地理未經神禹畫」的
臺灣。無法反清復明是徐孚遠到死都難以消除的憾恨，如說他無力決定改朝
換代的大局，那麼，氣節端賴個人意志，全然取決於他的一念之間。秉持節
操，不為貳臣、不事異族，是他終生所追求的價值，更是他身為士大夫的尊
嚴，對他來說，個人窮達豈能與德操乃至國仇家恨相提並論？執守著這樣的
初衷，來臺灣時雖然明室宗廟丘墟已無嗣君，自己又年邁體衰、形容枯槁，
但心志卻更加堅定，以潔身自好的窈窕娉婷自居，要自己在這塊淨土秉持風
骨，砥節礪行。如是看來，渡臺拓墾對徐孚遠個人最重要的意義，莫過於可
以全髮持節，至於營生只是枝末。

## （四）失意惆悵，孤寂落寞情懷

在復明無望的情況下無奈來到臺灣，徐孚遠在這裡的吟詠，相較於寓居
鷺島期間，多了分深濃的孤寂感，如〈遣興〉（七）曰：

> 暫息勞人足，鋤田蔭白雲；自嫌常小草，何處慕高勳？衰老夷門監，
>
> 恢奇滄海君；行歌誰與答？長嘯感遺文。（卷十一，頁 24）

全詩籠罩著惆悵、寂寞的氛圍。誠如前文所述，徐孚遠的妻子戴氏、兒子永
貞偕同他一起到墾荒，他並非一人隻身前來，然而他卻感嘆「行歌誰與答」，
可見他孤單寂寞不是由於孤身隻影無人相伴，而是沒有知交契友可以傾訴所
致。秉持反清復明的信念，在廈門十餘年的時間裡，徐孚遠與王忠孝、陳士

---

〔註76〕見〈遣興〉之八，《釣璜堂存稿》卷十一，頁 24。

京、盧若騰等志同道合的遺老們往來，有時相邀出遊，有時登門過訪，有時
會聚宴飲，又有時相互贈酬詩文。大家心懷救國之志，一同關心天下大勢，
以氣節互勉，也彼此訴說情志、相互扶持，多少解慰他流離思鄉之愁，及懷
抱屈抑之苦。相較下，在臺灣墾殖缺少這些多年的知心好友相伴，不能救亡
的沉痛與心中的失落無人可訴、也無人了解，內心自是煢獨淒清許多。自然
這種苦悶，對他來說，唯有遭逢所知才能消解，就如〈在東贈友〉之一所述：

> 絕域同誰老？今來遇所知；天未亡文獻，人猶識羽儀；笑談清賞共，
>
> 杯斝旅途宜；故交零落盡，徵往淚雙垂。（卷十一，頁24）

出乎意料與知交邂逅相逢，儘管交心暢談中有悲有喜，但至少有知音相伴，
傾訴衷情，暫且撫慰內心的孤寂。

　　除了濃烈的孤寂感外，在臺灣的吟詠，徐孚遠更流露出深怕就此湮沒不
被知聞的惆悵，較為人熟知的〈東寧詠〉可見。詩云：

> 自從飄泊臻茲島，歷數飛蓬十八年；函谷誰占藏史氣？漢家空歎子
>
> 卿賢；土民衣服真如古，荒嶼星河又一天；荷鋤戴笠安愚分，草木
>
> 餘生任所便。（卷十五，頁27）

內容訴說著他的漂泊情懷。從他乙酉（1645）去國離鄉到流轉臺灣，十八年
期間為對抗清廷而萍寄蓬轉，這種情感的抒發不在少數。然而，這裡卻多了
分「函谷誰占藏史氣」，有無人知道自己行跡的落寞。對徐孚遠來說，老子西
出函谷關時至少還有關尹喜觀瞻紫氣，知道老子將自東方前來，可是有誰料
想得到他流落到大荒東的臺灣？相較於之前流寓的福州、舟山、廈門等地，
臺灣的確鮮為當時中土士民所知。其實，不要說徐孚遠故鄉的親友不知曉，
就連他自己本身要不是後來羈泊閩海，恐怕也不清楚臺灣的存在，更別說到
這裡拓地開荒。因此守節臺灣的他才頻頻發出「夙昔襟期空自許，於今行跡
有誰知」〔註77〕，及「荒經雖可著，知得幾人傳」〔註78〕的感慨；甚而早在
渡海來臺前夕，已坦直道出「後賢或我知，荒外當須記」〔註79〕的期許，在
在流露出憂心自己泯沒臺灣而無聞於世。

　　孔子說：「君子疾沒世而名不稱焉。」〔註80〕《左傳》中叔孫豹也提到立

---

〔註77〕見〈陪飲賦懷〉，《釣璜堂存稿》卷十五，頁27。
〔註78〕見〈遣興〉之二，《釣璜堂存稿》卷十一，頁23。
〔註79〕見〈將遷作〉，《釣璜堂存稿》卷四，頁38。
〔註80〕見（魏）何晏注、（宋）邢昺疏：《論語注疏》卷十五〈衛靈公〉（重刊宋本論
　　　　語注疏附校勘記，台北：藝文印書館，1993年9月12刷），頁140。

德、立功、立言三不朽。﹝註81﹞誠如論者所言，「對身後不朽之名的追求，正是傳統儒家知識分子超越個體生命、追求永生不朽的一種獨特形式」，是他們「終極目的與原動力之所在。對他們來說，個人生命的意義，即在於爭取青史留名，流芳百世。也即借助『名』的獲得而成爲『不朽』。」﹝註82﹞從這個觀點來看，便不難理解徐孚遠何以會希冀留名，更不易輕言他崇尚虛名；因爲，他承襲了這種傳統，也秉持著這種觀念。

## 二、閔惜渡臺友人

在徐孚遠渡臺前，二位友人——常壽寧和曹從龍——已經先後來到臺灣。思及他們的遭遇和在臺灣的處境，閔公痛惜與無奈之情油然而生。

### （一）常壽寧

早在鄭成功克復臺灣之前，徐孚遠同鄉友人常壽寧已被流放至此。乙酉（1645）清軍南下，松江通判陳淳和華亭知縣張大事等迎降，閏六月常壽寧及吳淞總兵吳志葵等人率先起兵收復松江，並與徐孚遠等人投身捍衛松江之役。﹝註83﹞清宋徵輿《東村紀事》說他：「素無賴，以世職得諂事志葵，漫言城守事，志葵即許之，令以便宜從事。」﹝註84﹞依此，他似乎是位素行不良、寡廉鮮恥之人。若他果真只是無賴、僅知鑽營個人私益，大可像宋徵輿歸降清廷，何必白白斷送全家四十餘口生命，自己又顛沛流離？徐孚遠於〈雪公見枉語及苦節誓有成言感歎久之〉說：「款語生平事，亦知愁歎頻；既悲夷猾夏，兼畏鬼訶人；所以全高節，端然歷九春；還將雙白鬢，地下見慈親。」（卷三，頁 8）如所述，則常壽寧當遭詆毀、扭曲，事實上他抗節不屈，堅守國家民族大義不渝。松江守城事敗後，輾轉投入鄭成功帳下繼續力抗清廷。永曆

﹝註81﹞ 叔孫豹曰：「大上有立德，其次有立功，其次有立言，雖久不廢，此之謂不朽。」見（晉）杜預注、（唐）孔穎達正義：《春秋左傳正義》襄公二十四年（重刊宋本左傳注疏附校勘記，台北：藝文印書館，1993 年 9 月 12 刷），頁 609。

﹝註82﹞ 徐克謙：〈傳統儒家知識份子對「不朽之名」的追求〉，《東方文化》，1998 年第 5 期。

﹝註83﹞ 參（清）查繼佐：《魯春秋》（臺灣銀行經濟研究室編：臺灣文獻叢刊第 118 種，台北：臺灣大通書局，1987 年 10 月初版），頁 10、（明）張岱：《石匱後集》卷三十四（臺灣銀行經濟研究室編：臺灣文獻叢刊第 282 種，台北：臺灣大通書局，1987 年 10 月初版），頁 283。

﹝註84﹞ 見（清）宋徵輿：《東村紀事》（南投：臺灣省文獻委員會，1993 年 12 月），頁 12。

八年（1654）任職副中軍，鄭成功任命爲談判使節，前往福州與清廷會談和議之事，於相見禮爲維護明朝國格而與清使抗禮，受鄭成功稱許爲「能使」。〔註85〕隔年，先爲察言司後掌六察官印。也許是同鄉，又都致力於反清復明大業，徐孚遠入廈門後，兩人屢屢有所往來。有時常氏過訪闇公把盞共酌，「遣愁歌蟋蟀，款語見生平」，〔註86〕一起抒發憂國憂時之情，以及披心懇談彼此生平志事。有時則闇公過宿常氏寓所，「深杯紅燭前」「桑梓話當年」，〔註87〕或在「明鐙寒雨夜」中「樽前話更新」，〔註88〕遙念故鄉、緬想相繼零落的親故，更互相勸勉、砥礪節操。交誼無疑匪淺。

揭發鄭成功堂兄鄭泰中飽私囊不果，自己反遭檢舉受賄，本已落得誣陷、離間之嫌，再加上貪污，常壽寧最終遭鄭成功遣發臺灣。常氏揚帆東行之日，闇公前去送別。眼望著常氏所乘船隻逐著水波漸行漸遠，思及好友遭遇，自己卻無能爲力，不禁唏噓。〈送雪嵩安置臺灣〉云：

> 長日炎蒸碧浪淼，雲逐輕帆青嶂杳，滄溟以東更向東，結束乘槎何草草！一鶴孤鳴徹九皋，猰猰眾吠徒爲勞，面折無辭長孺戇，遠遊時詠屈平騷，相聞徐福有遺丘，不問澶洲與鬱洲，土人佃漁安卉服，客子衣冠對海鷗，與君同里老相憐，詗察如羅不敢前，莫怪今來閉其口，郊居八載作寒蟬。（卷七，頁3）

在徐孚遠筆下，常壽寧性格如同西漢汲黯一般，顯然與史籍載記貪鄙形象大相逕庭。汲黯字長孺，《史記》說他：「爲人性倨，少禮，面折，不能容人之過，合己者善待之，不合己者不能忍見，士亦以此不附焉。然好學，游俠，任氣節，內行脩絜，好直諫，數犯主之顏色。」〔註89〕對於這樣一位臣子，漢武帝曾論：「甚矣，汲黯之戇也！」連謀反的淮南王劉安也稱他「好直諫，守節死義」。無疑是位個性剛直、不畏權勢，果敢直諫、尙氣節之人。徐孚遠用來美稱常壽寧，自然意謂常氏秉性戇直。然而，如此耿介之人卻遭放逐，

〔註85〕（明）楊英：《從征實錄》（臺灣銀行經濟研究室編：臺灣文獻叢刊第32種，台北：眾文圖書公司，1979年），頁47～48。
〔註86〕見〈天妃誕日常雪嵩過寓賦情〉，《釣璜堂存稿》卷四，頁20。
〔註87〕見〈宿雪松齋〉，《釣璜堂存稿》卷十，頁8。
〔註88〕〈過宿雪嵩寓〉曰：「明鐙寒雨夜，白髮故鄉人；亂後身仍在，樽前話更新；親朋隨草露，屯寒見松筠；不識今何代，南冠對海濱。」見《釣璜堂存稿》卷九，頁24。
〔註89〕見（漢）司馬遷：《史記》卷一百二十（北京：中華書局，1989年9月二版湖北第11刷），頁3106。後文漢武帝、淮南王劉安之語各見同書頁3106、3109。

闇公自然滿是不捨；也因為自己礙於地位及「詗察如羅」的氛圍，無能為常氏辯誣深感歉意與無奈。言下之意，暗示常壽寧是因為太過正直不留情面而遭人構陷。可說替常氏抱冤意味十分濃厚。

常壽寧入臺後，思及常氏處境，闇公於〈懷常雪嵩〉又感喟道：

> 海外之海邊人希，家人散盡獨居夷；估客疊來懷抱惡，小樓坐去歲華馳；夙昔嗟君心膽壯，鷹驅鷙擊不相讓；太分清濁保身疏，惠恕譴死仲翔放。（卷七，頁12）

除了慨歎常氏為了反清復明而家破人亡，卻落得隻身悍獨被投荒到殊方絕域的臺灣外，又再次重申常氏因過於剛直而召禍。惠恕、仲翔二人都是三國時孫權臣僚。張溫字惠恕，少脩節操，才能卓絕，享有盛名，本受孫權重用，但孫權憂懼他會變節，於是假借他所引薦的暨豔犯事予以治罪不用，直至病亡身故。諸葛亮認為他為人就是「於清濁太明，善惡太分」，〔註90〕才導下場如此。至於虞翻字仲翔，個性亮直，屢屢犯顏諫爭，使孫權不悅，且因性不協俗，也多見謗毀。有次孫權與張昭談論神仙，虞翻直言駁斥世無神仙，而遭孫權流放交州。〔註91〕而常氏「鷹驅鷙擊不相讓」、「太分清濁保身疏」一如兩人。綜觀上述二詩，在闇公心中，常壽寧無疑猶如汲黯、張溫、虞翻般是非分明、正直敢言、不畏強權，並因如此而遭受陷害，導致被幽囚臺灣。

常壽寧舉發鄭泰暗藏鄭成功海外商船營利一事，若依《從征實錄》、《海上見聞錄》、《靖海志》所載，當是常氏誣陷了戶官鄭泰。是否因為兩人交好，所以徐孚遠有護短之嫌？乍看似乎如此。不過，有一事倒令人玩味。康熙十四年（1675）鄭經派人到日本，取回傳聞中鄭泰與其胞弟鳴駿寄放的銀兩。《閩海紀要》云：

> （鄭泰）有心計，善理財，十數年間白手營貲千餘萬；別寄日本四十餘萬，以備不虞。癸卯之變，泰自盡，世藩遣人日本取其所寄之銀曰：「先王軍貲悉屬戶官掌握，今泰已死，凡寄頓皆公帑」。鄭鳴駿時已歸清，亦遣人爭之曰：「歷年所寄者，吾兄弟血貲。」番通事

---

〔註90〕裴松之注引《會稽典錄》說：「（諸葛）亮初聞溫敗，未知其故，思之數日，曰：『吾已得之矣，其人於清濁太明，善惡太分。』」見（晉）陳壽：《三國志》卷五十七（北京：中華書局，1998年3月北京第14刷），頁1334。又張溫事蹟參〈張溫傳〉，見同書卷五十七，頁1329～1333。
〔註91〕參〈虞翻傳〉，見《三國志》卷五十七（北京：中華書局，1998年3月北京第14刷），頁1317～1327。

居奇曰：「兩家爭競，未知孰是？」皆不聽載回。及世藩入漳、泉，
遣龔淳往取（淳，原戶官委寄之人也）；通事利其所有，僅以二十六
萬回，餘皆混行開銷。〔註92〕

固然最終鄭經取得那些錢，但鄭泰藏銀日本一事，若鄭成功、鄭經事先都不
知情，則那些銀兩當是鄭泰私藏。果眞如此，不免使人生疑鄭泰那萬貫家貲，
是全憑個人營利掙取和積攢，或是利用職權假公濟私；則鄭泰任職戶官時的
操守不免可議。又徐孚遠頻頻將常氏比成汲黯、張溫、翻虞等不畏權勢、骨
骾之流的人物，則不免使人揣度，鄭泰私吞公款確有其事，只是當時常壽寧
缺乏鐵證，因此非但無法將鄭泰治罪，反而被鄭泰霹誣爲奸細，甚至莫名背
負受賂罪名，最終銜冤投荒臺灣、客死臺灣。倘若如此，不難理解徐孚遠對
常壽寧流放臺灣何以感到悲憤與無奈。更何況當時的臺灣，對多數遺老而言，
不惟是陌生異域更是蠻荒險地；思及老邁的常壽寧悍獨禁錮其中，徐孚遠心
緒自是憂懣與吁嗟。

### （二）曹從龍

永曆十五年（1661），繼常壽寧之後，徐孚遠另一契友，海外幾社六子之
一的曹從龍也橫濟滄海來到臺灣。迴異於常壽寧被罪流放，曹從龍則爲建功
立業，跟從鄭成功驅逐荷蘭人而來。

永曆十六年（1662）五月，鄭成功奄忽溘逝，鄭氏陣營爆發繼承權之爭。
先是同年四月，鄭成功獲知鄭經違反倫常私通乳母生子，盛怒之下諭令鄭泰
監殺鄭經及其母董氏。後因留守廈門部將抗命不從，不果。鄭成功病殂後，
成功弟鄭襲代理大將軍職，因爲此事而有意自立。於是在臺灣的將領如曹從
龍、黃昭、蕭拱宸等人擁立鄭襲，至於在廈門的鄭泰、洪旭、陳永華等人則
擁護鄭經。爲能確保嗣繼，是年十月鄭經率領軍隊自廈門橫海入臺，月晦登
岸紮營。隔月，黃昭率部眾攻打鄭經。豈知適逢濃霧漫鎖天地，兩軍交鋒之
時，黃昭反中流箭身亡。聞知黃昭身故，部眾大多反戈迎降，鄭經也因而順
利入主安平鎮。〔註93〕爲了拉攏人心，鄭經只有問罪鄭襲重要心腹，曹從龍

〔註92〕（清）夏琳：《閩海紀要》（臺灣銀行經濟研究室編，臺灣文獻叢刊第11種，
　　　　台北：臺灣大通書局，1987年10月初版），頁34。
〔註93〕事參（清）夏琳：《閩海紀要》卷上（臺灣銀行經濟研究室編，臺灣文獻叢刊
　　　　第11種，台北：臺灣大通書局，1987年10月初版），頁29〜32、（清）沈雲：
　　　　《臺灣鄭氏始末》卷五，（臺灣銀行經濟研究室編：臺灣文獻叢刊第15種，
　　　　台北：臺灣大通書局，1987年10月初版），頁55〜57、（清）彭孫貽：《靖海

即是其一。〔註94〕

這次鬩牆中，《臺灣外記》說曹從龍獻計鄭襲：「可假藩主（鄭成功）遺言，數世子（鄭經）罪狀，命弟繼統，方可以服眾。」〔註95〕《小腆紀年》則載其「矯爲成功遺命，數世子（鄭經）罪狀；奉襲爲東都主。」〔註96〕並在抵拒鄭經入臺時，負責主掌安平砲台。〔註97〕由是觀來，允文允武的曹從龍，既是謀臣又爲猛將，而爲鄭襲所重用。也正因爲如此，最終落得被鄭經處以極刑的下場。聞知曹從龍捲入鄭氏叔姪鬩牆，以致橫死臺灣，徐孚遠悲從中來，〈曹雲霖在東被難挽之〉曰：

> 惆悵行吟到夕曛，救君無力更嗟君！早年未肯趨苟令，晚歲方思比
> 叔文；江夏冒刑緣寡識，山陽懷舊惜離羣；醴筵數過眞何事，不若
> 田間曳布裙！（卷十五，頁26）

鄭成功攻伐臺灣，絕大多數依附鄭氏的南明遺臣多有異議，而曹從龍則是歸附遺臣中少數贊同的；甚至他更以身體力行，積極投入攻臺戰役。只是豈知曹從龍竟會戴著逆亂罪名伏誅，臺灣居然成了他的葬身處。徐孚遠自然難捨與痛心不已。除了悲傷之情，徐孚遠也流露著無力拯救好友的無奈與自責，更罕見的不禁嗟怨死者。嗟怨曹從龍晚節不終，老來居然熱中權勢，竟如唐朝王叔文結黨用事，輕率的參與鄭氏叔姪的權力鬥爭。又感嘆曹從龍如嵇康、呂安般懷有高才，卻輕忽世態人情——視父死子繼爲天經地義，兄終弟及爲特例——以致枉送性命。思及至此，徐孚遠不禁感嘆一時獲得權貴者敬重又如何？功名富貴又如何？倒不如褐衣布裙躬耕於壟畝之間。

在各自的因由下，常壽寧與曹從龍先後來到臺灣，沒想到竟相繼喪命在此。不論是幽囚至死，還是因亂受誅斷首，對徐孚遠來說，兩位友人都是遭

---

志》卷三（臺灣銀行經濟研究室編：臺灣文獻叢刊第35種，台北：眾文圖書公司，1979年），頁60～62、（清）鄭亦鄒：《鄭成功傳》卷下（臺灣銀行經濟研究室編：臺灣文獻叢刊第67種，台北：臺灣大通書局，1987年10月初版），頁22～23。

〔註94〕（清）彭孫貽：《靖海志》卷三（臺灣銀行經濟研究室編：臺灣文獻叢刊第35種，台北：眾文圖書公司，1979年），頁61～62。

〔註95〕（清）江日昇：《臺灣外記》（臺灣銀行經濟研究室編，臺灣文獻叢刊第60種，台北：臺灣大通書局，1987年10月初版），頁213。

〔註96〕（清）徐鼒：《小腆紀年》（臺灣銀行經濟研究室編，臺灣文獻叢刊第134種，台北：臺灣大通書局，1987年10月初版），頁967。

〔註97〕（清）江日昇：《臺灣外記》（臺灣銀行經濟研究室編，臺灣文獻叢刊第60種，台北：臺灣大通書局，1987年10月初版），頁218。

遇淒涼。他自然悲從中來，感慨萬千，也因而臺灣儼然成了徐孚遠的傷心地。

## 三、對臺灣之認知

在涉及臺灣的題詠中，徐孚遠主要抒發了社稷鼎移的悲憤、個人渡臺的相關情懷與對在臺友人境遇之詠。我們可以看到臺灣對徐孚遠個人的意義。一、就個人品德與政治情感來說，臺灣是避清棲身的淨土，可以在此砥礪風節。二、以個人私交來說，是個傷心地，爲契友常壽寧和曹從龍的喪身處。此外，隨著他的感觸，我們也可觀察出他對臺灣的認知。

### （一）「地理未經神禹畫」〔註98〕——臺灣自遠古不屬於中國

中國自古有大禹將天下分爲九州之說。《左傳》襄公四年日：「芒芒禹跡，畫爲九州。」〔註99〕《夏書·禹貢》道：「禹別九州，隨山濬川，任土作貢。」〔註100〕皆指夏禹即帝位之後，將當時中國領土劃分成兗州、青州、徐州、揚州、荊州、豫州、梁州、雍州九個行政區。據此，臺灣顯然不在九州之列。如此，「地理未經神禹畫」，意味徐孚遠認爲臺灣自古既不屬於中國，也非華夏民族。

這樣的認知並非徐孚遠一己之見，他的知交盧若騰也說：「澎湖之東有島，前代未通中國，今之謂東番，其地之要害處，名臺灣。」〔註101〕儘管政治立場相左，清廷官方認知也是如此。康熙三十四年（1695），福建承宣布政使司布政使楊廷耀題《臺灣府志》序云：「未有遐荒窮島如閩之臺灣者，臺孤懸海外，歷漢、唐、宋、元所未聞傳。自明季天啓間，方有倭奴、荷蘭屯處，商販頗聚；繼爲鄭成功遁踞，流亡漸集。」〔註102〕甚至清朝帝王如世宗雍正也認爲：「臺灣地方，自古未屬中國。」〔註103〕又如高宗乾隆也表示：「瀛壖

---

〔註98〕　〈擬東書懷〉，《釣璜堂存稿》卷十五，頁25。
〔註99〕　見（晉）杜預注、（唐）孔穎達疏：《左傳》卷二十九（重刊宋本左傳注疏附校勘記，台北：藝文印書館，1993年9月12刷），頁507。
〔註100〕見（漢）孔安國傳、（唐）孔穎達疏：《尚書正義》卷六（重刊宋本尚書注疏附校勘記，台北：藝文印書館，1993年9月12刷），頁77。
〔註101〕見〈東都行·序〉，盧若騰：《留庵詩文集》（金門：金門縣文獻委員會，1970年6月再版），頁12。
〔註102〕（清）楊廷耀〈序〉，（清）高拱乾等修：《臺灣府志》（臺灣銀行經濟研究室編：臺灣文獻叢刊第65，台北：臺灣大通書局，1984年10月初版），頁5。
〔註103〕見清高宗敕撰：《大清世宗憲皇帝實錄》（一）卷十（台北：華文書局，1964年），頁166。

外郡，閩嶠南區，厥名臺灣，古不入圖；神禹所略，章亥所無，本非扼要，棄之海隅，朱明之世，始聞中國。」〔註104〕可說上自帝王下至臣工，在在都認為臺灣自古不屬於中國，直到明代與中國才稍微交通。如此，便不難理解，何以《明史》稱離泉州甚邇的「東番」「雖居海中，酷畏海，不善操舟，老死不與鄰國往來」；〔註105〕並將它歸入外國看待。

### （二）「更聞東海風土惡，居人往往不生還」〔註106〕——渡臺前聽聞之臺灣

須說明的是，這是徐孚遠在入臺之前的認知。

以自然環境來說，臺灣不論是北回歸線（23.5°N）以北的副熱帶季風氣候，還是以南的熱帶季風氣候，全年平均氣溫都在二十度以上，氣候特徵都是高溫、多雨。明末清初，島上固然有原住民和新移入的漢人，以及極少數荷蘭人、西班牙人等居住，但是土地開發依然有限。在溼熱的氣候下，那些原野自然莽榛蔓草、蟲獸繁衍，而成為蛇虺的天堂，以致當時傳出百尋之長的巨蛇出沒啖食人的事件。盧若騰〈長蛇篇〉說：

> 聞道海東之蛇百尋長，阿誰曾向蛇身量。蛇身伏藏不可見，來時但覺勃窣腥風颶。人馬不能盈其吻，牛車安足礙其肮。鎧甲劍矛諸銅鐵，嚼之麋碎似兔鬖。遙傳此語疑虛誕，取證前事亦尋常。君不見巴蛇瘞（瘞）骨成邱岡，岳陽羿跡未銷亡。當時洞庭已有此異物，況於萬古閉塞之夷荒。夷荒久作長蛇窟，技非神羿孰能傷。天地不絕此種類，人來爭之犯不祥。往往活葬長蛇腹，何不翻然還故鄉。
> 〔註107〕

由此不難揣想先民開拓臺灣時所冒險難。對鄭成功部眾和移民來說，新來乍到的他們不僅要接受氣候考驗，也要接受環境挑戰，許多人因而適應不良染上疾疫，也有因此喪命的。消息傳回金、廈地區，不是「海東水土惡，征人

---

〔註104〕乾隆五十三年（1788）秋立〈御製平定臺灣告成熱河文廟碑文〉，見（清）周凱：《廈門志》卷一（臺灣銀行經濟研究室編：臺灣文獻叢刊第95種，南投：臺灣省文獻委員會，1993年9月），頁6。

〔註105〕見（清）張廷玉等撰：《明史》卷三百二十三〈外國四〉（北京：中華書局，1997年3月北京第6刷），頁8376。

〔註106〕〈今日〉，《釣璜堂存稿》卷七，頁26。

〔註107〕（明）盧若騰：《留庵詩文集》（金門：金門縣文獻委員會，1970年6月再版），頁33；後者見〈今日〉，《釣璜堂存稿》卷七，頁26。

疾疫十而九」，﹝註108﹞就是「東海風土惡，居人往往不生還」，口耳相傳下，臺灣環境險惡不宜人居，也就成了多數人的印象了。

這樣輕則染疾、重則斷命的水土，加上東渡臺灣又須干犯天候、海況風險橫越臺灣海峽，使得在鄭經不得已退守臺灣之前，金、廈地區的縉紳、將士和百姓大多曾將臺灣視為畏途。其中，當然包括徐孚遠。須再次強調的是，「東海風土惡，居人往往不生還」，那是徐孚遠尚未到臺灣前根據聽聞所得的認知，遷移到臺灣生活之後他似乎有所改觀；因而在前述〈遣興〉（七）和〈東寧詠〉等在臺灣所賦的題詠，不再出現臺灣不宜人居的言論。這種入臺前後，對臺灣認知判如天壤的情形，也發生在王忠孝身上。王忠孝康熙三年（1664）四月來到臺灣，居臺期間，他賦詠〈東寧風土沃美急需開濟詩勗同人〉一詩道：「巨手劈洪濛，光華暖海東。耕耘師后稷，絃誦尊姬公。風俗憑徐化，語音以漸通。年年喜豐稔，開濟藉文翁。」﹝註109﹞顯然，在臺灣這塊土地實際生活後，他眼中的臺灣風土沃美，不再是聽聞的風土薄惡了。徐孚遠想必也是如此。

### （三）「佃漁安卉服」、「衣服真如古」﹝註110﹞——對臺灣原住民之認識

對於初臨臺灣的中土華人來說，這塊土地不僅自然環境陌生，風俗人文更是迥異於他們昔日所熟悉的一切；「土民佃漁安卉服」、「衣服真如古」，原住民過著原始古樸、簡單的物質生活，即是徐孚遠對於當時原住民土風的認知。無可諱言，若以中原華夏文明為基準，當時臺灣原住民在文化、經濟活動上的開化程度顯然遠遜於華人；但是從徐孚遠的遣詞用字，不難發現，他只是客觀描述，並沒有輕蔑鄙夷之意。不過，關於他們如何卉服、衣著怎麼如古，他並沒有進一步說明。《明史》記載東番即臺灣土民「男女椎結，裸逐無所避。女或結草裙蔽體，遇長老則背身而立，俟過乃行。」﹝註111﹞又尹士

---

﹝註108﹞見（明）盧若騰：〈殉衣篇〉，《留庵詩文集》（金門：金門縣文獻委員會，1970年6月再版），頁31。

﹝註109﹞（明）王忠孝：《惠安王忠孝公全集》（南投：臺灣省文獻委員會，1993年12月），頁250。

﹝註110﹞前者見〈送雪崖安置臺灣〉，《釣璜堂存稿》卷七・三，後者見〈東寧詠〉，同書卷十五，頁27。

﹝註111﹞見（清）張廷玉等撰：《明史》卷三百二十三（北京：中華書局，1997年3月北京第6刷），頁8376。

俍《臺灣志略》記：「男女皆跣足裸體，上衣短衫及臍，名曰「呃吥」；以幅布圍蔽下體，名曰「踏畢」。番婦則用青布裹脛，曰「沙里樂」，頭上多帶草花。小番於十餘歲時即編藤篗圍腰間。」〔註112〕尹氏於雍正七年（1729）蒞臺，乾隆四年（1739）離臺，期間官臺灣海防同知，升臺灣知府、臺灣道，所述為他在臺灣期間見聞的「番情習俗」。可說自明代迄清乾隆朝，原住民傳風俗，都是習慣裸體赤足、以草花為衣飾，徐孚遠所見應相去無幾。

　　至於經濟活動，如徐孚遠所述，他們依然主要以漁獵維生而非農耕，儘管臺灣西部平原土地肥美。何以如此？因為他們即使從事耕種，收成也非常有限。《從征實錄》曰：

> 英隨藩主十四年許矣，扈從歷遍，未有如此處土地膏腴饒沃也。惜乎土民耕種，未得其法，無有人教之耳。英去年四月間，隨駕蚊港，路京（經）四社，頗知土民風俗。至八月，奉旨南社，適登秋收之期，目睹禾稻遍畝，土民逐穗採拔，不識鉤鐮割穫之便。一甲之稻，云採數十日方完。訪其開墾，不知犁耙鋤□之快，只用手□□鑿，一甲之園，必一月□□□□□□□。至近水濕田，置之無用。如此，雖有廣土眾民，竟亦人事不齊，地力□□，□□□□□盈倉輦來京都上貢乎？以英愚昧，謂宜於歸順每社發農□一名，鐵犁耙鋤各一副，熟牛一頭，使教□牛犁耙之法，□種五穀割穫之方，聚教群習。
> 〔註113〕

文字雖然缺略，但仍可從楊英所述得知，當時原住民缺乏土地利用的知識，生產技術和生產工具也都落後。他們不知道水田可以種植，農作時全然單憑人力，不知利用牲畜、也不知使用鋤頭、鐮刀、鐵犁等農具。在這樣的情況下，人力和時間耗費了，卻沒有相對的投資報酬率。這也是為什麼楊英建議鄭成功，要教導歸順的原住民稼穡技巧，並發送農具、牛隻。因為唯有如此，才能地盡其利，提高農作物的產量。

　　從楊英這段話，我們也可以想像鄭成功領有臺灣，中原文化傳入後對原住民，乃至臺灣這塊土地的改變。王忠孝曾說：「賜姓撫茲土，華人遂接踵而

〔註112〕　（清）尹士俍著、李祖基點校：《臺灣志略‧番情習俗》（香港：香港人民出版社，2005 年 6 月一版一刷），頁 143。
〔註113〕　（明）楊英：《從征實錄》（臺灣銀行經濟研究室編：臺灣文獻叢刊第 32 種，台北：眾文圖書公司，1979 年），頁 193～194。

來，安平東寧，所見所聞，無非華者。人為中國之人，土則為中國之土，風氣且因之而變矣。」〔註 114〕王忠孝康熙五年（1666）在臺灣去世，生前他已觀察到這種情形，足見自順治十八年（1661）鄭成功入臺，短短幾年間臺灣風土已開始轉變。徐孚遠所知見的臺灣是在鄭經退守之前，而且又僅僅是短期停留，若他能隨鄭經、明朝宗室們、遺臣們來臺生活，想必應有更多體會與呈現。

## 小結

　　徐孚遠來臺與否，文獻所載或則不詳，或則所說相互牴觸，而直接訴諸《釣璜堂存稿》，可從集中留下他攜家帶眷遷移臺灣辛勤耕墾的印記，雖然僅是短暫居留數月，但曾經濡跡臺灣是無庸置疑的。至於他所作關係臺灣詩歌，抒發對鄭成功退居臺灣的不滿，有復國無望、自己又無力回天的悲憤與無奈，有羈旅漂泊去國懷鄉、思念親故之情，也有攄忠報國的自我期許，以及哀嘆在臺友人的不幸，瀰漫著悲愁情思。並且，在這些詩篇也流露出他對臺灣與中國關係，以及對臺灣自然環境和原住民習尚的認識。由此繼而審視相關臺灣詩集所選闇公詩作，並以〈送張宮師北伐〉、〈挽張宮傅〉三首和〈桃花〉為例，考證它們無關臺灣，可知這些詩集所選存有商議空間。

---

〔註 114〕王忠孝：〈東寧上帝序〉，《惠安王忠孝公全集》（南投：臺灣省文獻委員會，1993 年 12 月），頁 22。

# 結　論

　　明清易代，滿族入侵、漢族喪失政權，如此天崩地裂的巨變，明季士人生活、心理無不受到莫大影響。個人價值觀和對國族認同的差異，使他們在移鼎時作出不同的決定，形成不同的人生。

　　徐孚遠爲幾社祭酒、復社牛耳，享譽明末文壇，地位舉足輕重。面對國變，他挺身而出，實踐匡時濟世懷抱，投入險阻艱難的興滅繼絕之路。這樣的選擇，非獨影響到他的現實生活，也影響了他的創作。

　　崇禎八、九年（1635～1636）間，陳子龍、李雯和宋徵輿三人頻頻會聚吟詠，唱和勤苦，闇公曾戲謔陳子龍說：「詩何必多作，我輩詩要須令一二首傳耳！」〔註1〕他認爲「刻劃傷天眞」，〔註2〕詩貴乎眞情，反對爲文造情，是以強調詩人的成就不在以多取勝。遭遇國家劇變後，闇公傷時感事多書胸襟，又因依附鄭成功不得志，他「惟餘吟詠興，感物便題詩」，〔註3〕「村墟埋姓氏，詩句即功勳」，〔註4〕每每賦詩抒懷聊以自遣，而有鴻篇巨帙《釣璜堂存稿》，和浮海安南之作《交行摘稿》。二集詩篇高達二千八百多首，自己居然成爲「多作」之人，想必他在國變流離前意想不到的。不過，也因這兩部詩

---

〔註1〕　宋徵璧：〈平露堂集序〉：「猶憶乙、丙之間，陳子偕李子舒章、家季轅文，唱和勤苦，徐子闇公戲之曰：『詩何必多作，我輩詩要須令一二首傳耳！』一時聞者，以爲佳談。」見陳子龍著、施蟄存標校：《陳子龍詩集》附錄三（上海：上海古籍出版社，1983 年 7 月一版一刷），頁 765。
〔註2〕　〈偶然作〉之二，《釣璜堂存稿》卷三，頁 28。
〔註3〕　〈夏眠〉，《釣璜堂存稿》卷九，頁 21。
〔註4〕　〈老歎〉，《釣璜堂存稿》卷十一，頁 1。

集，讓後人得以窺探他在遭遇亡國、改朝換代下的生命情懷。經過一番探究，本文成果呈現在對徐孚遠交遊的考索、臺灣文學、中國文學和史學四方面。須說明的是，雖然研究闇公交遊的意義反映在後面三者，爲了清楚呈現、敘述方便，將個別列出說明。

## 一、徐孚遠交遊的考索

　　《釣璜堂存稿》和《交行摘稿》中，闇公述及師友親朋達三百多人。在二、三章探求其中三十七人事蹟，以及他們與闇公往來經過；附錄中則就個人知見，考索出其他一百零五人事略，總計考查出一百四十多名闇公往來者事蹟。雖然這並非全部，令人感到遺憾，但所得結果已經兼具文學研究和史料價值。

　　就文學上來說，探知這些人物，有助文本解讀。一來有助了解闇公情志，還可藉由他們行跡、與闇公往來情形，約略推知闇公述及他們詩篇的綴文時間，避免張冠李戴。如〈挽張宮傅〉三首、〈送張宮師北伐〉，《臺灣詩鈔》、《全臺詩》認爲題目的張宮傅、張宮師都是張煌言；但藉由考索，知此人當爲闇公鄉賢先輩張肯堂，並非張煌言，也可知這些詩篇並非闇公寄跡臺灣所作。二來也有助對同時文士詩文的了解。如：考索齊維藩生平，得知齊維藩即齊价人，齊氏順治十四年（1657）八月以後寓居廈門；則可知沈光文〈齊价人旋禾未及言別，茲承柬寄，欣和〉成詩時間在此之後。又清光緒年間王慈考究張煌言《冰槎集・九日陪安昌王、黃蕭虜虎癡、張定希侯服、張太傅鯢淵、朱太常聞玄、徐給諫闇公及沈公子昆季登鎖山和韻》題中人物時，說沈公子昆季「疑是慈谿沈公彤庵子也」。但由《釣璜堂存稿》可知，當爲沈猶龍子沈浩然（東生）與沈巖生兄弟。此外，在文獻搜尋中，意外發現的十一首陳士京佚詩，雖然僅見一斑，但可稍補陳士京詩歌研究的空白。

　　就史料來說，考究這些人物，既可裨補史闕，也可正誤釋疑，極具史料意義。裨補史闕方面，如事略闕如的邢欽之，由闇公吟詠進而檢索《從征實錄》、《嘉慶惠安縣志》、《解州安邑縣志》知爲邢虞建，歸順鄭成功之後避地廈門。又齊維藩，清金鼎壽纂修《桐城續修縣志》載其隨鄭成功入廈門以前事蹟，而清周凱纂輯《廈門志》和林焜熿纂輯《金門志》不知齊价人即齊維藩，只載記其居鷺、浯二島事略。經由闇公有關齊价人題詠，考知齊維藩即齊价人，進而得以整合齊維藩生平事蹟。正誤釋疑方面，如錢澄之妻方氏，《明

史》載：「吳中亦亂，方知不免，乃密紉上下服，抱女赴水死。」《清史稿》
云：「阮大鋮既柄用，刊章捕治黨人，澄之先避吳中，妻方赴水死，事具《明
史》。」〔註5〕皆語焉不詳的指出方氏因吳中亂事而亡。然經考索錢澄之、徐
孚遠兩人往來、詩文，可知方氏於乙酉（1645）八月跟隨錢澄之偕同闇公南
下入閩，十七日在震澤慘遭清軍襲擊，不願被擒，因此攜子抱女投水而亡。
又如王忠孝卒年，高拱乾《臺灣府志》、周元文《重修臺灣府志》等載記爲康
熙六年（1667），但夏琳《海紀輯要》則作康熙九年（1670），本文依據王忠
孝姻友洪旭撰寫的〈王忠孝傳〉，和參考《王氏譜系》，得出王忠孝當亡於康
熙五年（1666）。

## 二、臺灣文學

　　在流離前，臺灣對闇公來說，是無所知、陌生的異域，但流離生涯，他
卻橫渡了臺灣海峽、踏上臺灣的土地。文中求諸《釣璜堂存稿》，從集中蛛絲
馬跡推斷，闇公曾在永曆十六年（1662）十月攜帶妻兒渡臺耕墾，但短暫居
留數月便離開。繼而審視相關臺灣詩選所輯闇公在臺詩作，並以〈送張宮師
北伐〉、〈挽張宮傳〉三首和〈桃花〉爲例，考證它們無關臺灣，說明這些詩
集所選具有商議空間，讀者須小心明辨。

　　至於闇公所詠相關臺灣詩歌，抒發擄忠報國的自我期許，和對鄭成功退
居臺灣的不滿，也表達了復國無望、無力回天的悲憤與無奈；還有羈旅漂泊
去國懷鄉、思念親故之情，以及哀嘆在臺友人遭遇的不幸。另外，也表現了
他對臺灣風土人情的認知。

　　明鄭時期，沈光文、曹從龍、王忠孝、沈佺期等明遺老相繼來臺，從臺
灣文學的角度，現存詩歌數量作最多、藝術成就最高的顯然就屬徐孚遠。

## 三、中國文學

　　本論文的研究意義，在中國文學上呈現在海洋詩、遺民文學和明季文學
三方面。

---

〔註5〕　前見（清）張廷玉等撰：《明史》卷三百三（北京：中華書局，1997年3月北
　　　　京第6刷），頁7761；後見趙爾巽等撰：《清史稿》卷五百（北京：中華書局，
　　　　1996年5月北京第5刷），頁13834。

## （一）海洋詩歌研究

徐孚遠以其自身的海洋經驗書寫海洋，題材多樣，內容廣泛，包含自然海洋，海洋社會、經濟、軍事、文化等方面。另外，徐孚遠詩中的海洋意象增添感時憂國、救亡圖存的精神，兼具了個人色彩和時代意義。在他悲喜、希望與恐懼等變化下，他筆下的海承載了豐富的意象，既是抵禦清軍的屏障、是復國的希望，卻也是難以力抗的象徵；既意味著離別卻也是連繫的橋樑……。就詩歌數量、題材、藝術呈現來說，為明清之際文人如陳子龍、李雯、張煌言、盧若騰、王忠孝等人所不及，是以若要探究明清之際海洋詩歌，難以將他忽略不論。

## （二）遺民文學

明清鼎革，朝代更迭，社會動盪，滿族入侵，徐孚遠關注國家命運和民族存亡，進而肩負起繼絕興亡的重責大任。世事滄桑，國家淪喪，兵馬倥傯，生民塗炭，和民族文化瀕臨質變的威脅，帶給他無比震撼，無奈、焦慮、怨憤、憂傷悲痛……種種情懷，深深熔鑄在他的創作之中。詩中傷時感事，憂懼國家滅亡，傷悲宗廟傾覆，關懷民生疾苦，有愁苦哀思的黍離麥秀之感、也有憂國憂民的悲憤、更有慷慨激昂的復國意志。另外，也流露出以漢民族為本位，秉持民族大義、嚴辨夷夏之防的思想，並以堅持全髮、身著有明衣冠，不歸順滿清、睥睨安南為具體實踐。總括來說，闇公流離後所詠，極具南明遺民詩「發抒亡國之痛、描述民間疾苦、譴責滿清暴行、倡導民族思想、嚴辨夷夏之防、敘事裨補史缺」的時代特色。〔註6〕

## （三）明季文學

徐孚遠詩作，大多成於國變之後，由於政治因素，《釣璜堂存稿》有清一朝不敢刊行，以致鮮少人知見，造成如朱彝尊般「矢詩不多」的誤解，僅僅評定闇公在幾社寥寥所詠，輕忽他的詩歌成就。影響至今，論明季、幾社詩人大多只知首推陳子龍，不知有徐孚遠。姑且不論徐孚遠為當時幾社真正主持者，其實，無論由人品論詩品，抑或就詩論詩，闇公未必難望陳子龍項背。

就人品來論，「疾風知勁草，板蕩識誠臣」，政治世變對士大夫人格無疑是最好的檢驗。除去早在甲申（1644）國變前已經辭世的杜麟徵、周立勳，在幾社首倡中，闇公忠義之心同於陳子龍、夏允彝二人，忠義之舉則更勝陳、

---

〔註6〕 許淑敏：《南明遺民詩集敘錄》，1988年成功大學歷史語言所碩士論文。

夏，爲實踐「百折不回，死而後已」〔註7〕的壯志，抗清復明的抉擇，也使他較二子更爲艱苦萬分。輕生尚義、高風勁節，闇公正氣浩大足以貫穿日月，堪爲典型，發而爲詩，饒富忠節思想和憂國憂民之情。姜仲翀稱：「闇公詩文初亦爲雲間體，其海外所著從腹笥傾倒，委輸不竭，然憔悴瀕危，發抒忠義，藉以言志，非取摛詞，視其初固變一格，而要可與騷雅並珍也。」〔註8〕連雅堂則說：「闇公之詩，大都眷懷君國，獨抱忠貞，雖在流離顚沛之時，仍寓溫柔敦厚之意；人格之高、詩品之正，足立典型，故非藻繪之士所能媲也。」〔註9〕二人所言中肯，不言而喻。

　　純然以詩來論，今日二人知見詩作，陳子龍約一千八百首；〔註10〕而總計《釣璜堂存稿》、《交行摘稿》、《幾社六子詩》、《幾社壬申合稿》以及筆者蒐羅佚詩，徐孚遠約三千首。孰多孰寡顯而易見。再者，闇公遭遇世變發而爲詩，情感眞切自然、饒富意境，味而有味。劉啓瑞評《釣璜堂存稿》道：「其詩磅礴浩汗、汪洋肆恣，不以格律爲工，而以意境爲長。……俱忠義凜然，浩氣長存於天地之間，不僅以字句丰韻擅者，又未可以格律衡之矣！」〔註11〕宋姜夔說：「句中有餘味，篇中有餘意，爲善之善者」。〔註12〕明朱承爵說：「作詩之妙，全在意境融徹，出音聲之外，乃得眞味。」〔註13〕綜合三人所說，足見闇公詩粲然可觀。

　　管見以爲，清人論明季詩人首推陳子龍，有其背景因素。一來陳子龍生前每每刊刻他的著作，合集不論，乙酉（1645）告歸前別集就有《岳起堂稿》、《采山堂稿》、《屬玉堂集》、《平露堂集》、《白雲草》、《湘眞閣稿》、《安雅堂

〔註7〕　（清）李延昰口授、蔣烈編：《南吳舊話錄》卷二（台北：廣文書局，1971年8月初版），頁144。

〔註8〕　（清）姜仲翀錄：《國朝松江詩鈔》（臺灣大學圖書館藏清嘉慶十三年敬和堂刊本）卷六十一，頁4。

〔註9〕　連橫：《臺灣詩乘》（臺灣銀行經濟研究室編，臺灣文獻叢刊第64種，台北：臺灣大通書局，1987年），頁12。

〔註10〕　筆者依據施蟄存標校《陳子龍詩集》（上海：上海古籍出版社，1983年7月一版一刷）所錄統計，約一千八百首。

〔註11〕　中國科學院圖書館整理：《續修四庫全書總目提要（稿本）》第27冊（濟南：齊魯書社，1996年12月一版一刷），頁414。

〔註12〕　（宋）姜夔：《白石詩說》，見何文煥輯《歷代詩話》上（北京：中華書局，1992年5月三刷），頁681。

〔註13〕　（明）朱承爵：《存餘堂詩話》，見何文煥輯《歷代詩話》下（北京：中華書局，1992年5月三刷），頁792。

文稿》，告歸後則有《奏議》。身故後，他的弟子王澐也爲他輯詩《焚餘草》。
〔註 14〕這些都曾流布世間，爲徐孚遠所不及。二來，即使曾因文網之故，陳
子龍詩文曾經缺散，但清乾隆四十一年（1776）追諡陳子龍「忠裕」，使得清
人較無顧忌進行蒐訪編纂。這又是徐孚遠所沒有的際遇。是以今日談論幾社、
乃至明末清初文學，應當擺脫「孚遠與夏允彝、陳子龍結幾社，忠義與之同，
而文采則不逮」〔註15〕的偏頗印象，當給予徐孚遠客觀評價，重新論定。

## 四、史學

在南明人物事蹟上，既可裨補史闕，也可正誤釋疑，除了前述考究闇公
交遊人物所得外，文中也正誤釋疑相關闇公事蹟。一是長子徐世威之死。文
中以闇公和好友錢澄之詩文，說明世威亡於乙酉（1645）八月十七日震澤之
難，駁正《松江府志》吳易舉兵太湖，「乙酉八月二十五日，大雨，爲吳聖兆
所敗，一軍盡覆，世威死之」之說。〔註 16〕二爲浮海安南時間。闇公前往交
南時間，文獻記載分歧不一，筆者以闇公僚友王忠孝永曆十二年（1658）二
月、永曆十三年（1659）二月，和永曆十四年（1660）二月十日等三篇上桂
王奏疏，辨證闇公自廈門啓程安南時間當爲永曆十二年（1658）二月。三爲
客死之處。徐孚遠命喪廣東饒平，但全祖望〈徐都御史傳〉卻說他身故於臺
灣，以致後人各執一詞。文中採取在闇公三七弔喪，並爲公手書明旌的好友
鄭郊之說，再以闇公同鄉知交沈浩然、幾社弟子王澐和李延是三人詩文加強
佐證，闇公逝世於饒平無可置疑。

另外，闇公憂世憂時感嘆，往往情感眞摯、直書胸臆反映現實，詩中所
書或可旁證、裨補南明史事。如反映朝綱紊亂、小人專擅的〈端州〉（卷十四，
頁 10），羣臣爭權誤國的〈昌國諸公蒙難短述敘哀〉（卷十六，頁 14），以及
將帥驕奢救國不力的〈楚師〉（卷八，頁 29）、〈重贈南使〉（卷十三，頁 37）
等，印證和補充南明朝覆滅的內部因素。又〈義陽舟覆〉二首（卷十一，頁 9），
和〈北伐命偏裨皆攜室行因歌之〉二首（卷二十，頁 15），反映鄭成功舟師北
征之事，亦可爲史證。前者反映永曆十二年（1658），義陽王朱朝埤隨鄭成功

---

〔註 14〕 施蟄存：〈前言〉，見陳子龍著、施蟄存標校：《陳子龍詩集》（上海：上海古
　　　　 籍出版社，1983 年 7 月一版一刷），頁 7。
〔註 15〕 鄧之誠：《清詩紀事初編》上冊卷一（台北：鼎文書局，1971 年初版），頁 114。
〔註 16〕 見（清）宋如林修：《松江府志》二（影印嘉慶二十二年明倫堂刻本，南京：
　　　　 江蘇古籍出版社，1991 年 6 月 1 版 1 刷），頁 306。

北征南京，在羊山遭遇狂風駭浪，船艦翻覆溺斃，出師未捷身先死一事。後
者則反映永曆十三年（1659），鄭成功會同張煌言率師北伐，下令部將帶妻室
隨征一事。再如〈朱元序使日本贈別〉（卷八，頁 13）、〈送朱館卿乞師〉（卷
十二，頁 17）、〈陪諸公奉餞安昌往日本〉（卷十二，頁 18）、〈奉送府僚從至
日本〉（卷十二，頁 18）、〈將乞師聞須甲榜奉使乃發兵不勝感激〉（卷十八，
頁 11）和〈送張虎尼往日本〉（卷十六，頁 8）等，證明魯監國乞師日本之事，
可供拾遺補闕。

　　本編對徐孚遠的研究僅是起步，不足之處尚待未來進行更深入的探索。

# 參考文獻

（以姓氏筆劃多寡爲序）

## 專著

1. Mike Crang 著、王志弘等譯：《文化地理學》，台北：巨流圖書股份有限公司，2008 年 9 月初版五刷。

2. Yi-Fu Tuan 著、潘桂成譯：《經驗透視中的空間和地方》，台北：國立編譯館，1998 年 3 月初版。

3. 丁福保輯：《歷代詩話續編》，台北：木鐸出版社，1988 年 7 月。

4. 三餘氏：《南明野史》，臺灣銀行經濟研究室編，臺灣文獻叢刊第 85 種，台北：臺灣大通書局，1987 年 10 月初版。

5. 上海師範大學古籍整理組校點本：《國語》，台北：里仁書局，1981 年 12 月。

6. 于慎行：《穀城山館詩集》，影印文淵閣四庫全書第 1291 冊，台北：臺灣商務印書館，1983 年。

7. 中央研究院歷史語言研究所編：《明清史料・甲編》，北京：北京出版社，2008 年 2 月一版一刷。

8. 中國科學院圖書館整理：《續修四庫全書總目提要（稿本）》，濟南：齊魯書社，1996 年 12 月一版一刷。

9. 中華書局編輯部點校、王海燕等編輯：《全唐詩》，北京：中華書局，1999 年 1 月一版。

10. 尹士俍著、李祖基點校：《臺灣志略》，香港：香港人民出版社，2005 年 6 月一版一刷。

11. 孔安國傳、孔穎達疏：《尚書》，重刊宋本尚書正義附校勘記，台北：藝文印書館，1993 年 9 月 12 刷。

12. 方以智：《方子流寓草》，北京大學藏明末刻本，四庫禁燬書叢刊集部第

50 冊，北京：北京出版社，2000 年一月一版。

13. 方以智：《桐城方氏七代遺書》，東京：東洋文庫藏。

14. 方以智：《浮山文集前編》，四庫禁燬書叢刊集部第 113 冊，影印湖北省圖書館藏清康熙此藏軒刻本，北京：北京出版社，2000 年 1 月一版一刷。

15. 方苞著、劉季高校點：《方苞集》，上海：上海古籍出版社，1983 年 5 月一版。

16. 毛亨傳、孔穎達疏：《詩經》，重刊宋本毛詩注疏附校勘記，台北：藝文印書館，1993 年 9 月 12 刷。

17. 王士禎：《漁洋山人感舊集》，台北：明文書局，1985 年 5 月初版。

18. 王元林：《國家祭祀與海上絲路遺蹟──廣州南海神廟研究》，北京：中華書局，2006 年 8 月一版一刷。

19. 王夫之：《黃書》，台北：世界書局，1959 年。

20. 王夫之：《讀通鑑論》，台北：里仁書局，1995 年 2 月出版。

21. 王夫之著、周駿富輯：《永曆實錄》，明代傳記叢刊第 108 種，台北：明文書局，1991 年。

22. 王立：《心靈的圖景──文學意象的主題史研究》，上海：學林出版社，1999 年 2 月一版一刷。

23. 王有慶等修：《泰州志》，影印清道光七年刊本，南京：江蘇古籍出版社，1991 年 6 月一版。

24. 王其淦等修：《光緒武進陽湖縣志》，影印清光緒五年刻本，南京：江蘇古籍出版社，1991 年 6 月一版。

25. 王岳川：《現象學與解釋學文論》，濟南：山東教育出版社，1999 年 4 月。

26. 王忠孝：《惠安王忠孝公全集》，南投：臺灣省文獻委員會，1993 年 12 月。

27. 王弼、韓康伯注：《周易》，重刊宋本周易正義附校勘記，台北：藝文印書館，1993 年 9 月 12 刷。

28. 王椿修、葉和侃纂：《儸遊縣志》，清乾隆三十六年修，影印同治十二年重刊本，台北：成文出版社，1975 年 6 月臺一版。

29. 王德威編選：《臺灣：從文學看歷史》，台北：麥田出版，2006 年 11 月初版三刷。

30. 王畿：《王龍溪全集》，台北：華文書局，1970 年 5 月初版。

31. 王澐：《王義士輞川詩鈔》，據藝海珠塵本排印，北京：中華書局，1985 年北京新一版。

32. 北港朝天宮董事會編：《媽祖信仰國際學術研討會論文集》，雲林：財團法人北港朝天宮董事會，1997 年 9 月。

33. 司馬遷：《史記》，北京：中華書局，1989 年 9 月第 11 刷。

34. 伏勝撰、鄭玄注：《尚書大傳》，據古經解彙函本排印，北京：中華書局，1985 年北京新一版。

35. 任道斌編著：《方以智年譜》，合肥：安徽教育出版社，1983 年 6 月一版一刷。

36. 全祖望：《續耆舊》，續修四庫全書集部第 1682 冊，影印北京圖書館藏清槎湖草堂抄本，上海：上海古籍出版社，1995 年一版。

37. 全祖望著、周駿富輯：《鮚埼亭集碑傳》，台北：明文書局，1991 年。

38. 全祖望著：《鮚埼亭集外編》，續修四庫全書第 1429 冊，影印上海圖書館藏清嘉慶十六年刻本，上海：上海古籍出版社，1995 年一版。

39. 全臺詩編輯小組編：《全臺詩》，台南：國家文學館，2004 年 2 月一版一刷。

40. 朱之瑜：《舜水先生文集》，續修四庫全書集部第 1384～1385 冊，影印上海圖書館藏日本正德二年（1712）刻本，上海：上海古籍出版社，2002 年。

41. 朱溶著、高洪鈞編：《忠義錄》，收於《明清遺書五種》，北京：北京圖書館出版社，2006 年 11 月一版一刷。

42. 朱隗輯評：《明詩平論二集》，四庫禁燬書叢刊集部第 169 冊，中國社會科學院文學研究所圖書館藏清初刻本，北京：北京出版社，2000 年 1 月一版一刷。

43. 朱彝尊著、黃君坦校點：《靜志居詩話》，北京：人民文學出版社，2006 年 1 月 1 刷。

44. 江日昇：《臺灣外記》，臺灣銀行經濟研究室編，臺灣文獻叢刊第 60 種，台北：臺灣大通書局，1987 年 10 月初版。

45. 江宜樺：《自由主義、民族主義與國家認同》，台北：智揚出版社，1998 年 5 月初版。

46. 江峰青等修：《嘉善縣志》，影印清光緒十八年刊本，台北：成文出版社 1970 年 11 月台一版。

47. 何文煥輯：《歷代詩話》，北京：中華書局，1992 年 5 月三刷。

48. 何宗美：《明末清初文人結社研究》，天津：南開大學出版社，2004 年 1 月二刷。

49. 何冠彪：《生與死：明季士大夫的抉擇》，台北：聯經出版事業公司，1997 年 10 月初版。

50. 佚名：《天妃顯聖錄》，影印臺灣銀行經濟研究室編，臺灣文獻叢刊第 77 種，南投：臺灣省文獻委員會，1996 年 9 月。

51. 佚名：《思文大紀》，臺灣銀行經濟研究室編，臺灣文獻叢刊第 111 種，台北：臺灣大通書局，1987 年 10 月初版。

52. 吳山嘉錄：《復社姓氏傳略》，影印清道光十一年南陔堂藏版，台北：明文書局，1991 年。

53. 吳偉業：《吳梅村全集》，上海：上海古籍出版社，1999 年 12 月第一版 2 刷。

54. 吳偉業：《鹿樵紀聞》，臺灣銀行經濟研究室編：臺灣文獻叢刊第 127 種，台北：臺灣大通書局，1987 年 10 月初版。

55. 吳偉業：《綏寇紀略》，據學津討原本排印，北京：中華書局，1985 年新一版。

56. 吳幅員編：《臺灣詩鈔》，影印臺灣文獻叢刊第 280 種，南投：臺灣省文獻委員會，1997 年 6 月。

57. 吳裕仁纂修：《嘉慶惠安縣志》，中國方志集成據民國二十五年林鴻輝鉛印本影印，南京：江蘇古籍出版社，1991 年 6 月一版。

58. 吳曉：《詩歌與人生：意象符號與情感空間》，台北：書林出版有限公司，1995 年 3 月。

59. 呂留良：《呂晚邨先生論文彙鈔》，四庫禁燬書叢刊第 36 冊，北京圖書館藏清康熙五十三年呂氏家塾刻本，北京：北京出版社，2000 年 1 月一版。

60. 宋如林修：《松江府志》，影印清嘉慶二十二年刊本，南京：江蘇古籍出版社，1991 年 6 月。

61. 宋存標：《秋士偶編》，中國科學院圖書館藏明末刻本，四庫禁燬書叢刊集部第 11 冊，北京：北京出版社，2000 年 1 月一版。

62. 宋琬：《安雅堂文集》，四庫全書存目叢書補編第 2 冊，影印首都圖書館藏清康熙刻本，濟南：齊魯書社，2001 年 9 月 1 版。

63. 宋源瀚等修：《湖州府志》，影印清同治十三年刊本，台北：成文出版社 1970 年 11 月台一版。

64. 宋徵輿：《東村紀事》，南投：臺灣省文獻委員會，1993 年 12 月。

65. 宋徵輿：《林屋詩稿》，上海圖書館藏清康熙鈔本，四庫全書存目叢書集部第 215 冊，台南：莊嚴文化有限公司，1997 年 6 月初 1 版。

66. 宋徵璧：《左氏兵法測要》，四庫全書存目叢書子部第 34 冊，影印明末劍閒齋刻本，台南：莊嚴文化有限公司，1995 年 9 月初版一刷。

67. 李天根：《爝火錄》，臺灣銀行經濟研究室編，臺灣文獻叢刊第 177 種，台北：臺灣大通書局，1987 年 10 月初版。

68. 李百藥：《北齊書》，北京：中華書局，1997 年 3 月北京第 7 刷。

69. 李延昰口授、蔣烈編：《南吳舊話錄》，台北：廣文書局，1971 年 8 月初版。

70. 李放纂輯:《皇清書史》,台北:明文書局,1985 年初版。

71. 李雯:《蓼齋集》,四庫禁燬書叢刊集部第 111 冊,清順治十四年石維昆刻本,北京:北京出版社,2000 年 1 月一版。

72. 李瑄:《明遺民群體心態與文學思想研究》,成都:巴蜀書社,2009 年 1 月一版一刷。

73. 李瑤恭:《南疆繹史》,臺灣銀行經濟研究室編,臺灣文獻叢刊第 132 種,台北:臺灣大通書局,1987 年 10 月初版。

74. 李學勤:《新出青銅器研究》,北京:文物出版社,1990 年第一刷。

75. 杜登春:《社事始末》,藝文印書館百部叢書集成,據藝海珠塵本影印,台北:藝文印書館,1968 年。

76. 杜預注、孔穎達正義:《左傳》,重刊宋本左傳注疏附校勘記,台北:藝文印書館,1993 年 9 月 12 刷。

77. 杜騏徵等輯:《幾社壬申合稿》,四庫禁燬書叢刊集部第 34 冊,影印中國科學院圖書館藏明末小樊堂刻本,北京:北京出版社,2000 年 1 月一版一刷。

78. 沈約注、洪頤煊校:《竹書紀年》,影印平津館叢書本,北京:中華書局,1985 年北京新一版。

79. 沈雲:《臺灣鄭氏始末》,臺灣銀行經濟研究室編,臺灣文獻叢刊第 15 種,台北:臺灣大通書局,1987 年 10 月初版。

80. 汪光復:《航海遺聞》,臺灣銀行經濟研究室編,臺灣文獻叢刊第 106 種,台北:臺灣大通書局,1987 年 10 月初版。

81. 言如泗修:《解州安邑縣志》,影印清乾隆二十八年刊本,台北:成文出版社,1976 年臺一版。

82. 阮大鋮:《詠懷堂詩》,台北,臺灣中華書局,1971 年 5 月台一版。

83. 阮升基等修:《宜興縣志》,影印清嘉慶二年刊本,台北:成文出版社 1970 年臺一版。

84. 阮旻錫:《海上見聞錄》,臺灣銀行經濟研究室編,臺灣文獻叢刊第 24 種,台北:臺灣大通書局,1987 年 10 月。

85. 周元文:《重修臺灣府志》,臺灣銀行經濟研究室編,臺灣文獻叢刊第 66 種,台北:臺灣大通書局,1984 年 10 月初版。

86. 周凱修:《廈門志》,臺灣銀行經濟研究室編,臺灣文獻叢刊第 35 種,南投:臺灣省文獻委員會,1993 年 9 月。

87. 周碩勳纂:《潮州府志》,影印清光緒十九年重刊本,台北:成文出版社,1967 年 12 月。

88. 林焜熿纂:《金門志》,影印臺灣銀行經濟研究室編,臺灣文獻叢刊第 80

種，南投：臺灣省文獻委員會，1993 年 9 月。

89. 林豪等修：《澎湖廳志》，臺灣銀行經濟研究室編，臺灣文獻叢刊第 164 種，台北：臺灣大通書局，1984 年 10 月初版。

90. 林學增等修：《同安縣志》，影印民國十八年鉛印本，台北：成文出版社，1967 年 12 月臺一版。

91. 邵廷采：《東南紀事》，臺灣銀行經濟研究室編，臺灣文獻叢刊第 96 種，台北：臺灣大通書局，1987 年 10 月。

92. 金玉相纂述：《太湖備考》，台北：成文出版社，1970 年臺一版。

93. 金鼎壽纂：《桐城續修縣志》，影印清道光七年刊本，台北：成文出版社，1975 年。

94. 侯方域：《壯悔堂文集》，影印中國科學院圖書館藏清順治刻增修本，續修四庫全書集部第 1405 冊，上海：上海古籍出版社，2002 年。

95. 俞樾纂：《鎮海縣志》，影印清光緒五年刊本，台北：成文出版社，1974 年 12 月臺 1 版。

96. 姜兆翀纂：《國朝松江詩鈔》，臺灣大學圖書館藏清嘉慶十三年敬和堂刊本。

97. 姜垓：《流覽堂詩稿殘編》，錄於高洪鈞編：《明清遺書五種》，北京：北京圖書館出版社，2006 年 11 月一版一刷。

98. 姚宏緒編：《松風餘韻》，四庫全書存目叢書補編第 37 冊，首都圖書館藏清乾隆九年寶善堂刊本，濟南：齊魯書社，2001 年 9 月 1 版。

99. 姚蓉：《明末雲間三子研究》，廣州：廣東高等教育出版社，2004 年 9 月一版一刷。

100. 政協泉州市委員會編：《泉州與臺灣關係文物史跡》，廈門：廈門大學出版社，2005 年 10 月一版一刷。

101. 查繼佐：《魯春秋》，臺灣銀行經濟研究室編，臺灣文獻叢刊第 118 種，台北：臺灣大通書局，1987 年 10 月初版。

102. 洪思：《石秋子敬身錄》，四庫禁燬書叢刊集部第 53 冊，影印中國科學院圖書館藏清鈔本，北京：北京出版社，2000 年 1 月一版一刷。

103. 洪思等撰、侯真平校點：《黃道周年譜附傳記》，福州：福建人民出版社，1999 年 9 月。

104. 洪興祖補注、蔣驥註：《楚辭補注、山帶閣註楚辭》，台北：長安出版社，1991 年 8 月。

105. 洪錫範、盛鴻燾修：《民國鎮海縣志》，中國地方志集成浙江府縣志輯，上海：上海書店，1993 年 6 月一版一刷。

106. 紀昀總纂：《四庫全書總目提要》，台北：藝文印書館，1989 年 1 月六版。

107. 胡經之主編：《文藝美學方法論》，北京：北京大學出版社，1998 年 3 月一版三刷。

108. 胡經之主編：《西方文藝理論名著教程・下卷》，北京：北京大學出版社，2003 年 9 月二版二刷。

109. 胡靖：《杜天使冊封琉球真記奇觀》，《那霸市史・資料篇》，昭和 52 年（1977）版。

110. 范曄：《後漢書》，北京：中華書局，1996 年 5 月北京第 8 刷。

111. 計六奇著、任道斌等點校：《明季北略》，北京：中華書局，1984 年 6 月 1 版。

112. 計六奇著、任道斌等點校：《明季南略》，北京：中華書局，1984 年 6 月 1 版。

113. 計有功撰、楊家駱主編：《唐詩紀事》，台北：鼎文書局，1977 年 9 月。

114. 倪在田：《續明紀事本末》，臺灣銀行經濟研究室編，臺灣文獻叢刊第 133 種，台北：臺灣大通書局，1984 年。

115. 倪師孟等纂：《吳江縣志》，影印清乾隆十二年刊本，台北：成文出版社，1975 年臺一版。

116. 凌雪：《南天痕》，臺灣銀行經濟研究室編，臺灣文獻叢刊第 76 種，台北：臺灣大通書局，1987 年 10 月初版。

117. 唐圭璋編：《全宋詞》，台北：宏業書局，1985 年 10 月再版。

118. 夏完淳：《夏內史集》，據藝海珠塵本排印，北京：中華書局，1985 年北京新一版。

119. 夏琳：《閩海紀要》，臺灣銀行經濟研究室編，臺灣文獻叢刊第 11 種，台北：臺灣大通書局，1987 年。

120. 徐孚遠、陳子龍等選輯：《皇明經世文編》，北京：中華書局，1962 年 6 月 1 刷。

121. 徐孚遠：《交行摘稿》，國家圖書館館藏 1926 姚光懷舊廬刊本。

122. 徐孚遠：《交行摘稿》附錄，據藝海珠塵本排印，北京：中華書局，1985 年北京新一版。

123. 徐孚遠：《釣璜堂存稿》，國家圖書館館藏 1926 姚光懷舊廬刊本。

124. 徐枋：《居易堂集》，影印民國八年羅振玉排印明季三孝廉集本，台北：臺灣學生書局，1993 年 3 月初版。

125. 徐景熹修：《福州府志》，影印清乾隆十九年刊本，台北：成文出版社，1967 年 12 月臺一版。

126. 徐曉望：《媽祖的子民：閩台海洋文化研究》，上海：學林出版社，1999 年 12 月一版一刷。

127. 徐鼐：《小腆紀年》，臺灣銀行經濟研究室編，臺灣省文獻叢刊第 134 種，台北：臺灣大通書局，1987 年 10 月初版。

128. 徐鼐：《小腆紀傳》，臺灣銀行經濟研究室編，臺灣文獻叢刊第 138 種，台北：臺灣大通書局，1987 年 10 月初版。

129. 恩斯特・卡西勒（Ernst Cassirer）著、甘陽譯：《人論》，台北：桂冠圖書公司，1991 年 5 月初版二刷。

130. 班固：《白虎通德論》，百子全書本，長沙：岳麓書社，1994 年 9 月一版二刷。

131. 班固：《漢書》，北京：中華書局，1997 年 6 月第 10 刷。

132. 翁洲老民：《海東逸史》，臺灣銀行經濟研究室編，臺灣文獻叢刊第 99 種，台北：臺灣大通書局，1987 年 10 月初版。

133. 荀況著、李滌生集釋：《荀子》，台北：臺灣學生書局，1991 年 10 月第六刷。

134. 郝立權注：《陸士衡詩注》，台北：藝文印書館，1971 年 9 月初版。

135. 馬其昶：《桐城耆舊傳》，台北：文海出版社，1969 年初版。

136. 高宇泰、張壽鏞輯刊：《雪交亭正氣錄》，四明叢書叢書第二集，台北：新文豐出版公司，1988 年 4 月臺一版。

137. 高宗敕撰：《大清世宗憲皇帝實錄》，台北：華文書局，1964 年。

138. 高拱乾修：《臺灣府志》，臺灣銀行經濟研究室編，臺灣文獻叢刊第 65 種，台北：臺灣大通書局，1984 年 10 月初版。

139. 高得貴修：《鎮江府志》，影印清乾隆十五年增刊本，南京：江蘇古籍出版社，1991 年 6 月一版。

140. 張廷玉等：《明史》，北京：中華書局，1997 年 6 月一版四刷。

141. 張京媛編：《後殖民理論與文化認同》，台北：麥田出版社，1995 年 7 月初版。

142. 張岱：《石匱後集》，臺灣銀行經濟研究室編，臺灣文獻叢刊第 282 種，台北：臺灣大通書局，1987 年 10 月初版。

143. 張岱撰、高學安等標點：《快園道古》，杭州：浙江古籍出版社，1986 年 11 月一版。

144. 張春興：《青年的認同與迷失》，台北：臺灣東華書局，1987 年 8 月五版。

145. 張寅彭主編：《民國詩話叢編》，上海：上海書店，2002 年 12 月。

146. 張惟驤：《清代毗陵名人小傳稿》，台北：明文書局，1985 年 5 月初版。

147. 張華：《博物志》，北京：中華書局，1985 年北京新一版。

148. 張溥：《七錄齋詩文合集、存稿》，台北：偉文圖書出版社，1977 年 9 月。

149. 張煌言：《張蒼水集》，上海：上海古籍出版社，1985 年 10 月新 1 版。

150. 張煌言：《張蒼水詩文集》，臺灣文獻叢刊第 142 種，南投：臺灣省文獻委員會，1994 年 5 月。

151. 張壽鏞輯刊：《孫拾遺文纂外六種・錢忠介公集》，四明叢書第二集（一），台北：新文豐出版公司，1988 年 4 月台 1 版。

152. 張維屏輯：《國朝詩人徵略》，台北：明文書局，1985 年 5 月初版。

153. 張麟白：《浮海記》，台北：世界書局，1971 年 1 月初版。

154. 清高宗敕撰：《大清世祖章（順治）皇帝實錄》，台北：華文書局，1970 年 6 月再版。

155. 莊周著、郭慶藩集釋：《莊子》，台北：群玉堂出版公司，1991 年 10 月初版。

156. 許維民主持：《金門縣第三級古蹟「盧若騰故宅及墓園」之調查研究》，金門：金門文史工作室，1996 年 4 月。

157. 連橫：《雅堂文集》，臺灣銀行經濟研究室編，臺灣文獻叢刊第 208 種，台北：臺灣大通書局，1987 年 10 月初版。

158. 連橫：《臺灣通史》，臺灣銀行經濟研究室編，臺灣文獻叢刊第 128 種，台北：眾文圖書公司，2004 年 12 月 1 版 4 刷。

159. 連橫編：《臺灣詩乘》，臺灣銀行經濟研究室編，臺灣文獻叢刊第 64 種，台北：臺灣大通書局，1987 年。

160. 陳乃乾、陳洙纂輯：《徐闇公先生年譜》，國家圖書館館藏 1926 姚光懷舊慶刊本。

161. 陳子龍：《安雅堂稿》，台北：偉文圖書出版社，1977 年 9 月。

162. 陳子龍等輯：《明經世文編》，北京：中華書局，1962 年 6 月一刷。

163. 陳子龍著、上海文獻叢書委員會編：《陳子龍文集》，上海：華東師範大學出版社，1988 年 11 月一版一刷。

164. 陳子龍著、施蟄存標校：《陳子龍詩集》，上海：上海古籍出版社，1983 年 7 月一版一刷。

165. 陳仁錫：《皇明世法錄》，台北：臺灣學生書局，1965 年一月初版。

166. 陳文達修：《臺灣縣志》，臺灣銀行經濟研究室編，臺灣文獻叢刊第 103 種，台北：臺灣銀行經濟研究室，1961 年。

167. 陳生璽：《明清易代史獨見》，上海：上海古籍出版社，2006 年 8 月 1 版。

168. 陳侃：《使琉球錄》，影印臺灣銀行經濟研究室編，臺灣文獻叢刊第 287 種，台北：臺灣大通書局，1984 年 10 月初版。

169. 陳其元等修：《江蘇省青浦縣志》，影印清光緒五年刊本，台北：成文出版社，1907 年 5 月臺一版。

170. 陳和志修：《震澤縣志》，影印清乾隆十一年修、光緒十九年重刊本，台

北：成文出版社，1970 年 6 月臺一版。

171. 陳昭瑛：《臺灣與傳統文化》，台北：國立台灣大學出版中心，2005 年 8 月增訂再版。

172. 陳昭瑛選注：《台灣詩選注》，台北：正中書局，1999 年 8 月二刷。

173. 陳衍輯：《福建通志列傳選》，臺灣銀行經濟研究室編，臺灣文獻叢刊第 195 種，台北：臺灣大通書局，1987 年 10 月初版。

174. 陳倫炯：《海國聞見錄》，臺灣銀行經濟研究室編，臺灣文獻叢刊第 26 種重新勘印，南投：臺灣省文獻委員會，1996 年 9 月。

175. 陳壽：《三國志》，北京：中華書局，1998 年 3 月北京第 14 刷。

176. 陳漢光編：《臺灣詩錄》，台北：臺灣省文獻委員會，1971 年 6 月。

177. 陳福康：《井中奇書考》，上海：上海文藝出版社，2001 年 7 月一版一刷。

178. 喻長霖等纂修：《浙江省台州府志》，影印民國二十五年鉛印本，台北：成文出版社，1970 年 11 月臺一版。

179. 彭孫貽：《靖海志》，臺灣銀行經濟研究室編，臺灣文獻叢刊第 35 種，台北：眾文圖書公司，1979 年。

180. 彭賓：《彭燕又先生文集三卷詩集一卷》，四庫全書存目集部第 197 冊，影印上海圖書館藏康熙六十一年彭士超刻本，台南：莊嚴出版社，1997 年 6 月初版一刷。

181. 湯化培修：《四川省長壽縣志》，影印民國十七年石印本，台北：成文出版社，1976 年臺一版。

182. 賀次君：《史記書錄》，收於楊家駱主編：《史記附編》，台北：鼎文書局，1978 年 11 月初版。

183. 項退結：《海德格》，台北：東大圖書公司，2001 年 5 月二版一刷。

184. 馮鼎高等修：《華亭縣志》，影印清乾隆五十六年刊本，台北：成文出版社，1983 年 3 月臺 1 版。

185. 黃公度：《知稼翁集》，四庫全書珍本十二集第 167 冊，台北：臺灣商務印書館，1982 年。

186. 黃永綸修：《寧都直隸州志》，影印清道光四年刻本，南京：江蘇古籍出版社，1996 年 5 月一版。

187. 黃玉齋：《鄭成功與台灣》，台北：海峽學術出版社，2004 年 10 月。

188. 黃典權：《鄭成功史事研究》，台北：臺灣商務印書館，1996 年 9 月二版一刷。

189. 黃典權：《鄭延平開府臺灣人物志》，台南：海東山房，1958 年 2 月。

190. 黃宗羲：《海外慟哭記》，臺灣銀行經濟研究室編，臺灣文獻叢刊第 135 種，台北：臺灣大通書局，1987 年 10 月初版。

191. 黃宗羲：《賜姓始末・鄭成功傳》，臺灣銀行經濟研究室編，臺灣文獻叢刊第 282 種，台北：臺灣大通書局，1987 年 10 月初版。

192. 黃宗羲著、沈善洪主編：《黃宗羲全集》，杭州：浙江古籍出版社，2005 年 9 月第 2 刷。

193. 黃節註：《魏文武明帝詩註》，台北：藝文印書館，1972 年 9 月二版。

194. 黃彰健校勘：《明太祖實錄》，中央研究院歷史語言研究所校印，京都：中文出版社，1984 年 5 月出版。

195. 黃履思纂修：《平潭縣志》，影印民國十二年鉛印本，台北：成文出版社，1967 年 12 月臺一版。

196. 黃巖孫纂：《仙溪志》，中國地志研究會編：《宋元地方志叢書續編》，台北：大化書局，1990 年 12 月初版。

197. 楊英：《從征實錄》，臺灣銀行經濟研究室編，臺灣文獻叢刊第 32 種，台北：眾文圖書公司，1979 年。

198. 楊國楨等：《明清中國沿海社會與海外移民》，北京：高等教育出版社，1997 年 5 月出版。

199. 楊陸榮：《三藩紀事本末》，臺灣銀行經濟研究室編，臺灣文獻叢刊第 149 種，台北：臺灣大通書局，1987 年 10 月初版。

200. 楊開第修：《重修華亭縣志》，影印清光緒四年刊本，台北：成文出版社，1970 年臺一版。

201. 葉太平：《中國文學的精神世界》，台北：正中書局，1994 年 12 月臺初版。

202. 葉夢珠：《閱世編》，台北：木鐸出版社，1982 年 4 月初版。

203. 葛洪：《抱朴子》，百子全書本，長沙：岳麓書社，1994 年 9 月一版二刷。

204. 葛洪：《神仙傳》，影印文淵閣四庫全書第 1059 冊，台北：臺灣商務印書館，1983 年。

205. 廖必琦等修：《興化府莆田縣志》，影印清光緒五年潘文鳳補刊本，民國十五年重印本，台北：成文出版社，1968 年 12 月臺一版。

206. 臺灣銀行經濟研究室編：《福建通志臺灣府》，臺灣銀行經濟研究室編，臺灣文獻叢刊第 84 種，南投：臺灣省文獻委員會，1993 年 9 月。

207. 蒙正發：《三湘從事錄》，台北：廣文書局，1967 年 10 月再版。

208. 趙岐注、孫奭疏：《孟子》，重刊宋本孟子注疏附校勘記，台北：藝文印書館，1993 年 9 月 12 刷。

209. 趙翼著、李學穎，曹光甫校點：《甌北集・題元遺山集》，上海：上海古籍出版社，1997 年 4 月 1 版。

210. 劉克莊：《後村先生大全集一》，四部叢刊正編，上海涵芬樓影舊鈔本，

　　　台北：臺灣商務印書館，1979 年 11 月臺一版。

211. 劉登翰等編：《臺灣文學史》，福州：海峽文藝出版社，1991 年 1 版 1 刷。

212. 劉勰著、王更生注譯：《文心雕龍》，台北：文史哲出版社，1995 年 10 月初版五刷。

213. 歐陽脩：《新五代史》，北京：中華書局，1995 年 3 月五刷。

214. 潘江輯：《龍眠風雅》，四庫禁燬書叢刊集部冊第 98 冊，影印北京圖書館藏清康熙十七年潘氏石經齋刻本，北京：北京出版社，2000 年 1 月一版。

215. 蔣毓英修：《臺灣府志》，《臺灣府志》三種，北京：中華書局，1985 年 5 月一版一刷。

216. 蔣維錟編：《媽祖文獻資料》，福州：福建人民出版社，1990 年。

217. 蔡相煇：《媽祖信仰研究》，台北：秀威資訊科技股份有限公司，2006 年 10 月一版。

218. 鄭玄注、孔達疏：《禮記》，重刊宋本禮記注疏附校勘記，台北：藝文印書館，1993 年 9 月 12 刷。

219. 鄭亦鄒：《鄭成功傳》，臺灣銀行經濟研究室編，臺灣文獻叢刊第 67 種，台北：臺灣大通書局，1987 年 10 月初版。

220. 鄧之誠：《清詩紀事初編》，台北：鼎文書局，1971 年初版。

221. 盧若騰：《留庵詩文集》，金門：金門縣文獻委員會，1970 年 6 月再版。

222. 盧熊纂：《蘇州府志》，中國方志叢書，據明洪武十三年鈔本影印，台北：成文出版社，1983 年 3 月臺一版。

223. 蕭統編、李善注：《文選》台北：藝文印書館，1976 年 10 月八版。

224. 蕭馳：《中國詩歌美學》，北京：北京大學出版社，1986 年 11 月一版一刷。

225. 錢海岳：《南明史》，北京：中華書局，2006 年 5 月一版。

226. 錢肅樂：《錢忠介公集》，四明叢書第二集第一冊，台北：新文豐出版公司，1988 年 4 月台 1 版。

227. 錢撝祿編、北京圖書館出版社影印室輯：《先公田間府君年譜》，收於《清初名儒年譜》四，北京：北京圖書館出版社，2006 年 8 月一刷。

228. 錢澄之：《田間文集》，四庫禁燬書叢刊集部第 145 冊，影印清華大學圖書館藏清康熙二十九年斟雉堂刻本，北京：北京出版社，2000 年 1 月一版一刷。

229. 錢澄之：《所知錄》，臺灣銀行經濟研究室編，臺灣文獻叢刊第 86 種，台北：臺灣大通書局，1987 年 10 月初版。

230. 錢澄之著、湯華泉校點：《藏山閣集》，合肥：黃山書社，2004 年 12 月 1 版。

231. 應寶時修：《上海縣志》，影印清同治十一年刊本，台北：成文出版社，

1975 年臺一版。

232. 謝金鑾等纂：《續修臺灣縣志》，臺灣銀行經濟研究室編，臺灣文獻叢刊第 140 種，台北：臺灣大通書局，1984 年 10 月初版。

233. 謝庭薰修：《婁縣志》，影印乾隆五十三年刊本，台北：成文出版社，1974 年 6 月臺一版。

234. 謝國楨：《明清之際黨社運動考》，民國叢書第二編第 25 冊，上海：上海書店，1990 年一版。

235. 謝國楨輯：《晚明史籍考》，台北：藝文印書館，1968 年 4 月初版。

236. 韓菼：《江陰城守紀》，臺灣銀行經濟研究室編：臺灣文獻叢刊第 246 冊，台北：臺灣大通書局，1987 年。

237. 瞿蛻園等校注：《李太白集校注》，台北：里仁書局，1981 年 3 月。

238. 魏徵等：《隋書》，北京：中華書局，1996 年 5 月第 6 刷。

239. 魏憲編：《百名家詩選》，四庫禁燬書叢刊集部第 397 冊，影印湖南圖書館藏清康熙枕江堂刻本，台南：莊嚴文化，1997 年六月初版一刷。

240. 羅洛·梅（Rollo May）著、朱侃如譯：《焦慮的意義》（The Meaning of Anxiety），台北：立緒文化事業有限公司，2004 年 8 月初版一刷。

241. 嚴辰等纂修：《桐鄉縣志》，影印清光緒十三年刊本，台北：成文出版社，1970 年 7 月臺一版。

242. 蘇桂寧：《宗法倫理精神與中國詩學》，上海：上海三聯書店，2002 年 6 月一版一刷。

243. 饒安鼎修：《福清縣志》，乾隆丁卯重修，中國方志集成據清光緒二十四年劉玉璋刻本影印，南京：江蘇古籍出版社，1991 年 6 月一版。

244. 顧山貞：《客滇述》，臺灣銀行經濟研究室編，臺灣文獻叢刊第 271 種，台北：臺灣大通書局，1987 年 10 月初版。

245. 顧炎武：《日知錄》，台北：臺灣明倫書局，1979 年。

246. 顧炎武：《聖安本紀》，臺灣銀行經濟研究室編，臺灣文獻叢刊第 183 種，台北：臺灣大通書局，1984 年 10 月初版。

247. 顧炎武：《顧亭林詩文集》，台北：漢京文化事業有限公司，1984 年 3 月。

248. 顧誠：《南明史》，北京：中國青年出版社，2003 年 12 月北京 1 版。

249. 龔師顯宗：《台南縣文學史》上編，台南縣：台南縣政府，2006 年 12 月初版。

250. 龔寶琦修：《金山縣志》，清光緒四年刊本影印，台北：成文出版社，1974 年 6 月臺 1 版。

251. 啟業書局編輯：《全元散曲》，台北：啟業書局，1977 年。

## 學位論文

1. 司文朋：《徐孚遠研究》，浙江大學人文學院中國古代文學碩士論文，2010年。

2. 高士原：《晚明幾社六子及李雯社會詩探微》，東海大學中文所碩士論文，2005年。

3. 許淑玲：《幾社及其經世思想》，臺灣師範大學歷史所碩士論文，1986年。

4. 許淑敏：《南明遺民詩集敘錄》，成功大學歷史語言所碩士論文，1988年。

5. 郭秋顯：《海外幾社三子研究》，中山大學中文系博士論文，2007年。

## 期刊及研討會論文

1. 毛一波：〈關於徐孚遠傳〉，《食貨月刊》1卷11期，1972年2月。

2. 牛軍凱：〈南明與安南關係初探〉，《南洋問題研究》第2期，2001年。

3. 江菊松：〈高拱乾詩〈東寧十詠〉研究——兼談明人徐孚遠及其〈東寧詠〉〉，《淡水牛津臺灣文學研究集刊》第4期，2001年7月。

4. 冷東：〈明清海禁政策對閩廣地區的影響〉，《人文雜誌》第3期，1999年。

5. 周玉：〈思鄉主題的歷史背景和文化表現〉，《宜賓學院學報》第8期，2009年8月。

6. 施懿琳：〈後殖民觀點詮釋台灣古典文學的一個嘗試——以明鄭時期爲分析對象，「台灣文學史書寫」國際學術研討會論文，台南：成功大學，2002年11月22～24日。

7. 徐克謙：〈傳統儒家知識份子對「不朽之名」的追求〉，《東方文化》第5期，1998年。

8. 翁開誠：〈生命、書寫與心理健康〉，《應用心理研究》第25期，2005年3月。

9. 張永剛：〈幾社的政治化與《經世文編》的編纂〉，《河南理工大學學報》（社會科學版）第9卷第4期，2008年10月。

10. 張高評：〈海洋詩賦與海洋性格——明末清初之臺灣文學〉，《臺灣學研究》第5期，2008年6月。

11. 盛成：〈復社與幾社對台灣文化的影響〉，《臺灣文獻》第13卷第3期，1962年9月。

12. 陳香：〈兩篇徐孚遠傳的商榷〉，《食貨月刊》1卷10期，1972年1月。

13. 陳香：爲〈兩篇徐孚遠傳的商榷〉答毛一波先生，《食貨月刊》2卷8期，1972年11月。

14. 馮玉榮：〈晚明幾社文人論兵析論〉，《軍事歷史研究》第2期，2004年。

15. 黃語：〈錢澄之前期交遊考〉，《廈門教育學院學報》第 8 卷第 4 期，2006 年 12 月。

16. 黃聲威：〈淺探海洋文化〉下，《漁業推廣》第 171 期，2000 年 12 月。

17. 葉英：〈徐孚遠行傳〉，《臺南文化》第 17 期，1984 年 6 月。

18. 趙君堯：〈論宋元海洋文學〉，《職大學報》第 3 期，2001 年。

19. 趙志軍、謝海濤：〈明清之際的海禁政策與海商〉，《法制與社會》第 24 期，2009 年 8 月。

20. 劉立夫：〈王夫之華夷之辨與民族愛國主義〉，《衡陽師範學院學報》第 31 卷第 5 期，2010 年 10 月。

21. 劉衛英：〈英美詩歌中的海意象片論〉，《東疆學刊》第 15 卷第 2 期，1998 年 4 月。

22. 蔣星煜：〈徐孚遠及其《釣璜堂存稿》〉，《史林》第 2 期，1991 年。

23. 鄭明璋：〈論先秦時間觀與漢賦創作〉，《船山學刊》第 4 期，2006 年。

24. 謝明陽：〈雲間詩派的形成——以文學社群爲考察脈絡〉，《臺大文史哲學報》第 66 期，2007 年 5 月。

25. 魏中林、尹玲玲：〈阮大鋮所結中江社考論〉，《學術研究》第 11 期，2005 年。

26. 羅宇宗：〈論沈從文「鄉下人」自我認同的形成〉，《民族文學研究》第 3 期，2009 年。

27. 譚佚：〈史記測議說〉，《蘇州大學學報》（哲學社會科學版）第 3 期，2007 年。

## 網站

1. 范欽慧：〈海洋中的母性情懷〉，http://www.nmmst.gov.tw/nmmst/blue2/pop02.htm。2011 年 6 月 11 日。

2. 泉州歷史網．泉州人名錄 http://qzhnet.dnscn.cn/qzh87.htm。2008 年 10 月 8 日。

# 附　錄

**徐孚遠交遊人物事略表**（以姓氏筆畫多寡為序）

　　本表所列闇公知交，為《釣璜堂存稿》所見，且其事略可考究者；二、三章已經撰述者，不再贅述。

| 姓名 | 關係 | 事略 | 知見 |
|---|---|---|---|
| 毛協恭 | 同僚 | 毛協恭，字力懷（《小腆紀傳》云字端甫），號亶鞠，江蘇武進人。崇禎十三年（1640）進士，授福建寧德知縣，調侯官。崇禎末，與張肯堂募兵勤王。福王授陝西道監察御史，唐王官福建督學御史。順治三年（1646）八月，清軍入閩，協恭適於興化試士畢，於萬石灘遇兵。協恭與婿劉元趙被弒，除二子外，妻、女、幼子皆躍水死，僕鄒良、王大郎亦從死。清賜諡節愍。（參《小腆紀傳》卷四十九、《光緒武進陽湖縣志》卷二十四） | 《釣璜堂存稿》卷十二〈懷毛亶鞠〉、卷十三〈哭毛亶鞠學使〉 |
| 王光承 | 友 | 王光承，字玠右，其先為華亭人，後徙上海，補上海諸生。光承力學好古，博綜群書，與弟烈皆善屬文，入徐孚遠、陳子龍等人所倡幾社，後又為求社。福王時，貢入太學，上江南時務五策，不用。魯監國欲授翰林，上書力辭。父卒，光承偕弟隱居，躬耕自養，三十餘年不入城市。年七十二卒，著有《鎌山堂集》。（參《松江府志》卷五十六、《上海縣志》卷十九、《忠義錄》卷八） | 《釣璜堂存稿》卷四〈歎今昔兼懷王玠右〉、卷九〈懷王玠右〉 |

| 王思飭 | 友 | 福建莆田人，明兵部右侍郎王家彥後輩。（案：家彥字開美，歷刑科給事中、大理寺丞、少卿、太僕寺卿、戶部侍郎、兵部右侍郎，李自成陷北京，自縊殉國，福王賜諡「忠端」。）（參《明史》、《雪交亭正氣錄》、《石匱書後集》。） | 《釣璜堂存稿》卷十四〈贈王思飭〉 |
|---|---|---|---|
| 王簡伯 | 友 | 王簡伯，失名，撫州人，父翊東為孝廉，母孫氏。己酉，撫州兵亂，奉母避難瀘溪，復走曹村。母死於難，間關渡海至粵東。劉子葵之樹幟龍川也，簡伯時為兵部職方，奉命過其邑，河源之役，實監其軍。師潰，抽刀自刎幾死。後與子葵避居潮州山中，復同至鷺門，與紀許國定交。尋復南行，及抵瓊州，桂林梗阻，引還，途中遇寇而死。吳亦菴梓其遺詩，許國為之序。（《廈門志》卷十三） | 《釣璜堂存稿》卷五〈哭王簡伯〉 |
| 石田禪師 | 友 | 石田和尚，會稽人，精通內藏。莊烈帝常召入禁中，問成佛宗旨；對曰：『陛下治世，自有帝王道法；佛教特臣自善其身耳』。帝悚然重其言，留半年辭歸。甲申國變，號哭；糾合義旅，屢著戰功。及唐王入閩，杖策從之，封護國禪師，賜紫衣金印。後依魯王，據連江。清兵至，石田隱琅琦白雲山，後結庵周溪白鼻巖。常以詩寓其感慨；詠歸燕云：『陽春轉時和風起，燕子歸來梁上語；天涯多少未歸人，見汝歸來淚如雨』。（案：闇公言石田禪師「先帝（唐王）紫衣今尚在，何妨說法雨花臺」，與石田和尚從唐王，受封護國禪師、賜紫衣金印事相符；可知為同一人。）（《福建通志列傳選》卷六） | 《釣璜堂存稿》卷六〈陪石田禪師齋於南郭有感作〉 |
| 朱灝 | 僚友 | 朱灝，字宗遠，松江華亭人。父應熊，為萬曆二十二年（1594）上海籍舉人。灝崇禎年間以監生保舉延平通判，魯王時為待詔，卒於海外。（參《松江府志》卷五十五、《重修華亭縣志》卷十七） | 《釣璜堂存稿》卷九〈挽朱宗遠待詔〉（二首） |
| 朱術桂 寧靖王 | | 寧靖王，朱術桂，字天球，別號一元子，為明太祖九世孫遼王裔。其人善文學與書藝，崇禎授鎮國將軍，福王晉鎮國將軍守寧海。福王傾，依魯王，魯王以其襲封長陽王，唐王改封為寧靖王。順治八年（1651）從鴻逵移師金門，遂居兩島依鄭 | 《釣璜堂存稿》卷十三〈陪崟靜集王愧兩齋作〉、卷十六〈唐粹溪集崟靖齋應教賦白菊排律十二韻奉和依韻〉 |

| | | | |
|---|---|---|---|
| | | 成功。康熙三年春（1664），從鄭經退居臺灣，於萬年縣竹滬墾田數十甲以贍。康熙二十二年（1683），鄭克塽降清，術桂自以明宗室義不可辱，與姬妾袁氏、王氏、秀姑、荷姐、梅姐自縊而亡。（參蔣毓英修《臺灣府志》卷九、《小腆紀傳》卷九、《臺灣通史》卷二十九） | |
| 朱錫麟 | 同僚 | 朱錫麟，字元序，新場人。諸生。乙酉偕華亭蕭賓侯度海寓舟山僧舍，辛卯大兵至，俱自縊。又朱天爵亦字元序，甲申後，同蘇兆仁渡海寓居舟山僧舍，大兵至縊死。（《上海縣志》認為可能同為一人）（《上海縣志》卷十九） | 《釣璜堂存稿》卷二〈古意贈朱元序〉；卷八〈贈朱元序〉、〈朱元序使日本贈別〉〈雨霽懷元序諸君〉；卷十八〈元序欲過不果〉 |
| 余颺 | 僚友 | 余颺，字贗之，莆田人。崇禎丁丑（1637）進士，其制義與同年夏允彝、陳子龍齊名。知宣城縣，分校鄉闈，所取士如王亦臨、方以智，俱知名士。弘光時，擢吏部文選司，未幾歸鄉，杜門不出。丁亥（1647）魯監國召為左都御史，亦不赴。著有《蘆中詩文集》、《蘆蠟史論》、《識小錄》。（《小腆紀傳》卷五十七） | 《釣璜堂存稿》卷四〈贈答余贗之吏部〉、〈觀余贗之宮中刀尺詩〉 |
| 吳貞毓 | 同僚 | 吳貞毓，字元聲，宜興人。崇禎十六年（1643）進士。入閩，唐王授吏部文選主事。唐王敗，擁桂王立，進郎中。桂王駐全州，加太常少卿掌選事，擢吏部右侍郎。桂王至肇慶，拜貞毓戶部尚書。待廣東、廣西會城失，從桂王復徙潯州，再徙南寧。孫可望乞封王，貞毓與大學士嚴起恆共阻之；可望遂殺起恆，貞毓以奉使而獲免。及還，進東閣大學士。順治八年（1651），清兵日逼，桂王敗奔。順治九年二月，孫可望遣兵迎桂王入安隆所，改為安龍府。然宮室庳陋、服御粗惡，守護將悖逆無人臣禮；又聞孫可望日夕謀篡位，桂王甚為憂懼。桂王聞得李定國與可望有隙，遂與吳貞毓、張鐫、蔡縉等人，謀遣密召定國以兵來迎。順治十一年（1654）三月，事洩，吳貞毓等人為孫可望所殺。順治十三年（1656），桂王由李定國護入雲南，追贈貞毓少師兼太子太師、吏部尚書、中極殿大學士，諡「文忠」；廕子錦衣衛僉事。（傳詳載《明史》卷二 | 《釣璜堂存稿》卷十九〈哭吳元聲〉 |

| | | | |
|---|---|---|---|
| | | 百七十九、《小腆紀傳》卷三十一、《南天痕》卷十二、《南疆繹史・繹史摭遺》卷九） | |
| 吳亦庵 | 友 | 吳亦菴（亦菴係號），江右人。官樞曹。寓居醉仙巖。（《廈門志》卷十三） | 《釣璜堂存稿》卷十三〈贈吳亦庵職方〉 |
| 吳拙孩 | 友 | 隱者，能詩，有清風，餘不詳。（參《釣璜堂存稿》） | 《釣璜堂存稿》卷五〈吳拙孩〉、卷十六〈贈吳拙孩八韻〉 |
| 吳貞甫 | 友 | 邑里不詳。避地金門與徐孚遠、盧若騰等人遊，後祝髮為僧，魯王賜號「自明」。（參《留庵詩文集・贈吳貞甫》） | 《釣璜堂存稿》卷十九〈吳貞甫自五指山歸〉 |
| 吳聞禮 | 同僚 | 吳聞禮，字去非，安徽休寧人。試浙江，補學生，崇禎十六年（1643）登進士。福王覆，舉兵，兵敗入閩。唐王授兵科給事中，擢為右僉都御史，巡撫福州、延平、邵武、建寧四府。自請防禦分水關，然鄭芝龍有異志，故而聞禮不能獨支。順治三年（1646）八月，清軍入仙霞嶺，不肯降順，不屈死。（參《南天痕》、《東南紀事》卷四、《爝火錄》卷十三、《忠義錄》卷六） | 《釣璜堂存稿》卷十二〈懷吳去非中丞〉、〈臨危〉 |
| 吳鍾巒 | 同僚 | 吳鍾巒，字峻伯，一字巒穉，學者稱為霞舟先生，江蘇武進人。崇禎七年（1634）進士，授長興知縣。以旱潦，徵練餉不中額，謫紹興照磨，遷桂林推官。福王立，遷禮部主事，抵南雄，聞南京失，轉赴唐王，轉任員外郎。閩亡，為錢肅樂薦，魯王召為通政使，晉禮部尚書，原官如故，兼督學政。辛卯（1651）舟山告急，其時在普陀，乃渡海入城。城陷，訣別張肯堂，自縊而死。（參《明史》卷二百七十六、《海外慟哭記》、《小腆紀傳》卷三十四、《海東逸史》卷十） | 《釣璜堂存稿》卷四〈讀吳霞舟先生詩作〉、〈讀霞舟先生詩因憶張宮傅遺編不存矣感而有作〉；卷十三〈重哭吳霞舟〉、〈挽吳霞舟先生〉 |
| 宋存標 | 友 | 宋存標，字子建，號秋士，松江華亭人。穆宗隆慶二年（1568）進士堯武孫，明崇禎十五年（1642）副貢，注選翰林孔目。與徐孚遠同為幾社文士，甲申（1644）國變後，隱居東田，以揚挖風雅為事。著有《棣萼新詞》、《國策本論》、《史疑》、《秋士偶編》，又刻有幾社《壬申文選》。其中《秋士偶編》由徐孚遠、陳子龍、宋徵璧等人共同選文。（參《松江府志》卷五十 | 《釣璜堂存稿》卷六〈宋秋士歌〉 |

| | | | |
|---|---|---|---|
| | | 六、《重修華亭縣志》卷十六、卷二十、《秋士偶編》） | |
| 李待問 | 友 | 李待問，字存我，華亭人。崇禎十六年（1643）進士，工文章精書法，福王授中書舍人。南京陷，與陳子龍、夏允彝等受吳淞總兵吳聖兆約，恢復松江。事敗，引繩自縊，氣未絕，為清軍所執殺。（參《石匱書後集》卷三十四、《松江府志》卷五十五） | 《釣璜堂存稿》卷八〈挽李存我〉、卷十六〈李存我〉 |
| 李茂春 | 友 | 李茂春，字正青，福建龍溪人。隆武二年（1646）舉人，善屬文。寓居廈門依鄭成功，與徐孚遠、王忠孝等遺老遊。永曆十八年（1664）春，從鄭經入臺，樓隱永康里。其人恬淡豁達、有高韻，自名所居曰「夢蝶」；日誦佛經，人稱「李菩薩」。卒於臺灣，葬新昌里。（參《廈門志》卷十三、《臺灣通史》卷二十九） | 《釣璜堂存稿》卷四〈贈李正青〉；卷十四〈集李正青齋〉、〈止愧兩先生沙上廬數夕事小閒同諸公遊意亭。意亭者，其地宜亭而未有亭，故意之，遂以命名，洞口別自一區，李正青所經營〉 |
| 沈士柱 | 友 | 沈士柱，字崑銅，一字寄公，蕪湖人。讀書明敏，下筆千言，有聲復社。阮大鋮以附璫削籍，僑居南京，士柱與黃宗羲、周鑣、顧杲、陳貞慧等人，作「留都防亂揭」討之。大鋮得志，興黨人之獄，以士柱、周鑣為罪首；鑣被殺，士柱以赴左良玉召獲免。順治十六年（1659），以交通鄭成功，遭清廷誅殺。（參《爝火錄》、《海外慟哭記·思舊錄》） | 《釣璜堂存稿》卷七〈聞沈崑銅變感賦〉、卷十四〈懷沈崑銅〉 |
| 沈宸荃 | 同僚 | 沈宸荃，字友蓀，號彤菴，慈谿人。崇禎十三年（1640）進士，授行人，奉使旋里。福王立，擢御史，疏陳皆切時病，群小恨之。隔年，以年例，出為蘇松兵備僉事。未赴，南京破，宸荃舉兵邑中。魯王擢為右僉都御史，從至閩，晉工部尚書。戊子（1648）冬，與劉沂春並進東閣大學士。翌年，從至舟山。已而事敗，宸荃棄家從王海外。順治八年（1651）舟山破，又從之入金、廈，後艤舟南日山，遭風，沒於海。（案：沈宸荃沒亡時間各書所載不一，《明史》、《小腆紀傳》、《金門志》、《廈門志》作入廈後，《魯春秋》載亡於辛丑（1651），而《南天痕》作壬辰（1652）從魯王入廈時。） | 《釣璜堂存稿》卷十三〈南日舟次失沈彤菴先生，存殁難定，賦以志懷〉 |

| 沈應瑞 | 友 | 沈應瑞，字聖符，號介軒，震澤人。明諸生，少以詩文名，舉復社。乙酉（1645）後，絕意仕進；當事舉賢良方正，不就。生平篤於友誼，周人之急無倦色，嘗濟助熊開元、徐孚遠、錢澄之數人，卒年八十五。（參《震澤志》卷十九、《復社姓氏傳略》卷二、《田間文集·哭徐復菴文》） | 《釣璜堂存稿》卷十二〈懷沈聖符〉 |
|---|---|---|---|
| 汪我生 | 友 | 明崇禎十五年（1642）舉人。順治二年（1645），清攻新安衛，散財舉義。徐孚遠間道入閩，至新安，我生以車助入閩。 | 《釣璜堂存稿》卷五〈贈汪我生年丈〉 |
| 阮進 | 同僚 | 阮進，字（號）大橫，閩之舵工，嘗為盜海上，張名振拔為水營將。丁亥（1647）正月，魯王次中左所，禡牙出師，進以軍來會，封蕩胡伯。自是，與名振抗衡矣。辛卯（1651），清軍攻舟山。進遇清艦於橫水洋，以火毬擲清師，然風轉反擊其面，進創甚投水，而為清擒殺。（參《南天痕》卷二十四、《海外慟哭記》、《雪交亭正氣錄》卷八） | 《釣璜堂存稿》卷五〈阮將坐集〉 |
| 周仲璉 | 友 | 周仲璉，字彝仲，湖州長興人。崇禎七年（1634）進士，授太倉知州，歷至官禮部郎中。李自成攻陷北京，削髮為僧潛逃；刑科梁應琦論其卑污無恥，故逮之。（參《復社姓氏傳略》卷五、《明季北略》卷二十二、《聖安本紀》卷三） | 《釣璜堂存稿》卷十二〈挽周彝仲〉 |
| 周岐 | 友 | 周岐，字農父，桐城人。明貢生，有聲復社中。入京師，上書執政言時事得失，馮元飆薦參宣督軍務，旋授河南推官，參陳潛夫軍，復以按察僉事銜參史可法軍。晚又參楊文驄軍，死於浙右。其詩歌雄奮，與方以智、錢秉鐙相伯仲。（《小腆紀傳》卷五十六、《復社姓氏傳略》卷四） | 《釣璜堂存稿》卷十四〈再哭孫克咸兼懷方密之，又一子周農夫也，皆同學〉 |
| 周金湯 | 同僚 | 周金湯，字憲洙，號穀城，莆田人。少折節讀書，善詩賦；及壯，好孫、吳兵法，因學劍槊、弓馬，皆精其能。崇禎十三年（1640）以武經成進士。見四方亂起，慨然以身許國，訣妻子，往謁選，授上湖守備。其以智勇稱，累戰功，桂王晉爵漳平伯。嘗入廈，與紀石青輩盤桓吟詠者幾兩載；又嘗註《老子》、《金剛經》，選唐詩及明詩，惜散佚不存。後死節於粵東，粵 | 《釣璜堂存稿》卷十五〈送周漳平使畢回朝兼抒鄙懷〉、〈人日壽漳平〉 《交行摘稿》〈傳周漳平將至，亦作隱語，未達也〉、〈周漳平有書至，寄書者被其國重罰，信音絕矣〉 |

| | | | |
|---|---|---|---|
| | | 人葬之。（參《廈門志》卷十三、《莆田縣志》卷二十六） | |
| 周鶴芝 | 同僚 | 周鶴芝，字九玄，福建福清人。爲盜海上，往來日本，與撒斯瑪王結爲父子。唐王加水軍都督，鶴芝議遣人至日本乞師，遭黃斌卿所止，鶴芝怒而入閩，加平海將軍。張肯堂出師北征，以鶴芝爲前將軍。鄭芝龍降清，遂與朱永祐移軍海壇。丁亥（1642）正月，復海口、鎮東二城，魯王封爲平夷伯。四月，海口復失，鶴芝退守火燒嶼。七月，從魯監國會師攻福州，敗績。己丑（1649）冬，魯王駐舟山，進侯；舟山亡，依鄭成功以終。（參《小腆紀傳》卷四十五、《海外慟哭記》、《海東逸史》卷十一） | 《釣璜堂存稿》卷三〈附平夷舟行夜作〉、卷十三〈擬重到周平營〉、卷十六〈贈周平海二十韻〉、卷十八〈平海有破舟之阨作問答二首〉 |
| 林子卿 | 友 | 林子卿，字安國，華亭人。少穎悟，與包爾庚、李雯交遊。讀書日盈寸，於天官地輿、律呂、典制，以及名物象數之學，靡不綜貫。三十喪偶不再娶，旁無姬侍。性樸誠，所居凝塵滿榻圖書雜陳。其弟子襄字平子、子威字武宣、子寧字定遠、子儀字元度，並以學行知名於時。同郡高待詔不騫，言先輩善讀書者，輒舉子卿兄弟。著有《素園稿》。（參《婁縣志》卷二十五、《松江府志》卷五十七） | 《釣璜堂存稿》卷十二〈孫公傅自故鄉來，言林安國兄弟、傅服生皆無恙，詩以訊之〉 |
| 林烈宇 | 友 | 林烈宇，廈門人，居虎谿。隱而不仕，以醫藥濟人，其餘不詳。（參《留庵詩文集·贈鷺門林烈宇次闇徐公韻》、《釣璜堂存稿·贈林烈宇》） | 《釣璜堂存稿》卷八〈贈林烈宇〉 |
| 林蘭友 | 同僚 | 林蘭友，字翰荃，號自芳，仙遊人。崇禎十四年（1631）進士，知臨桂縣。擢南京御史，疏劾輔臣張至發、薛國觀、冢臣田維嘉、樞臣楊嗣昌負國之罪忤旨，謫浙江按察司照磨；時與何楷、黃道周、劉同升、趙士春人稱「長安五諫」。起考功員外郎。闖軍陷北京，蘭友不降，賊縛之曝曬日中，幸而不死，賊敗南歸。唐王起爲太僕少卿，陞兵部尚書右副都御史，總理撫討軍務、糧餉，督師泉、漳諸郡。順治三年（1646）秋，唐王敗，奉老親遯入廈門，羈窮飄泊十五載卒。（參《明史》卷二百七十六、《廈門志》卷十三、《小腆紀傳》卷五十七） | 《釣璜堂存稿》卷十三〈送林自芳往南日〉 |

| 林垐 | 同僚 | 林垐，字子野，福建侯官人（《海外慟哭記》作福清人），登崇禎十六年（1643）進士，授海寧知縣。唐王立，授御史，改吏部文選員外郎，杜絕僥倖，請託遂絕。後募兵福寧，聞唐王被殺，大慟，走匿山中。丁亥七月（1647），魯王航海至長垣，垐約周鶴芝攻福清，身被數創，猶勒兵戰，中流矢而亡。（參《明史》卷二百七十七、《海外慟哭記》、《小腆紀傳》卷四十四） | 《釣璜堂存稿》卷六〈林子野歌〉、卷二〈陪張宮傅、朱奉常梅山小步，兼憶林子野吏部〉、卷十二〈懷林子野〉 |
|---|---|---|---|
| 姜垓 | 友 | 姜垓，字如須，山東萊陽人，埰弟；登崇禎十三（1640）年進士，授行人。埰劾首輔周延儒下獄，垓盡力營護。聞鄉邑破，父死於賊，上書請代兄繫獄，釋埰歸治喪。不許。即日奔喪，奉母避亂蘇州。初，垓見行人廨舍碑題碑有阮大鋮名，立拜疏請去之，大鋮切齒。及阮大鋮得志，欲殺垓，垓乃變姓名，奉母攜幼自蘇州達紹興。福王敗，魯王擢吏部考功司員外郎。因方國安故，遯跡天台、雁蕩間。後卒於蘇州。（參《流覽堂詩稿殘編》附何天寵〈姜考功傳〉、《明史》卷二百五十八、《小腆紀傳》卷五十六） | 《釣璜堂存稿》卷十五〈姜如須留吳久之不得音問，价人傳其已沒，挂劍無期，詩以哭之〉 |
| 施鵬舉 | 僚友 | 施鵬舉，字舍公，烏程人。與舟山往來，魯王授工部主事，為清追緝。（見《明清史料》丁編第一本、《南明史》） | 《釣璜堂存稿》卷七〈懷施鵬舉〉；卷九〈懷施鵬舉〉、〈聞鵬舉以舍余故為虜所持懷之〉 |
| 唐仁永 | 友 | 唐仁永，字緝譽，號紹亭，唐顯悅五子。以貢生任崇安縣學訓導，閒暇輒留情山水，遊武夷必歷日始返。善草書，所作購者多不惜金；著有《西江餘草》。（見《僊遊縣志》卷三十九） | 《釣璜堂存稿》卷七〈贈別唐五緝譽〉 |
| 唐恂恮 | 友 | 唐恂恮，字子膺，大章季子，顯悅弟，明邑諸生。少從陳濂遊，能闡大章之學。唐王時，以翰林博士徵，終隱香潭。為人坦易宕達，嗜酒自放，喜著述，於經書皆有論辨，著有《香潭》諸稿。（見《僊遊縣志》卷三十九） | 《釣璜堂存稿》卷四〈子誠、復甫過飲，隔日益以欽之、子膺飲子誠齋，隔日又飲復甫齋賦之〉；卷七〈贈唐子膺〉；卷十一〈送唐子膺〉；卷十五〈送唐子膺暫歸遣女〉、〈唐子膺送女往莆，竟為南賊所得感賦〉 |

| 唐佃 | 友 | 唐佃，字著夫，太平諸生。唐王時，經熊開元舉薦，官兵部主事。募兵出關，得數百人。順治三年（1646）四月，與清軍戰於鉛山，陷陣死。（參《南天痕》卷十七、《南疆繹史》卷二十九） | 《釣璜堂存稿》卷十二〈再懷唐著夫〉 |
|---|---|---|---|
| 唐緝師 | 友 | 唐顯悅子仁普字緝雍，五子仁永字緝譽，而姪仁源字緝逢，故緝師疑爲唐顯悅子姪。（見《僊遊縣志》卷二十九、三十、三十九） | 《釣璜堂存稿》卷十一〈將耕東海，學子唐緝師辭往海山兼就婚，歌以送之〉 |
| 唐顯悅 | 僚友 | 唐顯悅，字子安，號枚臣，大章仲子，仙遊人。天啓二年（1622）進士，累官嶺南巡道，丁艱歸。唐王召爲右通政，進尚書，致仕。其孫女爲鄭經妻，乙未（1655），全家入鷺島。顯悅隱於雲頂巖，自號雲衲子，以壽終，著有《亭亭居》等集。（參《廈門志》卷十三、《僊遊縣志》卷三十六、《小腆紀傳》卷五十七） | 《釣璜堂存稿》卷四〈呈唐先生〉；卷七〈歲暮贈唐先生歌〉；卷十一〈送唐子誠往南日迎子婦作次梅老韻〉、〈閏正月望日梅臣先生同諸公過飲小齋損詩依韻奉答時先生素食〉、〈奉和梅臣先生黃職方解纜有懷之作〉；卷十五〈壽唐梅臣先生〉《交行摘稿·與黃臣以論次人物，懷唐梅臣先生》 |
| 孫臨 | 友 | 孫臨，字克咸，一字武公，桐城諸生。偕徐孚遠、錢澄之入閩，楊文驄招之入幕，奏爲職方主事，順治三年（1646）七月，清軍南下，爲追騎所獲，不降而戮。（參《南天痕》卷二十四、《藏山閣集》） | 《釣璜堂存稿》卷十〈哭孫克咸〉、卷十二〈懷孫克咸〉、卷十四〈再哭孫克咸兼懷方密之，又一子周農夫也，皆同學〉 |
| 徐元詰 | 族父 | 徐元詰，字吉人，徐階孫。其少有嘉行，年十三，郡大饑，出餘粟以濟貧者。諸生，入太學好行其德，爲宗族鄉黨所稱。（參《松江府志》卷五十五） | 《釣璜堂存稿》卷二〈懷吉人七叔〉 |
| 徐開 | 友 | 徐開，字幼承，華亭人。自幼侍奉父母至孝。年十二母病，看顧累月，日夜不懈；及母歿，哀傷盡禮。補上海籍諸生。開與徐孚遠、陳子龍輩結交，爲人爲諸子所重。明清易代，不仕，絕人事、杜門課兒孫，自號無山，年逾七十卒。（參《重修華亭縣志》卷十五） | 《釣璜堂存稿》卷十六〈懷徐幼承十韻〉 |

| 徐汸承 | 從弟 | 徐汸承，字序東，華亭人，徐陟四世孫。崇禎十二年舉人，以詩文有聲幾社。（參《松江府志》卷五十五） | 《釣璜堂存稿》卷九〈哭序東弟孝廉〉、卷十三〈序東、孝若俱沒并哭之，兼自悼〉 |
|---|---|---|---|
| 徐纘高 | 族姪 | 字孝若，華亭人，徐階五世孫。明亡，遁跡批緇入吳。（參《重修華亭縣志》卷十二） | 《釣璜堂存稿》卷十〈再哭孝若姪〉、卷十三〈哭亡姪孝若孝廉〉 |
| 徐枋 | 友 | 徐枋，字昭法，號俟齋，長洲人，明故詹事汧之子；崇禎十五年（1642）舉人。汧殉國時，枋欲從死，為汧所止。自是，遁跡山中，不入城市、不與達官貴人遊，終身以書畫自給；與宣城沈壽民、嘉興巢鳴盛，稱「海內三遺民」。年七十三卒。（參《清史稿》卷五百〇一、《小腆紀傳》卷第五十八） | 《釣璜堂存稿》卷九〈懷徐昭法〉 |
| 徐念祖 | 族兄 | 徐念祖，字無念，華亭人，徐階曾孫。諸生，蔭尚寶司臣。順治二年（1645）清軍攻破松江，偕妻女、妾、僕自縊而死。（參《重修華亭縣志》卷十五） | 《釣璜堂存稿》卷十六〈哭蔭君無念從兄〉 |
| 徐桓鋻 | 友 | 徐桓鋻，字惠朗，華亭人。幾社課藝，以徐孚遠為師。乙酉（1645）清軍南下，松江守城失敗，與陳子龍猶有詩相和。順治四年（1647），吳勝兆事起，陳子龍為清所執而投水死，桓鋻偕王澐收屍治喪；是秋，憂悸去鄉，客死桐城。（參《社事始末》、王澐《陳子龍年譜》） | 《釣璜堂存稿》卷九〈哭徐惠朗〉 |
| 涂伯案 | 友 | 涂伯案，字虞卿，漳州鎮海衛人，一榛長子；崇禎十五年（1642）舉人。甲申（1644）變聞，與弟仲吉謀舉勤王師，為當道格止。唐王詔徵，辭謝不往。閩事敗，屏居廈門文山之陽，蒐羅舊聞，以推見治亂所由，然所著悉燬於火。後迫遷界，流寓吳興，晚客死浦城。（參《小腆紀傳》卷五十八、《同安縣志》卷二十七） | 《釣璜堂存稿》卷六〈歌贈涂虞卿〉、卷九〈涂虞卿過訪〉卷十四〈入漳後，涂虞卿到與諸公遊三日別去〉 |
| 張充符 | 僚友 | 《甲乙日曆》載有茅山道士張充符一人。《南明史料》卷四·一六五〈江南總督馬國柱殘題本〉、一六六〈刑部殘題本〉則作「茅山道士張充甫（同卷一五一〈江南總督馬國柱殘題本一〉作「張沖甫」），係海賊張名振（名振，魯王封定西侯）的總線索」。又《航海遺聞》、《小腆紀年》卷 | 《釣璜堂存稿》卷十三〈贈張充符〉 |

| | | | |
|---|---|---|---|
| | | 十八、《小腆紀傳》卷七，載賜蟒玉侍郎張沖符，從魯王依鄭成功。閣公稱張充符「聲名籍甚跡仍遐，身佩蒼精鬢未華；句曲棲真陶水監，西京排難魯朱家；幾年高跨雲間鶴，此日還浮海上槎。」可知，張氏為道士，且有漢初魯國朱家般之俠義。則諸書所載之名雖異，應為一人。綜合所見，張充符當為道士，後入魯王陣營抗清，在內地從事情報與聯繫工作。清陷舟山後，同徐孚遠等從魯王至廈門。 | |
| 張名振 | 同僚 | 張名振，字侯服，江寧人。崇禎末為石浦遊擊，魯王監國，加富平將軍。魯王次長垣，率舟師赴之，封定西侯。以所部屯舟山，移南田，迎王居健跳所，與阮進、王朝先共擊黃斌卿。先是，斌卿奉唐王，守舟山，不納魯王；復魯王令阮進告耀不應又不詣；故名振等破舟山，沉斌卿於海。順治六年（1649）冬，監國入舟山，名振晉侯爵太師。清陷舟山，名振從魯王入廈，與鄭成功相期復明。順治九年，過舟山，逼金堂，進屯崇明沙，破鎮江，登金山，題詩而還。順治十一年（1654），名振再入鎮江，逼吳淞關，獲敵首四百、戰艦三百七十，告捷於金門。翌年十二月，卒於軍，遺言以所部歸張煌言。（參《清史稿》卷二百二十四、《東南紀事》卷十、《小腆紀傳》卷四十五） | 《釣璜堂存稿》卷十〈挽張定西〉（卷十二〈贈張平富〉（案：「平富」當是「富平」之誤） |
| 張采 | 友 | 張采，字受先，門人稱南張先生，太倉人。崇禎（1628）元年進士，與同里張溥號「婁東二張」，集名士結復社。采性嚴毅，喜甄別可否，人有過，輒面斥之。知臨川，摧強扶弱，聲名大起，為士民感念。周之夔、蔡奕琛先後訐溥與采結黨亂政，采上疏明辨而事解。福王時，起禮部主事，進員外郎，乞假去。南京失守，為奸者群擊錐刺，倖存，避之鄰邑，又三年卒。（參《復社紀略》卷二、《明史》卷二百八十八、《小腆紀傳》卷五十五） | 《釣璜堂存稿》卷二〈懷張受先〉；卷十三〈興公見枉，追敘亡友臥子、受先四五公，惟云未識天如，感而有作〉〈受先沒後，未及作挽章，恐遺恨於逝者，因補之〉 |
| 張若羲 | 友 | 張若羲，字昊東，號帶三，華亭人。崇禎十六年（1643）進士，後馳歸。唐王立，授泉州推官擢主事，以清剛明決著稱。閩都滅，奉母東還，隱居白龍潭，號如菴， | 《釣璜堂存稿》卷十三〈懷張帶三〉 |

| | | | |
|---|---|---|---|
| | | 又號味閒漫樵，薙髮僧服，蕭然終老。及後發病嘔血，自謂：「此萇宏之血，千古不化者也。」卒年七十六，著有《楞嚴經註》。（參《婁縣志》卷二十五、《松江府志》卷五十五、《國朝松江詩鈔》卷六十一） | |
| 張壽孫 | 友 | 張壽孫，字謀遠，一字汝貽，華亭人，崇禎六年舉人，幾社人士。乙酉（1645）清軍南下，與李待問、章簡、單恂共守松江城。後入清，官修武知縣。（參《社事始末》、《重修華亭縣志》卷十五、《松江府志》卷四十五） | 《釣璜堂存稿》卷三〈懷張謀遠〉、卷十三〈張謀遠與余交最久，別十年矣，異時相見，想應一笑懷之〉 |
| 張寬 | 友 | 張寬，字子服，松江華亭人，張密兄，陳子龍妻弟。明諸生，入幾社。順治四年，與陳子龍等同受吳勝兆獄牽連而死。（參《社事始末》、《松江府志》卷五十五、《重修華亭縣志》卷十五） | 《釣璜堂存稿》卷九〈哭張子服〉 |
| 曹思邈 | 友 | 曹思邈，字魯元，原名嘉，華亭人。明季諸生。工書，且博聞強記，有聲幾社。某郡守曾以百金乞書壽屏，力辭不為。（參《婁縣志》卷二十五、《松江府志》卷六十一） | 《釣璜堂存稿》卷九〈懷曹魯元〉、卷十〈懷曹魯元〉 |
| 梁隆吉 | 同僚 | 梁隆吉，餘姚人，從魯王，官御史，監軍定西侯張名振師。順治八年（1651），清軍破舟山，隆吉手刃全家，自刎而亡。（參《魯春秋》、《小腆紀傳》卷四十三） | 《釣璜堂存稿》卷三〈懷梁隆吉〉 |
| 盛翼進 | 友 | 盛翼進，字鄰汝，嘉靖進士盛當時孫。諸生，幾社人士。博學好古，為陳子龍、夏允彝所器重，與何剛、及徐孚遠弟聖期等刻有《幾社會義》初集。（參《社事始末》、《重修華亭縣志》卷十四） | 《釣璜堂存稿》卷二〈懷盛鄰汝〉、卷十二〈懷盛鄰汝書齋〉、卷十九〈懷盛鄰汝〉《蓼齋集》卷二十一〈偕徐闇公、薛義琰集盛隣汝宅〉 |
| 莊潛 | 友 | 莊潛，字伏之，同安人，紀文疇弟子。潛與文疇子許國、林霍善，相與扁舟攜詩登虎巖、入吳莊，放歌月下，以抒孤憤；為沈佺期稱道。潛欲纂述舊聞為一書，以耳目睹記不及，遍覽中州事跡，偶得《明季遺聞》數卷，遂搜羅編纂宏光逸事；繼以詩歌，名為《石函錄》，紀許國為之序。（參《廈門志》卷十三） | 《釣璜堂存稿》卷十四〈懷同安莊、林二子〉 |

| 許玭 | 友 | 許玭，字天玉，號星亭（《皇清書史》作星齋），一號鐵堂，福建候縣人。崇禎十二年（1639）舉人，閩敗入清，嘗官安定知縣。玭詩才敏贍，著有《鐵堂集》；與王士禎善，士禎以「閩海奇人」稱之。（參《福州府志》卷六十、《漁洋山人感舊集》卷十一、《皇清書史》卷二十四） | 《釣璜堂存稿》卷二〈懷許天玉〉 |
|---|---|---|---|
| 許譽卿 | 友 | 許譽卿，字公實，華亭人；萬曆四十四年（1616）進士，授金華推官。天啓三年（1623）徵拜吏科給事中，疏論魏忠賢大逆不道，鑴秩歸。崇禎中，起兵科給事中，閹黨訐其爲東林主盟結黨亂政；譽卿疏白引去。七年（1634），起故官，歷工科都給事中。翌年，流賊燬鳳陵，譽卿憤詆張鳳翼、溫體仁、王應熊玩寇速禍；帝不聽。尋吏部尙書謝陞希體仁意，出譽卿南京太常卿，大學士文震孟不平而語侵陞。陞怒，遂疏糾譽卿，營求北缺、不欲南遷，爲把持朝政地；遂削籍。福王起光祿卿，阮大鋮黨陸澲源詆譽卿，譽卿疏辨不赴。福王朝亡，祝髮爲僧以終。（參《明史》卷二百五十八、《爝火錄》卷六） | 《釣璜堂存稿》卷九〈夢與臥子同謁許霞城先生，先生似有微疾〉；卷十三〈懷許霞城先生〉、〈承聞許霞城先生道履〉 |
| 郭大河 | 友 | 明諸生，從學黃道周。明清鼎革之際，隨盧若騰建義武安。不果，隱，往來金、廈，與徐孚遠、盧若騰等交遊。後赴桂王行在，不知所蹤。著有《喜達集》，盧若騰爲之序。（參《留庵詩文集・喜達集序》、《釣璜堂存稿・送郭大河》） | 《釣璜堂存稿》卷四〈送郭大河〉 |
| 郭鳳階 | 友 | 郭鳳階，字友日，福建莆田人，明季諸生。鳳階爲鄭郊門人，性高潔，從郊隱壺公山，工詩，著有《郭子詩草》。（參《興化府莆田縣志》卷二十六、《福建通志列傳選》卷六、《釣璜堂存稿・贈郭友日》） | 《釣璜堂存稿》卷十三〈贈郭友日〉 |
| 陳元綸 | 友 | 陳元綸，字道掌，一字宣公，福建福州人；名重士林三十年。國變，不仕清，丙戌（1646），不脫儒巾，絕吭死矣。（參《雪交亭正氣錄》卷三、《石匱後集》卷五十七） | 《釣璜堂存稿》卷五〈陳道掌歌〉 |
| 陳璧 | 友 | 陳璧，字崑良，號雪峰，常熟人。崇禎末，兵部尙書張國維薦，授璧爲兵部司務。福王朝，陳救時八策，令督浙江餉，兼調崔 | 《釣璜堂存稿》卷十二〈懷陳崑良〉 |

| | | | |
|---|---|---|---|
| | | 芝兵。未復命，南京破，偕子間關萬里，知時事不可爲，乃歸故園，讀書自娛。（參《常昭合志稿》卷三十一、陳瑚《離憂集》） | |
| 陳貞慧 | 友 | 陳貞慧，字定生，江蘇宜興人。崇禎三年（1630）登副榜，與侯方域、冒襄、方以智稱四公子，爲復社領袖之一。崇禎十一年（1638），貞慧與吳應箕、顧杲等爲「南都防亂公揭」發阮大鋮奸狀；福王立，阮大鋮當政，貞慧遂遭逮治罪。福王朝傾覆後，屛居故里，埋身土室不仕，不入城市者十餘年，順治十三年（1656）卒。著有《皇明語林》、《山陽錄》、《雪岑集》、《交游錄》、《秋園雜佩》等。（參《《清史稿》卷五百○一》、《宜興縣志》卷八） | 《釣璜堂存稿》卷十二〈懷陳慧公〉 |
| 陳潛夫 | 僚友 | 陳潛夫字玄倩，初名朱明，號退庵，仁和人（從《南疆繹史》、《南天痕》）。爲人廣交遊、好大言，喜臧否人物。崇禎九年（1636）舉人，十六年（1643）授開封府推官。聞北京爲李自成陷，縞素誓師，邀擊賊於柳園，大破之。福王立，擢監察御史，巡按河南；陳恢復策皆盡善，而馬士英不用。尋以童氏妄稱元妃，潛夫前往私謁，遂逮下獄治罪。福王敗，脫身航海往謁魯王，上書願假臣兵五千，直渡海寧，斷武林左臂。復故官，加太僕寺卿，監浙西軍。募得三百餘人，與孫、熊三家兵列舟江上。尋改大理寺，兼御史如故。順治三年（1646）夏五月，防江師潰，歸山陰之小猪里，與其妻二孟氏同至化龍橋赴水死；年僅三十七，監國賜諡忠襄。（傳見《明史》、《南天痕》、《東南紀事》、《海東逸史》、《南疆繹史》、《小腆紀傳》等） | 《釣璜堂存稿》卷三〈哭陳玄倩〉、〈陳、陸交〉 |
| 陳素 | 友 | 陳素，字涵白，號澹仙（《泰州志》言字澹仙），浙江桐鄉人。崇禎七年（1634）進士，詩文清勁有法。初知開州，旋以憂歸；服闋，補泰州知州。期間，興利治弊，政聲卓然。李自成陷巢廬等處，素遂棄官歸里，縞衣纂巾，自稱天山道人，設正心書院，評文課士，嘉惠後學。（參《桐鄉縣志》卷十五、《泰州志》卷二十） | 《釣璜堂存稿》卷十二〈懷陳澹仙〉 |

| 陸彥龍 | 僚友 | 陸彥龍，字驤武，仁和人。務博學，工文詞。補諸生，屢試高等。負高才，狎使儕俗，好酒及色，人皆目爲狂生。國變，隨金聲舉義，任監軍。入閩，上「勘亂六策」，授職禁院。唐王敗，遁入武夷山，幾瀕於危。既而聞父訃，仰天椎心嘔血，回里治喪，叩首母前，毀瘠骨立，血膈寖劇，踰月病卒。柴紹炳爲之作傳，比以彌正平、阮嗣宗之流。著有《燹餘稿》及《徵君集》。（參《碑傳選集·陸徵君彥龍傳》） | 《釣璜堂存稿》卷三〈或傳陸驤武已物故哭之〉、卷十二〈懷陸驤武〉 |
|---|---|---|---|
| 陸慶紹 | 友 | 陸慶紹，字孟聞，陸樹德曾孫，崇禎十五年（1642）舉人。於幾社課藝期間，慶紹以徐孚遠爲宗師。其南園爲幾社諸子讎集處，徐孚遠嘗偕陳子龍讀書於此。（參《陳子龍年譜》、《松江府志》卷五十三、《社事始末》） | 《釣璜堂存稿》卷五〈憶陸孟聞年丈南園寄懷〉 |
| 章簡 | 友 | 章簡，字次弓，號坤能，華亭人。天啓四年（1624）舉人，官羅源知縣。乙酉（1645）清軍下松江，簡與沈猶龍、李待問守城，城破被執，不屈而死。（參《松江府志》卷五十五、《明史》卷二百七十七） | 《釣璜堂存稿》卷八〈挽章次弓〉 |
| 章曠 | 僚友 | 章曠，字于野，號㧑山，華亭人，章簡弟。崇禎九年（1636）鄉試第一，明年成進士，授沔陽知州。崇禎十六年（1643），闖賊陷州城，曠走免。謁總督袁繼咸於九江，署爲監紀推官。從諸將方國安等復漢陽，遂攝府事兼署分巡道。明年四月，守德安，空城獨守，有衛官數人齎諸印將送賊，曠收而斬之，日夕爲警備。尋調荊西道而城失，被劾，何騰蛟薦之，令戴罪立功。福王立，左良玉將犯南京，騰蛟至長沙，以曠爲監軍，令召監軍黃朝宣、張先璧、劉承胤。闖賊死，劉體仁等六大部擁眾數萬逼湘陰，騰蛟與曠謀，盡撫其眾。良玉死，其將馬進忠、王允成突至岳州，章曠入營招安，進忠皆從之。福王傾覆，清軍逼湖南，曠獨悉力禦。唐王擢爲右僉都御史，恢勦湖北。曠有智謀，臨敵果敢，扼湘陰、平江之間，湘南恃以無恐；桂王加兵部右侍郎。丁亥（1647）四月長沙失守，騰蛟奔衡州，曠走寶慶，後會騰蛟於祁陽。時騰蛟將謁桂王，遂以兵事屬之。 | 《釣璜堂存稿》卷十二〈懷章于野〉 |

| | | 已復移駐永州，見諸將擁兵聞警輒走，抑鬱而卒。（參《松江府志》卷五十五、《明史》卷二百八十） | |
|---|---|---|---|
| 傅虔 | 門生 | 傅虔，字服生，幾社人士，爲徐孚遠弟子。（參《社事始末》、《釣璜堂存稿·懷傅服生》注） | 《釣璜堂存稿》卷九〈懷傅服生〉、卷十二〈孫公傅自故鄉來，言林安國兄弟、傅服生皆無恙，詩以訊之〉 |
| 曾屺望 | 友 | 曾屺望，江西峽江人，明故大學士曾櫻長子。辛卯（1651）櫻死節，屺望自江右至金門奔喪，並蒐刻櫻遺篇章奏一卷，王忠孝、盧若騰序之；後復歸鄉里。（參《惠安王忠孝公全集·曾二雲先生疏草奏議序》、《留庵詩文集·曾二雲師奏章序》、《留庵詩文集·送曾屺望歸豫章》） | 《釣璜堂存稿》卷九〈曾屺望復至島〉 |
| 曾則通 | 友 | 曾則通，江西峽江人，明故大學士曾櫻子。侍父宦遊入閩，唐王敗，從櫻避居金門，轉徙廈門。島居十七年，扶父櫬返鄉安葬。（參《留庵詩文集·送曾則通扶二雲師櫬歸江右》、《金門志》卷十二） | 《釣璜堂存稿》卷八〈贈曾則通〉 |
| 曾畹 | 友 | 曾畹，原名傳燈，字楚田；後更名畹，字庭聞，江西寧都人，明太常卿應遴子。弱冠至吳，師事徐汧，深受張溥器許。鼎革之際，從父守贛州，奔汀、閩，歷井、涼，寄籍西安。清順治十一年（1654）中陝西鄉試後入京，詩文爲名公所重；以省母歸，未幾病卒。著有《金石堂文集》。（參《寧都直隸州志》卷二十二、《國朝詩人徵略》卷四） | 《釣璜堂存稿》卷十二〈贈曾庭聞〉 |
| 曾櫻 | 同僚 | 曾櫻，字仲含，號二雲，江西峽江人。明萬曆四十四年（1616）登進士，歷官興泉道，後遷按察使，轉布政使，擢巡撫。曾櫻素有清名，爲政愷悌公平，不畏強權。櫻爲官興泉時，有德於鄭芝龍；唐王立，芝龍薦櫻，以工部尚書進東閣大學士兼吏部尚書。唐王敗，櫻從成功避居金門，轉徙廈門。順治八年（1651）春鄭成功率師南下，清兵乘虛攻破廈門，城將陷，家人勸櫻暫避金門，櫻不肯，自縊於所居樓上。門人阮旻錫、陳泰冒險出其尸，王忠孝殮之，殯於金門，後由子則通扶櫬歸 | 《釣璜堂存稿》卷十六〈呈閣學曾二雲先生四十韻、卷十八〈靜齋納姬，相國曾公有誨言，詩以解之，戲爲二絕〉 |

| | | 鄉。（參《明史》卷二百七十六、《南天痕》卷九、《廈門志》卷十三、《南疆繹史‧繹史摭遺》卷二、《留庵詩文集‧送曾則通扶二雲師櫬歸江右》） | |
|---|---|---|---|
| 辜朝薦 | 友 | 辜朝薦，字在公，潮州揭陽縣人。崇禎元年（1628）進士，授江南安府桐城縣知縣，歷掌科垣，晉卿寺；與郭之奇、羅黃傑、黃奇遇號爲四駿。明亡，依鄭氏初棲金門、廈門。康熙二年（1663）清軍破金、廈，隨鄭經避地銅山，三年春，至臺灣，後卒於臺灣。（參《廈門志》卷十三、《臺灣府志》卷八） | 《釣璜堂存稿》卷十五〈壽在公先生次韻〉 |
| 馮京第 | 同僚 | 馮京第，字躋仲，慈谿諸生。唐王立，上中興十二論，授兵部職方司主事；改御史，視察浙江，至衢州，清軍渡浙，入舟山依黃斌卿。從張名振至崇明，不克；復從安昌王乞師日本，然日師不出。丁亥（1647）冬又從攻寧波，事敗，遂至吳興聚兵。復敗，轉入四明山，同王翊合軍守杜嶴。清破杜嶴，遂往來舟山、聯絡諸寨，魯王授副都御史，升兵部右侍郎。己丑（1649）再出，破上虞。翌年，清破四明山寨，京第之將王昇叛，引清得其於鸛頂山，遂遇害。（參《海外慟哭記》、《雪交亭正氣錄》卷七、《小腆紀傳》卷四十七） | 《釣璜堂存稿》卷三〈哭馮躋仲〉 |
| 黃子錫 | 友 | 黃子錫，字復仲，晚號麗農，秀水人。年十五爲諸生，於復社爲張溥、陳子龍所器。入清不仕，康熙元年，挈家入杼山，種瓜營生，間畫山水，落筆絕倫。康熙十一年，卒於廣東，年六十一；著有《麗農山人遺稿》。（參《南雷詩文集‧黃復仲墓表》、《復社姓氏傳略》卷五、《靜志居詩話》卷二十一） | 《釣璜堂存稿》卷三〈懷黃復仲〉；卷六〈復仲歸寄佩遠〉、〈復仲辭歸〉〈復仲歸遙寄清伯〉；卷九〈黃復仲至島〉、〈復仲別後有懷〉、卷十〈再懷復仲〉；卷十三〈送黃復仲歸浙〉 |
| 黃俶 | 友 | 黃俶，字細侯，徽州人，官游擊（軍營將官）。朱彝尊稱其「畫品最高，疏樹斷橋，秋光滿紙，宜其有『不學米於菟』之句法也。」（見《靜志居詩話》卷二十二） | 《釣璜堂存稿》卷十四〈送黃細侯北歸〉 |
| 黃清伯 | 友 | 黃清伯，名不詳，秀水人，黃子錫兄。入道，徐孚遠嘗匿居其處。（參《南雷詩文集‧黃復仲墓表》、《釣璜堂存稿》） | 《釣璜堂存稿》卷四〈懷黃清伯〉、卷六〈復仲歸遙寄清伯〉、 |

| | | | 卷七〈遙寄黃清伯〉、卷八〈懷黃清伯〉、卷十三〈黃清伯山樓〉 |
|---|---|---|---|
| 黃斌卿 | 同僚 | 黃斌卿，字虎癡，一字明輔，福建莆田人。崇禎末，爲舟山參將。唐王即位，擢水陸官義兵馬招討總兵官，封肅虜（魯）伯、太子太師，賜尚方劍，治兵舟山。順治四年（1647）吳勝兆謀歸，及華夏諸人聯絡舟山舉事，因斌卿猶豫、怯事，眾義士被殺。先是，斌卿不納魯王，又謀害同志荊本徹、賀君堯。順治六年秋，魯王令斌卿糴糧，不受命。張名振遂與阮進、王朝先共擊之，斌卿累敗，最終爲阮進沉海而死。（參《東南紀事》卷十、《小腆紀傳》卷六十四、《南天痕》卷二十三） | 《釣璜堂存稿》卷二〈種瓜篇〉（哀黃虎癡也）、卷十三〈挽黃虎癡〉 |
| 楊文驄 | 僚友 | 楊文驄，字龍友，貴州貴陽人，萬曆四十六年（1618）舉人。文驄爲復社文士，崇禎七年（1634）任華亭教諭。後任官江寧知縣，爲御史劾其貪，奪職。福王立，其戚馬士英當國，起兵部主事，歷員外郎中，監軍京口，遷兵備副使，分巡常、鎮二府，監鄭鴻逵、鄭彩軍。清軍臨江，文驄駐金山，扼大江而守。乙酉（1645）擢右僉都御史，巡撫其地，兼督沿海諸軍。及還駐京口，合鴻逵等兵力抗清兵；不敵，走蘇州襲殺安撫官黃家鼐。唐王立，拜兵部右侍郎兼右僉都御史。初，唐王於鎮江與文驄交好，其子鼎卿又嘗贐給王，遂加其子左都督、太子太保。然其父子以馬士英故，多爲人詆諆。丙戌（1646）七月，文驄於浦城爲清軍所執，不降被戮。（參《雪交亭正氣錄》卷三、《明史》卷二百七十七、《重修華亭縣志》卷十一） | 《釣璜堂存稿》卷二〈懷楊龍友〉 |
| 楊廷樞 | 友 | 楊廷樞，字維斗，長洲人。爲諸生，以氣質自任，爲復社所重。魏忠賢亂政，逮吏部郎中周順昌，廷樞遂率士民擊殺其官校。崇禎三年，舉應天鄉試第一。乙酉（1645）福王覆，隱居鄧尉山中，改號復菴。丁亥（1647）吳勝兆事敗，詞連廷樞，被清廷殺於蘆墟泗洲寺。（參《明史》卷二百六十七、《南疆繹史》卷十七） | 《釣璜堂存稿》卷十二〈懷楊維斗〉、卷十五〈將耕東方感念維斗、臥子愴然有作〉 |

| 萬美功 | 友 | 湖廣黃州人，萬年英兄。（參《張蒼水集·送萬美功還越，時其弟靜齋將赴行在》） | 《釣璜堂存稿》卷十二〈送萬美功還越〉 |
|---|---|---|---|
| 葉有馨 | 友 | 葉有馨，字予聞，本爲蘇州籍，占上海諸生歲貢，著有《咸悅堂詩文集》二卷。（參《太湖備考》卷十四、《國朝松江詩鈔》卷五十八） | 《釣璜堂存稿》卷十〈懷葉予聞〉 |
| 趙侗如 | 友 | 趙侗如，字人孩。於幾社傳題課藝，以徐孚遠爲宗師。所選刻《景風初集》一書，託名徐孚遠評選。（參《社事始末》） | 《釣璜堂存稿》卷二〈東生數言趙子人孩杜門不交人事感而有懷〉 |
| 趙威 | 友 | 趙威，字書癡，涇縣人。（參《百名家詩選》卷五十八） | 《釣璜堂存稿》卷四〈同黃臣以、趙書癡、薛仲達過陳年卿齋談宴終日〉；卷七〈贈趙書癡〉；卷十一〈趙書癡投詩扇小答〉；卷十五〈趙書癡命賦春江花月夜詩同諸公作〉、〈壽趙書癡〉 |
| 鄢正畿 | 同僚 | 鄢正畿，字德都，福建永福人，明諸生。唐王授兵部司務，魯王授兵科給事中。順治五年（1948）清軍陷永福，賦絕命篇，投溪水死。（參《海外慟哭記》、《燼火錄》卷十二、十七、十八） | 《釣璜堂存稿》卷六〈海鷗歌萌菔子作以速錢希聲也，先是余亦勸之去，不果，和歌以弔錢，并識萌菔子之早〉、〈讀萌菔子詩作，即鄢德都〉 |
| 劉子葵 | 同僚 | 劉子葵，失名。子葵起兵惠州，官索之急，削髮爲僧入鷺島。後入謁桂王，桂王擢爲龍川令。總兵黃應傑叛變，子葵碎碑扼關，使不得北向，惠屬諸邑賴其力以全。有驕將某以撫軍之令屯龍川，稍侵擾百姓；子葵裁以義，某怒讒於撫軍。子葵慨然曰：『吾爲國耳！豈戀一官哉？』即日解組去。未幾，而龍川潰，惠屬皆陷，與王簡伯遯居潮州深山，復披緇至鷺島。後附舟緣瓊海以達粵西，許國以文送之。（參《廈門志》卷十三） | 《釣璜堂存稿》卷六〈贈劉子葵職方〉、卷十三〈懷劉子葵〉 |
| 劉湘客 | 僚友 | 劉湘客，字客生，別號端星，陝西富平人。諸生即有盛名。崇禎末，何剛薦爲職方主事，未及行而北京陷。唐王授汀州推官， | 《釣璜堂存稿》卷十二〈懷劉客生〉、〈挽劉克生〉；卷十四〈寄 |

| | | | |
|---|---|---|---|
| | | 擢山西監察御史。闔陷，擁桂王。瞿式耜奏授翰林編修，充經筵講官，尋復爲御史。桂王出全州，毛壽登駁劉承胤封馬吉翔等人之奏疏。吉翔疑疏出湘客，遂矯旨縛而廷杖，諸臣申救，仍落職。王奔柳州，復湘客職；出肇慶，擢侍讀學士，改都察院僉都御史。永曆四年（1650），王奔梧州。吉翔故怨湘客，稱湘客與袁彭年、丁時魁、金堡、蒙正發結黨把持；吳貞毓等奉吉翔意參湘客五人，遂逮下獄治罪，革職靡論。清破桂林，不降，匿隱以終。（參《永曆實錄》、《小腆紀傳》卷三十二） | 懷劉客生） |
| 潘國瓚 | 友 | 潘國瓚，字宗玉，湖州人，崇禎朝副貢生，著有《戴山外集》。（參《復社姓氏傳略》卷五） | 《釣璜堂存稿》卷八〈懷潘宗玉〉 |
| 潘陸 | 友 | 潘陸，字江如，吳江人，後徙京口。其人有志節，與父一桂皆爲復社人士。生平喜交遊，能爲駢語，精詩律，尤擅五言律詩，著有《穆溪詩草》。（參《鎮江府志》卷三十七、《吳江縣志》卷三十二、《復社姓氏傳略》卷三）） | 《釣璜堂存稿》卷八〈懷潘江如〉 |
| 潘章 | 友 | 潘章，字端伯，號紉月，烏程人。嘗入復社，文章行誼，世所推重。明末，嘗謀劃保全數十名亂兵所掠婦女。入清不仕，居家讀書砥行，年九十卒。（參《湖州府志》卷七十七、《復社姓氏傳略》卷五） | 《釣璜堂存稿》卷三〈懷潘端伯〉、卷八〈懷潘端伯〉 |
| 蔣德璟 | 同僚 | 蔣德璟，字八公，又字申葆，泉州晉江人。天啓二年（1622）進士，授編修。崇禎中，官詹事侍讀學士，遷禮部右侍郎；十五（1635）年，同黃景昉、吳牲並相。十七年（1637）正月李自成陷山西，德璟直諫陳弊，帝以爲朋黨，三月八日疏辭離京，舟及滄津，京師陷。福王立，召德璟輔政，疏辭。乙酉（1645）唐王立福州，德璟受詔入直。翌年正月託病去職，九月王事敗，絕食而卒。（參《明史》卷二百五十一、《東南紀事》卷三） | 《釣璜堂存稿》卷十二〈挽蔣八公相公〉、卷十六〈呈蔣八公相公〉 |
| 蔡鼎 | 僚友 | 蔡鼎，字可挹，號無能；晉江諸生。精易學，深明象緯，能知未來。出而走遍九邊。孫承宗督師薊遼，徵鼎參謀；贊襄區處， | 《釣璜堂存稿》卷七〈過黃凝甫館間語，因感蔡無能先生追敘 |

| | | | |
|---|---|---|---|
| | | 數年安靜；帝賜號「白衣參軍」。因疏陳魏忠賢之奸觸怒，潛避。莊烈帝即位，命繪像訪求，復原職，辭；帝稱爲蔡布衣。見國患日深，發憤伏闕陳疏極論邊事，與時枘鑿，竟爲所格。乙酉（1645），唐王馳詔三聘，拜左軍師。值鄭芝龍跋扈，退隱。嗣入島，日從紀許國尋幽選勝仙洞、虎谿間，遊屐折焉。乙未（1655）秋，自知死日，潔身憑几而卒。著有《易蔡集解》、《萬遠堂稿》。（《廈門志》卷十三） | 之以示黃子〉、卷十三〈與蔡無能語天象賦贈〉 |
| 蔡樅 | 友 | 蔡樅，字季直，本名文瀛，字季海；華亭人，萬曆庚子舉人蔡紹襄子。工書畫，才高不售，乙酉（1645）不願薙髮變服而亡。（參《釣璜堂存稿》、《松風餘韻》卷四十六） | 《釣璜堂存稿》卷十六〈傷蔡季直〉 |
| 蔡幼雯 | 同僚 | 疑爲蔡昌登。昌登，字幼文，三山人。魯王立，官御史，清破舟山，從魯王依鄭成功，康熙三年（1664）率眾降清。（參《航海遺聞》、《清聖祖實錄選輯》） | 《釣璜堂存稿》卷八〈夢蔡幼雯〉；卷十三〈贈蔡幼雯〉、〈再懷蔡幼雯〉 |
| 鄭郟 | 友 | 鄭郟，字奚仲，福建莆田人，鄭郊弟，明季諸生。郟博聞強識，與兄齊名，以督學李長倩擢以優等食餼。唐王滅，與兄郊奉母入壺公山，終身隱遁不仕清。著有《皆山集》、《易測諸史》、《春秋表微》、《陶廣騷》等。（參《興化府莆田縣志》卷二十六、《福建通志列傳選》卷六） | 《釣璜堂存稿》卷九〈駱亦至傳牧仲兄弟相憶，無從報章詩以誌之〉；卷十三〈賦答鄭奚仲〉、〈懷鄭氏二仲兼有感作〉 |
| 鄧如磐 | 同僚 | 鄧如磐，爵安福伯，餘未詳。（參張煌言《《張蒼水集・壽安福伯鄧如磐》》 | 《釣璜堂存稿》卷三〈鄧安福〉、卷四〈鄧安福〉卷十三〈訊鄧安福〉、卷十四〈挽鄧安福如磐〉 |
| 錢邦芑 | 僚友 | 錢邦芑，字開少，丹徒諸生。唐王授御史；桂王立，以原官巡按四川，擢右僉都御史。永曆八年（1654）春，邦芑迫於孫可望徵逼，祝髮爲僧，號大錯和尚。滇破，以僧終。（參《小腆紀傳》卷三十二、《明季南略》卷十五》） | 《釣璜堂存稿》卷七〈懷錢開少〉；卷十一〈黔陽信至懷錢開少〉；卷十四〈不知錢開少消息，賦以寄懷〉、〈再懷開少〉；卷十六〈懷錢開少十二韻〉、〈懷錢開少、吳鑑在〉 |

| 錢棟 | 友 | 錢棟字仲馭，號約庵，浙江嘉善人，相國士升仲子。崇禎十年（1637）進士，授南職方主事轉郎中，剔鳳弊，人稱「健決郎」。轉任文選郎，薦舉海內人望黃道周等七十人。其為人剛介，性直爽豪邁，而言吶如不出口。國變，舉義勤王抗清，破產資糧。乙酉（1645）兵敗，欲入閩赴唐王行在，與徐孚遠、錢澄之等取道震澤，遭遇清軍，力戰而亡。（參《嘉善縣志》卷二十、《田間文集・先妻方氏行略》、《田間文集・哭仲馭墓文》） | 《釣璜堂存稿》卷五〈哭錢仲馭〉 |
| 駱亦至 | 友 | 駱亦至（亦至係字），失其籍貫，為僧居半山寺，與徐孚遠、張煌言等明遺老遊。著有《島史》，其詩集有盧若騰為之序。（參《廈門志》卷十三、《留庵詩文集》、《張蒼水集》） | 《釣璜堂存稿》卷二〈獨步半山寺訪駱亦至〉；卷七〈駱亦至詩歌〉；卷九〈北郊行遇駱亦至，袖陳山公書示我，兼述友人見懷〉、〈贈駱亦至〉、〈駱亦至傳牧仲兄弟相憶，無從報章詩以誌之〉 |
| 蘇兆人 | 同僚 | 蘇兆人，字寅侯，吳江人，諸生，師從張肯堂。福王傾覆，從魯王，因張肯堂推薦，授中書舍人，進禮部主事。辛丑（1651）舟山城陷，拜別肯堂將先赴死，而後自縊於肯堂讀書處雪交亭。臨終前，賦絕命詞：「保髮嚴胡夏，扶明一死生；孤忠惟是許，義重此身輕」以明志。（參《海外慟哭記》、《雪交亭正氣錄》卷八、《小腆紀傳》卷四十、《海東逸史》卷十） | 《釣璜堂存稿》卷八〈贈蘇寅矦〉 |
| 顧開雍 | 友 | 顧開雍，字偉南，婁縣人，明季諸生，清順治八年（1651）貢生。開雍為明嘉靖五年（1526）進士中季玄孫，其身奇偉、美鬚髯，性情和易，所作詩文峭刻，尤其專擅五言古詩與漢魏樂府，於幾社中備受推崇；書法則古勁蒼秀，為世所重。入清曾遊燕市，不久即以病歸，結廬於谷水之北，杜門却埽，著述自娛，以文學終。（參《南吳舊話錄》卷二十三、《婁縣志》卷二十五、《松江府志》卷五十六） | 《釣璜堂存稿》卷四〈懷顧偉男〉、卷七〈懷顧偉男〉、卷八〈海山懷顧偉南〉、卷九〈懷顧偉南〉、卷十二〈懷顧偉南〉 |

| 龔雲起 | 友 | 龔雲起字仲震，江蘇武進人。曾任儒學教官，以詩聞名當世。（參《釣璜堂存稿》卷十、《清代毗陵名人小傳稿》卷二） | 《釣璜堂存稿》卷十〈林中丞、龔廣文同過聯句，龔留宿，林扶步歸〉、〈重贈仲震〉；卷十一〈再贈仲震〉；卷十四〈龔仲震至并傳令兄年丈消息感賦〉 |
|---|---|---|---|